相思爱情卷

红豆生南国

历代诗词分类鉴赏

周啸天 主编

天地出版社 | TIANDI PRESS

图书在版编目（CIP）数据

红豆生南国 / 周啸天主编. —成都：天地出版社，
2025.6
（历代诗词分类鉴赏）
ISBN 978-7-5455-7520-0

Ⅰ.①红… Ⅱ.①周… Ⅲ.①诗词—诗歌欣赏—中国
Ⅳ.①I207.2

中国版本图书馆CIP数据核字（2022）第250319号

HONGDOU SHENG NANGUO

红豆生南国

出 品 人	杨　政
主　编	周啸天
责任编辑	袁静梅
责任校对	梁续红
封面设计	叶　茂
版式设计	张迪茗
内文排版	成都新和平文化传播有限公司
责任印制	王学锋

出版发行	天地出版社
	（成都市锦江区三色路238号　邮政编码：610023）
	（北京市方庄芳群园3区3号　邮政编码：100078）
网　　址	http://www.tiandiph.com
电子邮箱	tianditg@163.com
经　　销	新华文轩出版传媒股份有限公司

印　　刷	北京天宇万达印刷有限公司
版　　次	2025年6月第1版
印　　次	2025年6月第1次印刷
成品尺寸	710mm×1000mm　1/16
印　　张	19.25
字　　数	245千
定　　价	98.00元
书　　号	ISBN 978-7-5455-7520-0

问世间情为何物，直教人生死相许！

谁为爱情发动一场战争？谁为爱情置江山于不顾？谁为爱情看破红尘？谁为爱情守身如玉？天涯海角觅知音，碣石潇湘无限路。梁山伯、祝英台，罗密欧、朱丽叶——两情若是久长时，又岂在朝朝暮暮！

爱是生命的内驱力，是源于本能的冲动与渴求；爱是两颗心灵碰撞而爆发的耀眼的火光，是宇宙间永远飘扬的一面旗帜。

爱能移人性情，创造生命的奇迹，提升生命的境界，使人类得以延续。

爱让男人更有力量，让女子更加美丽。侠骨怀柔情，懦夫有立志。诗人从情诗起步——他的第一件作品是单恋或倾慕。

啊，假如春天没有花，人生没有爱，到底成了个什么世界？

目次

●《诗经》，我国最早的诗歌总集，本称《诗》，儒家列为经典，汉时独尊儒术，始称《诗经》。共收西周初年至春秋中叶的民歌和朝庙乐章歌辞305篇，另有笙诗6篇有目无诗。全书按音乐分风、雅、颂三类（一说分风、小雅、大雅、颂四体）。汉代传诗者有齐、鲁、韩、毛四家，今传《诗经》为"毛诗"。

◇周南·关雎

关关雎（jū）鸠，在河之洲。窈窕（yǎotiǎo）淑女，君子好逑。

参差荇菜，左右流之。窈窕淑女，寤寐求之。

求之不得，寤寐思服。悠哉悠哉，辗转反侧。

参差荇菜，左右采之。窈窕淑女，琴瑟友之。

参差荇菜，左右芼之。窈窕淑女，钟鼓乐之。

将文学的终极原因归结到性恋的说法看似偏颇，其实信而有征。"风诗者，固闾阎风土男女情思之作也。"（司马迁）在民歌中，情歌具有优势地位，所谓"无郎无姊不成歌"。理由很简单，民歌多属劳动者之歌，什么歌能提高劳动兴趣就唱什么，什么歌能提高劳动效率就唱什么，还有什么比情歌更能提高劳动兴趣、劳动效率，又更能消除疲劳

的呢？

　　排在《诗经》第一篇的《周南·关雎》是情歌；具体地说，是恋歌；更具体地说，是写男子的单相思。孔子说："诗三百，一言以蔽之曰：'思无邪。'"（《论语·为政》）这话有点费解。我宁可这样认为：因为单相思是普遍存在的情感，显然也是正常的情感，从这个意义上说，就是"思无邪"了。何必一定要牵扯什么"后妃之德"（《毛诗序》）呢？

　　"窈窕淑女，君子好逑"是诗中主题句，《毛诗序》谓："乐得淑女，以配君子。"鲁迅调侃地释为："漂亮的好小姐呀，是少爷的好一对儿。"（《且介亭杂文·门外文谈》）陈子展说"当视为才子佳人风怀作品之权舆"。（《诗经直解》）都不错，但讲得太城市化了，不类风土之音。不如用高踞当代情歌排行榜首的《康定情歌》中的两句来诠释，更为神似："李家溜溜的大姐，人才溜溜的好哟；张家溜溜的大哥，看上溜溜的她哟。"

"上河里鸭子下河里鹅，一对对毛眼眼望哥哥"，《信天游》以水禽起兴的手法所来自远，可追溯到《关雎》。河边洲岛上，水鸟儿作双成对，雄雌和鸣，引起诗人的感兴，如果按"关雎"即鱼鹰（毛奇龄）的说法，则此二句还有以水鸟捕鱼隐射男子求爱之义。诗中男子以"君子"自谓，而"琴瑟""钟鼓"之乐都非平民之乐（《墨子》），可以推测抒情主人公为一贵族青年。《诗经》的好几首诗中，思慕的男女，往往被河水隔断。何新认为，这与源于性禁忌的古代学宫制度有关，男子八岁就得离开父母膝下，就读于学宫，这种学宫又叫辟雍（即避宫）、明堂，一律建在城郊，有水三面或四面环绕，使之与外界隔绝，故又称泮宫（泮水园即校园），直到成丁举行"冠礼"。所以诗中的河水既是一种象征（爱情遇到的间阻），又是一种纪实。（参《诸神的起源·第九章》）如其说法成立，莫非《关雎》写的是古代校园中大学生之烦恼？

"窈窕淑女"的身份，余冠英据"参差荇菜"在诗中三复斯言，认为当是"河边一位采荇菜的姑娘"，不无道理。姑娘采荇的美妙姿态，摄印入那青年的脑中，是难以磨灭了。而"左右流之"、"左右采之"、"左右芼之"，不仅可使人想见伊人倩影，而且也似乎有以勉力求取荇菜，隐喻对其人的执着相思之意。写采荇菜，而意在采荇菜的人。诗中写男子的单恋十分坦率，醒也想、梦也想。"寤寐求之"紧接"求之不得"云云，用"顶真格"，已有"忧从中来，不可断绝"之感，而"悠哉悠哉，辗转反侧"，更通过失眠，将相思之苦推进一层。钱钟书说："《太平乐府》卷一乔梦符《蟾宫曲·寄远》：'饭不沾

匙，睡如翻饼'，下句足以笺'辗转反侧'也。"（《管锥编》一）

与每一种满足都会降低其渴求相反，爱的渴求却能导致爱的升华。于是诗中陷入情网不能自拔的那位青年，做起了美妙的"白日梦"，在想象中和他的爱人美满结合。又是"琴瑟友之"，又是"钟鼓乐之"。这诚然是一场虚构的热闹，一座美丽的空中楼阁，但那青年在一那间满足了，读者不禁为之陶然。这升华的境界，便远离了性的目标，成为热诚、挚爱、欢乐、和谐的"结合"。（或以为诗的最后一章，实写得之为欢，本文不取此说。）有一种概括，认为中国爱情文学中色性的成分居多，揆之《诗经》包括《关雎》在内的大量情诗，似不尽然。

《关雎》"乐而不淫"有其历史原因。大量史料告诉我们，诗经时代婚俗正处在一个重要的过渡阶段，其时以封建礼教为基础的专偶婚制尚未稳固形成，而人们还享有较多原始性爱的自由。正是在这种情况下，方才产生了如同《关雎》那样的热烈奔放的情歌。这里毫无顾忌的爱情直白，已凝聚成一种原始的美。而儒学礼教统治下的汉儒宋儒们感到十分困惑，百思而不得其解。"《关雎》，后妃之德也，《风》之始也，所以风天下而正夫妇也。"这话同样出之《毛诗序》，便很费解，定非诗之本旨。

《关雎》章法在诗经中别具一格。诗经本多叠咏体，但常见的是三章叠咏、两章联咏，象《关雎》这样第二章和第四、五章跳格叠咏，是仅见的。二、四、五章的叠咏除却描写荇菜的兴语不论，"看他窈窕淑女，三章说四遍"（钟惺《评点诗经》），这活脱是热恋中男子对不知名的爱人的反复叨念，神似《董西厢》妙语所说："锦笺本传自吟诗，张张写遍莺莺字。"

"作诗必此诗，定知非诗人"（苏轼）。若下一转语，便有"说诗必此诗，定知非解人。"懂得这番道理，来看《关雎》诗中的单相思，又不仅是单恋而已。诗人于爱的对象"寤寐求之"式的执着追求，及其在现实中"求之不得"，便于理想中"友之""乐之"的实现方式，均构成一种境界，一种超越本文的象征意蕴，从而能够兴发读者引譬连类的联想。我们不由得会联想到风诗中的其他作品如《汉广》《蒹葭》，联想到《离骚》，其中所写的"汉有游女，不可求思"的苦恼，"所谓伊人，在水一方"的迷惘，及"路曼曼其修远兮，吾将上下而求索"的执着劲头；不由得会联想到古代神话对世界的浪漫征服和把握的方式；甚而联想到人类在漫长的历史中，不安现状，通过心灵与思辨追求美与自由、自我实现、自我完善的历程。诗情一旦与哲理结合，便给世代读者以回味无穷的审美愉悦。这，或许就是包括《关雎》在内的风诗名篇的艺术奥秘之所在。

（周啸天）

◇周南·桃夭

　　桃之夭夭，灼灼其华。之子于归，宜其室家。

　　桃之夭夭，有蕡（fén）其实。之子于归，宜其家室。

　　桃之夭夭，其叶蓁蓁。之子于归，宜其家人。

　　方玉润说此诗乃"咏新婚诗，与《关雎》同为房中乐，如后世催妆坐筵等词。特《关雎》从男求女一面说，此从女归男一面说，互相掩映，同为美俗。"（《诗经原始》一）其言近是。诗三章叠咏，兴中有比。第一章以桃花喻新娘之美艳，"开千古词赋香奁之祖。"（同前）

第二章祝新娘早生贵子，参加婚礼的人也是很自然的联想，可谓谑而不虐，能活跃婚筵气氛。三章以桃叶茂密，祝愿整个家族兴旺发达。唐·杜牧《叹花》有"绿叶生阴子满枝"之语，比义略同。

三章结以"室家""家室""家人"，旧注以为义同。褚斌杰引《左传·桓公十八年》"女有家，男有室"，认为："第一章'室家'，重点在'家'，是就女子方面说的。《孟子·滕文公》：'女子生而愿为之有家。'第二章'家室'，重点在'室'，是就男子方面说的。犹言娶得了一位好妻室。所谓'丈夫生而愿为之有室。'（同上）至于'家人'，是就整个家庭、家族说的。"（《诗经楚辞鉴赏》）亦有诗意的递进。

（周啸天）

◇周南·汉广

　　南有乔木，不可休思。汉有游女，不可求思。汉之广矣，不可泳思。江之永矣，不可方思。

　　翘翘错薪，言刈其楚。之子于归，言秣其马。汉之广矣，不可泳思。江之永矣，不可方思。

　　翘翘错薪，言刈其蒌（lóu）。之子于归，言秣其驹。汉之广矣，不可泳思。江之永矣，不可方思。

这是一首恋歌，诗中兴语涉及砍樵，方玉润判断说："此诗即为'刈楚''刈蒌'而作，所谓樵唱是也。近世楚粤滇黔间，樵子入山，

多唱山讴，响应林谷。盖劳者善歌，所以忘劳耳。其词大抵男女相赠答，私心爱慕之情，有近乎淫者，亦有以礼自持者。文在雅俗之间，而音节则自然天籁也。当其佳处，往往入神，有学士大夫所不能及者。"（《诗经原始》）

关于诗义，《韩叙》云："说（悦）人也。"清人陈启源发挥道："夫说之必求之，然唯可见而不可求，则慕悦益至。"（《毛诗稽古编》）盖人生难堪事之一，便是"欲济无舟楫"式的爱慕和追求，唐人所谓"直道相思了无益，未妨惆怅是清狂"（李商隐《无题》），宋人所谓"衣带渐宽终不悔，为伊消得人憔悴"（柳永《凤栖梧》）。

此诗三章，首章前四句点题。先以"南有乔木，不可休思"起兴，含可望不可即之喻义。然后推出主题句："汉有游女，不可求思。"何谓"汉有游女"？《郑笺》云："贤女出游于汉水之上。"朱熹发挥道："江汉之俗，其女好游，汉魏以后犹然，如《大堤》之曲可见也。"（《诗集传》）此是一说。或谓乃汉水神女〔按，刘向《列仙传》引《鲁说》讲，有位叫郑交甫的男子，在汉水之滨邂逅两位美人，说哑谜以求信物（佩），两位美人答以哑谜，与其信物。郑将信物揣在怀里，转瞬之间，信物不见了，回顾二女，也不见了。二女即汉之游女〕，如《楚辞》之有湘君、湘夫人，其所喻指，仍是现实生活中可望而不可求的女子。

二、三两章前四句叠咏，反复写一往情深的憧憬、想象。"翘翘错薪，言刈其楚"、"翘翘错薪，言刈其蒌"，明人钟惺引古谣"刈薪刈长，娶妇娶良"释之，甚是。诗意与《郑风·出其东门》"出其东门，有女如云。虽则如云，匪我思存。缟衣綦巾，聊乐我员"差近。"之子于归，言秣其马"、"之子于归，言秣其驹"，乃以假设为前提，与《周南·关雎》中的"窈窕淑女，琴瑟友之"、"窈窕淑女，钟鼓乐之"的意思相近。今新疆民歌《达坂城的姑娘》唱道："如果你要嫁人，不要嫁给别人，一定要嫁给我，带着你的嫁妆，领着你的妹妹，赶着那马车来。"语异情同，情同在痴，痴所以真。

全诗各章末四句相同，是副歌，以反复歌咏强化主题，如怨如慕，令人情移。其神理与《秦风·蒹葭》相似，友人小军云："然《蒹葭》言'溯洄从之'，又言'溯游从之'，尚有实际的追求。《汉广》则'不可泳思''不可方思'，根本是可望而不可即。虽然不可求，诗人的心灵境界却始终呈无限向往。……人生境界何止爱情一端。向往、追求崇高理想而终不可得，但那向往追求的一段精神，却留得不可磨灭的光彩。这种境界，在人生也是有的。《汉广》虽小，可以喻大。"其言可从，故录之。

（周啸天）

◇召南·野有死麕

野有死麕（jūn），白茅包之；有女怀春，吉士诱之。

林有朴樕（sù），野有死鹿；白茅纯束，有女如玉。

舒而脱脱兮，无撼我帨（shuì）兮，无使尨（máng）

也吠。

这首情诗写的是一位少年猎手求爱的事，余冠英说："丛林里一位猎人获得了獐和鹿，也获得了爱情。"（《诗经选》）

猎人打得的这獐和鹿，同时就是送给女方的礼物了。以自己亲手打来的猎物作馈赠，意义当然不同寻常，比市场上买来的值得炫耀。首章是对情事的概略叙述。注意那个"包"字，这是关于送礼需要包装的最早记载。在周代，白茅是南方贡物，《左传》有"包茅"一说（见《左传·僖公四年》）。白茅是编织材料。我想这鹿不会是用白茅草包裹，而应是以白茅编织物包之，这一点于诗意很重要。其次要注意的是"诱"字："诱"是有前提的行动，女方有爱的要求（"有女怀春"），男方和她套近乎，便是"诱"。

首章已把话说完了。二章是在首章的基础上作描绘补充，是变相的叠咏。诗中的獐和鹿只是一回事，是易辞申意（诗的同义词借代很宽泛），把它说成送了两回礼，是误会。二章除了增加一个兴句"林有朴樕"，其余三句就是首章前三句的变格（错位）反复。

三章纯写对话，是此诗特色所在。约会当在女家，必是黄昏以后，背着女方家人的幽会。所以女方叫男方不要毛手毛脚，不要把衣上玉饰弄得太响，不要惊动了宠物小狗。钱钟书："按幽期密约，丁宁毋使人惊觉，致犬哐喋也。王涯《宫词》'白雪猧儿拂地行，惯眠红毯不曾惊。深宫更有何人到，只晓金阶吠晚萤'；高启《宫女图》：'小犬隔花空吠影，夜深宫禁有谁来？'可与'无使尨也吠'句相发明。"（《管锥编》一）

诗写女方口吻极妙，完全从声音上着想，符合夜晚幽会的特定情境。这里写了幽会中拉拉扯扯的事，《毛诗序》说是"恶无礼也"，不免煞风景。其实，这就像今天男女幽会时，女方对男方说："讨厌，有人。""讨厌"是因为有人，心里美滋滋的，哪里就"恶无礼"呢。对话的加入，为诗平添风趣。

（周啸天）

◇邶风·静女

静女其姝，俟我于城隅。爱而不见，搔首踟蹰。
静女其娈，贻我彤管。彤管有炜，悦怿汝美。
自牧归荑（tí），洵美且异。非汝之为美，美人之贻。

这是一首写幽会定情的诗。如果说《关雎》中写的是单相思，那么这里写的便是实实在在的恋爱中的情景，通篇亦由男子口吻道出。"静女"，据毛传及余冠英译文，均谓文静的姑娘。然据马瑞辰《毛诗传笺通释》，"亦当读靖，谓善女，犹云淑女，硕女也"。则"静女"犹

言靓女，乃是男子对心上人儿的爱称。从后文"自牧归荑"一句又可悟到，这位靓女乃是一位牧羊姑娘。

诗中的"静女其姝""静女其娈"，同义反复，都是男方对女方由衷的赞美。"其"字作形容词头，有加重形容的意味，是叠字的一种变式，在诗经中运用很普遍。这男子感到很幸福，因为那位靓女约他在僻静的城角相会。这场约会写得有意思，很具生活情趣。男方如期到达约会地点，却不见对方人影儿。是不是女方失约呢？否，"爱而不见"，她躲着呢。弄得"阿哥"一阵好找，然后感到意外的惊喜。这一层诗人未显言，但无字处皆具意也。看来这位靓女还有几分调皮呢。

靓女约阿哥相会，当有心意表白。但作为一位姑娘，话儿怎么好讲？她只是赠给对方一支红色的通心草。旧训彤管为针筒、笛子或笔杆儿，总不符合牧女的身份，与后文"归荑"之说亦缺乏照应。其实，这"彤管"即下文的"荑"，乃红色通心的嫩茅草。伴随赠草的动作，想必她还问了一声："这草儿可美？"这才自然地引起一番答话或议论。"彤管"是新从牧场采来的，鲜嫩润泽。"有炜"犹言"炜炜"（有字加单音形容词是叠字的变式）。"悦怿女美"的答语妙在双关，既是悦怡"彤管有炜"之美，又是悦怡"静女其娈"之美。还需要表白什么呢，男有心女有意，早已是"心有灵犀一点通"了。

以下便写约会后男子幸福的回味。拿着那不同寻常的嫩茅草，男子爱不忍释，重申其"洵美"（即确美）。不但美，而且"异"——美得怪，何以言之？原来这茅草本是郊原上最平常最低贱的植物，人们从未把它和"美"联系在一块儿过。然而一经姑娘手赠，居然美了起来。常言道"情人眼里出西施"，又道是"爱屋及乌"，这里是兼而有之了。这种恋爱中人的心理，在诗中表现得很真切。

全诗最警策的还在最后两句，诗人通过那男子对这种新鲜感受的反复玩味，道出了一个富于哲理意味的结论："非汝之为美，美人之贻。"美在物，亦在人；美在形式，亦在内容；美在客观，亦在主观。于是朴素的诗句启发读者超越诗的本文，进而领悟到美之本质，美之奥义。诗中对茅草以人称相呼，"卉木无知，却胞与而尔汝之，若可酬答，此诗人之至情洋溢，推己及他。我而多情，则视物可以如人"（钱钟书《管锥编》），这种"尔汝群物"的移情手法，后世诗词多有运用，而此诗已肇其端。

（周啸天）

◇鄘风·桑中

爰采唐矣？沫（mèi）之乡矣。云谁之思？美孟姜矣。期我乎桑中，要我乎上宫，送我乎淇之上矣。

爰采麦矣？沫之北矣。云谁之思？美孟弋矣。期我乎桑中，要我乎上宫，送我乎淇之上矣。

爰采葑矣？沫之东矣。云谁之思？美孟庸矣。期我乎桑中，要我乎上宫，送我乎淇之上矣。

这是一首歌唱幽期密约的诗。有人根据诗中"采麦""采葑"之说，认为抒情诗的主人公是普通劳动者；也有人根据"姜""弋""庸"为贵族姓氏，认为诗中人乃贵族男女。然而男女之间，爱欲存焉，抒情诗的主人公的身份对于这一首诗，无关宏旨，而其情辞音节之美，在三百篇中不可多得，特别值得注意。

诗三章的前四句都是用自问自答的方式唱出来的，又都是以采集植物起兴的（采唐、采麦、采葑）。以渔鱼隐射性爱，以饮食隐射性爱，在诗经中屡见不鲜。从采集植物兴起求爱、相思，是另一种自然的联想，这在《关雎》《卷耳》中便有表现；至于后世乐府中的"郎见欲采我，我心欲怀莲"、现代民歌中的"我有心摘一朵戴，又怕栽花人将我骂"，都可遥相印证。诗一起就兴致勃勃，而又别有用心。"云谁之思？美孟姜矣"，反复问答，最有歌味，能尽抑扬顿挫之致，比直接宣布要动人得多。"孟姜"犹言姜家大姐，与"孟弋""孟庸"皆同是美人的同义语，又是爱人的代称。朱自清说："我以为这三个女子的名字，确实只是为了押韵的关系。那三个名字，或者只有一个是真的，或者全不是真的——他用了三个理想的大家小姐的名字，许只是代表他心目中的一个女子。"（《中国歌谣》）而在媵妾制的时代，长姊地位特殊；而大家闺秀，别具风姿。故诗中称谓饱含着诗人的柔情蜜意。

诗章的后三句用了一种回忆、遐想的语调，一口气唱出了心爱的姑娘"期我"、"要（邀）我"及"送我"的整个儿的约会过程，极有层次。恋爱靠谈，谈恋爱的最好方式就是相送，这在诗经时代人们就懂得了。桑中之期，上宫相邀，诗中点到为止，至于其间唯有天知的情事，一概略去，以下便说到淇水相送。比起后人戏文中的"软玉温香抱满怀"之类不知有几多空灵。孙作云以为桑中即卫地的桑林之社（桑为社树），上宫即社庙。当时的庙会，即男女青年约会场所。其说最为通达。诗人把桑中相期之苦情，上宫相会之乐事，淇水远送之缠绵，一股脑儿留给读者自行玩味，尤有悠悠不尽的韵味。

《毛诗序》主美刺说诗，连这样一首情歌，也说是"刺奔也"。清人崔述驳斥道："（此诗）但有叹美之意，绝无规诫之言。若如是而可以为刺，则曹植之《洛神赋》、李商隐之《无题诗》、韩偓之《香奁集》，莫非刺淫者矣。"（《读风偶识》）

诗的前四句是整齐的四言句，而到末三句却依次作五五七言句，这是典型的逐渐增字永言的做法。诗人本不难运用齐言形式，如末句就可以作"送我乎淇上"，与上二句划一。却偏偏要增衬"之""矣"两个字，盖兴会所致，"言之不足故嗟叹之，嗟叹之不足故永歌之"（《诗大序》），使此诗从头到尾，洋洋乎愈歌愈妙，真欲令人手舞足蹈了。此外，每章前四句略有易辞之处，而末三句则完全相同，这在今日多段的歌曲中还是习见的形式，相同的后一部分通常称之为"副歌"，往往点题。在演唱时多用合唱，尤为动人。

（周啸天）

◇郑风·褰裳

子惠思我，褰裳涉溱。子不我思，岂无他人？狂童之狂也且（jū）！

子惠思我，褰裳涉洧。子不我思，岂无他士？狂童之狂也且！

采自民间的情歌固多纯情优美之作，也有以粗犷泼辣见长者，《褰裳》便是。朱熹说："自是男女相咎之辞，却干忽与突争国甚事！"（《朱子语类》）认为是女子戏谑其情人，即打情骂俏的诗，难得他如此开明。但此诗也并非一味地戏谑，乃是戏中有真，谑中寓庄。

溱、洧是流经郑境的两条河，河水不深，《孟子·离娄》中即有郑子产用车渡人过溱洧的记载。可见其浅处当可褰裳而涉。既要冯河，难免湿脚。想吃鱼又怕沾腥，只享受爱的权利而不尽爱的义务，天下哪有如此便宜的事！诗中"子惠思我，褰裳涉溱"、"子惠思我，褰裳涉洧"的戏谑语中，实含有深层的隐义，即"嗜山不顾高，嗜桃不顾毛"（毛奇龄评）之意。所以特别经得起咀嚼。

由于诗是代言体（第一人称），又不涉叙事，所以女主人公发话的动机便具有未定性，给读者以浮想联翩的余地。固然可以认为，她在作主动的试探，意在要犹豫不决的小伙子当机立断，明确摊牌；然而，又何尝不可以认为，爱情出现了现实障碍，她在激励男方克服和超越，做一点冒险和牺牲。不管哪种情况，都是要求对方拿出爱的证据来！

　　"子不我思，岂无他人？""子不我思，岂无他士？"有你不多，无你不少，"离了胡萝卜不成席？"话很轻率、放肆，但骨子里还是鼓励对方冲破障碍或放弃犹豫到她身边来。"听话听反话，心爱叫冤家"，"狂童"的称谓，正当如是解。据李敖考证，末句语尾的"且"字，本义是男人性器。那么此句实是一句粗口，直译即："狂童你狂个毬！"郑振铎说："'子不我思，岂无他人？狂童之狂也且！'似是《郑风》中所特有的一种风调。这种心理，没有一个诗人敢于将它写出来！"（《插图本中国文学史》）

　　不过，此诗之深意并非爱的轻率，而是爱的矜持。近代有位沈女士写过一首《别》，其中说："你爱想起我就想起我，像想起一颗夏夜的星；你爱忘了我就忘了我，像忘了一个春天的梦。"彼此虽有古今、精粗、文野之分，但诗中那份矜持何其相似乃尔。

（周啸天）

◇郑风·出其东门

　　出其东门，有女如云。虽则如云，匪我思存。缟衣綦巾，聊乐我员。

　　出其闉阇（yīn dū），有女如荼。虽则如荼，匪我思著。缟衣茹藘，聊可与娱。

　　这首诗表现的是男主人公对爱情的忠实不贰。

　　关于"东门"，陈启源说："《左传》记郑事，所言城门，凡为名十二。……惟东门两见于诗，意此门当国要冲，……盖师旅之屯聚，宾客之往来，无不由是，其为郑之孔道可知，宜乎诗之一兴一赋皆举以为端也。"（《毛诗稽古编·附录》）

　　诗中主人公出席东门之外的一个聚会，面对美女如云、眼花缭乱的情景，他却想到了自己的心上人，从而否定和排斥外来的诱惑。故"'匪我思存'句最重。"（高朝璎《诗经体注大全合参》）

　　十八世纪苏格兰杰出农民诗人彭斯在《玛丽·莫里孙》中咏叹："昨夜灯火通明／伴着颤动的提琴声／大厅里旋转着迷人的长裙／我的心儿却飞向了你／坐在人堆里／不见也不闻／虽然这个白的俏、那个黑的俊／那边还有倾倒全城的美人／我叹了一口气，对她们说／你们不是玛丽·莫里孙。"

　　可以说这是《出其东门》的英语版本。

（周啸天）

◇王风·大车

　　　大车槛槛，毳（cuì）衣如菼（tǎn）。岂不尔思？畏子不敢。

　　　大车啍（tūn）啍，毳衣如璊（mén）。岂不尔思？畏子不奔。

　　　谷则异室，死则同穴。谓予不信，有如皦（jiǎo）日。

诗中女主人公爱上了一位男子，但又不肯贸然和他同居（"谷则异室"）。并非她心怀二志，而是她对恋人的态度尚无十分的把握。《大车》一诗便是在这种矛盾心情中所作的爱的试探。

"大车槛槛，毳衣如菼"、"大车啍啍，毳衣如璊"，这不纯是兴语。车走雷声，毳衣鲜艳，都暗示出一个很有身份的男子的形象，那无疑便是女子的意中人了。这里应隐含有二情相逢的值得记忆的往事，或许他们曾经同车而行；或许当初结识，他就是这样驱高车，服盛装，显得风流倜傥，令人一见难忘。时光可以使记忆变得模糊，但那车声，那服色却令人忘不了。也可能是另一种情况，那人丽服乘车而来，要讨一个重要的口信。从后文"谷则异室，死则同穴"二句看，那女子其实是早已表明心迹的，所欠的只是一个"谷则'同床'"的许诺。那么，她在犹豫什么呢？

盖当时婚俗，已受礼教的干预。"取妻如之何？必告父母"、"取妻如之何？匪媒不得。"（《齐风·南山》）舆论已是不容非礼的自由结合，连上层统治者也不免受约束。诗中那个好身份的男子虽怀有爱的觊觎，又不能不顾虑重重。这从"岂不尔思？畏子不敢"两句，有着充分的暗示。什么不敢？私奔的不敢。"畏子不奔"，便是进一步的补说。换言之，那男子受到一些约束，不敢将两个人的隐秘感情、隐秘关系，公之于众。他只能采取幽会的形式，而未敢冒天下之大不韪，作出更多的牺牲，尤其是名誉上的牺牲。这正是女主人公深感不满的，所以她话里带刺，而且一语破的："岂不尔思？畏子不敢"、"岂不尔思？畏子不奔"！这与其说是讥讽，不如说是反激，诗句妙处也正在这里。说你不敢，正表明"我"敢；说你不敢，是希望你敢。

诗通过活生生的人物语言，展现了极富戏剧性的爱情谈判，很有意味。"岂不尔思？畏子不敢"，这是火辣辣的挑战。"岂不尔思？畏子不奔"，这是坦率的表白。那女子很有性格，决不如"妾拟将身嫁与一生休，纵使无情弃，不能羞"（韦庄）那等的盲动；而是将命运攥在手里，引而不发跃如也。不怕她现在静如处子，只要对方一句话，她也能脱兔般地行动。

一面是爱的大胆，一面是爱的矜持。女主人公为再一次表白爱的心迹，于是旧誓重提："谷则异室，死则同穴。"今人曾翻新为"生不同床死同穴"（田汉《关汉卿》）一句。这里值得玩味的是"谷则异室"四字，看来那女子是要坚持奔这一条路的，否则不全则无，把希望留到身后。"谓予不信，有如曒日"，指天为誓，更见信念。

诗人写到这里戛然而止。那男子听后是赧然而退，还是回应如响，并不是这首抒情诗的兴趣所在，诗人不画蛇足。他要表现的是一种爱的心境，一种活脱脱的个性，就此而言，《大车》一诗是成功了。

清人姚际恒谓《大车》为"誓辞之始"（《诗经通论》），后世如汉乐府《上邪》、敦煌曲子词《菩萨蛮》等，即与之一脉相承。

（周啸天）

◇秦风·蒹葭

　　蒹葭苍苍，白露为霜。所谓伊人，在水一方。溯洄从之，道阻且长。溯游从之，宛在水中央。
　　蒹葭凄凄，白露未晞。所谓伊人，在水之湄。溯洄从之，道阻且跻（jī）。溯游从之，宛在水中坻（chí）。

蒹葭采采，白露未已。所谓伊人，在水之涘（sì）。溯
洄从之，道阻且右。溯游从之，宛在水中沚（zhǐ）。

秦风是最早的西部诗，秦风中的篇章一方面激荡着西北边鄙的慷慨悲壮的音情，粗放如《我家住在黄土高坡》；一方面缥缈着男女之间绵长不尽的情思，缠绵如《走西口》。

《蒹葭》一诗却脱尽黄土高原粗犷沉雄的气息，将人们带到散发着水乡泽国情调的邈远空灵而又缠绵的境界。诗的开头"只两句写得秋光满纸，抵一篇悲秋赋"（清·牛运震《诗志》），诗人为读者描绘出一幅河上秋色图，淡远的境界中略带凄清的色彩，对诗所表现的执着追求、若即若离的思慕之情，是很好的气氛烘托。

写景之后，出现了抒情主人公在河畔徜徉凝望的身影，这个身影相当朦胧。诗中人望穿秋水，企盼着"所谓伊人"。这个"伊人"，在诗中出现，没有性别的规定性；谓其"在水一方"，则没有方位的规定性。所以向河的上游走，找不到这个"伊人"；向河的下游走，还找不到这个"伊人"。"宛在"二字，微妙地透露出伊人之所在的缥缈如海市蜃楼，望之似有，实渺茫难即。北宋贺铸《青玉案》："凌波不过横塘路，但目送，芳尘去。锦瑟华年谁与度？月桥花院，琐窗朱户，只有春知处。"写企盼心理，与此正同。

与国风中多数情诗的内容比较具体实在不同，这首诗的意境特别空灵。没有具体的人物、事件、地理方位。全篇着意渲染一种对幸福的憧憬和期待，一种缥缈迷人的气氛，一种缠绵而略带感伤的情调，一种执着而不免失落的意绪。它表现的不是具体的人生故事，而是一种期盼的心境。它超越写实，而进入象征领域，故诗意难于指实，连朱熹也说："秋水方盛之时，所谓彼人者，乃在水之一方，上下求之而皆不可得，

然不知其何所指也。"（《诗集传》）

读者固然可以从诗中所描绘的情景唤起相似的爱情体验，也可从诗中所描绘的象征性境界产生更丰富深远的联想，唤起某种更广泛的人生体验。清人牛运震认为此诗乃"《国风》中第一篇缥缈文字，极缠绵，极惝恍，纯是情，不是景；纯是窈远，不是悲壮。感慨情深，在悲秋怀人之外，可思不可言。萧疏旷远，情趣绝佳，《序》以为刺襄公不用周礼，失其义矣。"（《诗志》）姚际恒说："此自是贤人隐居水滨，而人慕而思见之诗。"（《诗经通论》）近人陆侃如则说："它的意义究竟是招隐或是怀春，我们不能断定，我们只觉得读了百遍还不厌。"（《中国诗史》）。

《蒹葭》各章前二句乃赋景起兴，用秋江冷寂景象烘托失恋者寂寞的情绪，在抒情气氛的创造上有不可忽视的作用。"白露为霜"——"白露未晞"——"白露未已"，在时间上有递进，这是《诗经》中复叠运用的一种很典型的形式，其作用是在反复中深化意境。

（周啸天）

◇陈风·月出

月出皎兮，佼人僚兮，舒窈纠兮，劳心悄兮。

月出皓兮，佼人懰（liǔ）兮，舒忧受兮，劳心慅（cǎo）兮。

月出照兮，佼人燎兮，舒夭绍兮，劳心惨兮。

　　在《诗经》中，特别是《国风》和《小雅》中，重章叠咏是普遍运用的一种形式。它是如此的普遍，乃至我们可以说，重章叠咏是《诗经》结构上的一种程式。无论哪种情况的叠咏，均与《诗经》特别是风雅诗中的作品，与音乐配合，可以歌唱这一事实相关。因为古代的歌曲比今天的歌曲要短，要给人以印象，就不能只奏一遍，往往要奏两遍以上，才能给人以深刻的印象。最佳的情况是连奏三遍。多于三遍，则又容易因重复而令人生厌。乐曲演奏几遍，配合乐曲的歌词相应地也就有几段。由于每首歌的意思比较单纯，往往在第一段中就表达清楚了，因此以后几段的歌词，只需在第一段的基础上改变一些字眼，略示变化也就行了。这就是重章叠咏这一结构程式成立的原因了。《诗经》中的叠咏方式是相当丰富的，读起来有一唱三叹的效果，大有助于抒情。同时，叠咏的形式也随时提醒着读者，这些诗原本是唱来听的，而不是写来看的。到汉代五言诗产生，诗歌逐渐脱离音乐，变歌诗而为诵诗，叠咏的形式也就消失了。

（周啸天）

●屈原（约前340—约前278），名平，战国楚人。怀王时曾任左徒、三闾大夫，主张联齐抗秦。于怀王、顷襄王时两遭佞臣进谗，而被放逐汉北、江南。因国事不堪，而自沉汨罗江。他根据楚声楚歌而创制楚辞，著有《离骚》《天问》《九歌》《九章》等。

◇九歌·湘夫人

帝子降兮北渚，目眇眇兮愁予。嫋嫋兮秋风，洞庭波兮木叶下。登白薠（fān）兮骋望，与佳期兮夕张。鸟何萃兮薠中，罾何为兮木上？沅有茝（zhǐ）兮醴有兰，思公子兮未敢言。荒忽兮远望，观流水兮潺湲。麋何食兮庭中，蛟何为兮水裔？朝驰余马兮江皋，夕济兮西澨（shì）。闻佳人兮召予，将腾驾兮偕逝。

筑室兮水中，葺之兮荷盖。荪壁兮紫坛，匊芳椒兮成堂。桂栋兮兰橑（liáo），辛夷楣兮药房。网薜荔兮为帷，擗蕙櫋（mián）兮既张。白玉兮为镇，疏石兰兮为芳。芷葺（qì）兮荷屋，缭之兮杜衡。合百草兮实庭，建芳馨兮庑门。九嶷缤兮并迎，灵之来兮如云。

捐余袂（mèi）兮江中，遗余褋（dié）兮澧浦。搴汀洲之杜若，将以遗（wèi）兮远者。时不可兮骤得，聊逍遥兮容与。

《九歌》全部是祭神鬼的歌辞，兼有娱神、娱乐等作用，多立足于神本位，由女巫表演。古代祭神时是男女发展爱情的机会，所以祭神的歌辞中亦常叙述男女相爱、男神与女神的相爱。

湘君、湘夫人，旧说为舜之二妃；近人多主为湘水之配偶神，湘君即是舜灵，居九嶷山，湘夫人即舜之二妃，居湘水。《湘君》《湘夫人》均写企盼对方而不来，所产生的深切思慕哀怨的心情。两诗所写正是"一种相思，两处闲愁"。

《湘夫人》首写企盼，"帝子"即湘夫人、"予"是她喁喁自语的口气。"嫋嫋兮秋风"二句，融情于景，形容湖上秋景如画，为如杜甫"无边落木萧萧下"一类名句所本，乃千古言秋之祖（胡应麟语）。因为湘夫人是水神，所以描写以"登白薠兮骋望"，与后来曹植写洛神"凌波步弱，罗袜生尘"的轻盈神似，"与佳（人）期兮夕张"写为接待对方而陈设布置帷帐，与下文"筑室兮水中"一段映带。"鸟何萃兮薠中"二句，与"麋何食兮庭中"二句，皆属"倒反"修辞。当栖树的鸟儿反在水藻之中，当在水的网儿反挂在树上，野鹿跑进屋，蛟龙爬上岸，皆是以景象的反常，暗示情事之阴错阳差，不近人情。"沅有茝兮醴有兰"兴起情语，极写言路不通之苦，语类"山有木兮木有枝，心悦君兮君不知"。"荒忽兮远望"二句承篇首"目眇眇兮愁予"，写的是望眼欲穿的情态。

次写追寻。从早到晚，从东边的江皋到西边的江皋，因为得到爱人的召唤，准备会合同行。以下用浪漫笔墨，写在水中建造新房。"筑室兮水中"十四句，铺排绚烂，写新房的布置陈设备极幽洁芬芳，渲染了因爱人即将到来的兴奋和欢快。"九嶷缤兮并迎"二句，是想象对方降

临的盛况，非实景。

最后写盼望落空，只好在约定地点留赠。这是与《湘君》结尾对等的一段文字。"时不可兮骤得"好比《古诗十九首》说"过时而不采，将同秋草萎"、唐诗《金缕衣》说"花开堪折直须折，莫待无花空折枝"，言下有极大的遗憾和无奈。

相传舜帝南巡，死于苍梧之野，葬于九嶷山，二妃追之不及，死于湘水。双方相爱之深而相思甚苦，所以《湘君》《湘夫人》写舜灵的湘君由九嶷北上，往寻二妃；而皇英二女即湘夫人，则沿湘江南下，往寻舜帝。其间不免有阴差阳错的情况发生。类似的情形，在人间男女恋爱中，也是经常发生的。故其象征意蕴超出本文内容，能引起读者普遍的神往和共鸣。

（周啸天）

◇九歌·山鬼

　　若有人兮山之阿，被（pī）薜荔兮带女罗。既含睇兮
又宜笑，子慕予兮善窈窕。乘赤豹兮从文狸，辛夷车兮结
桂旗。被石兰兮带杜衡，折芳馨兮遗（wèi）所思。

　　余处幽篁兮终不见天，路险难兮独后来。表独立兮山
之上，云容容兮而在下。杳冥冥兮羌昼晦，东风飘兮神灵
雨。留灵修兮憺忘归，岁既晏兮孰华予！

　　采三秀兮于山间，石磊磊兮葛蔓蔓。怨公子兮怅忘
归，君思我兮不得闲。山中人兮芳杜若，饮石泉兮荫松
柏，君思我兮然疑作。雷填填兮雨冥冥，猨啾啾兮狖
（yòu）夜鸣。风飒飒兮木萧萧，思公子兮徒离忧。

　　山鬼一说是山中精灵，又或云巫山神女。诗写企盼不至，乃至失恋
的情绪。

　　全诗三段。一段描绘山鬼出场的形象。虽然装束是神——被薜荔、
带女罗、被石兰、带杜衡、乘赤豹、从文狸、辛夷车、结桂旗，但骨子
里却是人，一个苗条会笑、眉目传情的怀春少女。她非常善于就山取材
来装扮自己，同时也没有忘记采集一些香花芳草，准备献给心上人。

　　二段写山鬼到达赴约地点，未见期待出现的身影，心中有些忐忑不
安。"余处幽篁"二句，是解释自己迟到的原因——居处幽暗、看不清
天色，加山路艰险，耽误了时间，潜在的担心是怕对方早来了。"表独

立兮山之上"四句，写候人。天昏昏、云容容、风飘飘、雨霏霏的景象和气氛，还有那个笔立山头眺望行人的山鬼，简直就是巫峡神女石一般的风光。"留灵修兮憺忘归"二句，写执着与不安的心情。"岁既晏兮孰华予"，写尽人间大女难嫁的担忧。

三段写久盼不至的惨苦。随着时间的推移，山鬼的不安为事态所证明——对方显然是不会来了。"采三秀兮于（巫）山间"二句，承前"折芳馨"句，写山鬼并未完全放弃希望，下意识中还在等待。"怨公子"二句，上句对对方产生埋怨，下句又想当然地为之辩解，设想他不是不想我，而是"不得闲"。然而"不得闲"哪里是爽约的理由，最多只能是借口，话虽如此，可怜山鬼一片痴情。"山中人"三句，顾影自怜，对"君思我"又产生怀疑。诗情千回百转符合初恋者的心情。末四句写夜幕降临后，山鬼因相思得不到回报，而极度凄苦的心情。用了一系列叠字来烘托高江急峡的气氛——雷填填、雨冥冥、风飒飒、木萧萧，特别是"猿啾啾"这一句，所谓"猿鸣三声泪沾裳"，也是"于山"即"巫山"一证。

诗中通过山鬼候人不至心情的变化，从自我埋怨到埋怨对方、到自我安慰、到陷入极度烦恼，写失恋的心态达到细致入微的程度。因融入了人生体验，所以其指极大。诗经民歌即有大量以女性为抒情主人公的恋歌，而大诗人屈原更结合自己特有的人生体验，在《离骚》《九歌》乃至《九章》中对女性苦恋心态，作了更深刻的描写，形象独到。如《湘夫人》《山鬼》中的抒情主人公形象，就具有以下共同特点：美丽多姿而志趣芳洁，善解风情而孤独寂寥，情有独钟而专一执着，遭遇不偶而苦闷幽怨。和诗经中"子惠我思，褰裳涉溱。子不我思，岂无他人"式的恋情比较，正自不同。

（周啸天）

●司马相如（约前179—约前118），字长卿，西汉蜀郡成都（今属四川）人。初为景帝武骑常侍，因病免，游于梁园，与邹阳、枚乘等为友。因善辞赋为武帝赏识，用为郎，又拜中郎将，宣谕西南。后转孝文园令卒。有明辑本《司马文园集》。

◇琴歌二首

凤兮凤兮归故乡，遨游四海求其凰。时未遇兮无所将，何悟今兮升斯堂。有艳淑女在闺房，室迩人遐毒我肠。何缘交颈为鸳鸯，胡颉颃兮共翱翔。

凰兮凰兮从我栖，得托孳尾永为妃。交情通意心和谐，中夜相从知者谁？双翼俱起翻高飞，无感我思使余悲。

司马相如与卓文君，是正式载入史册的我国历史上第一对自由恋爱的夫妇，影响很大。他们的婚姻建立在爱情的基础之上，给后世无数追求恋爱自由的男女树立了榜样。其事见《史记·司马相如列传》。传称临邛富豪卓王孙召临邛令与司马相如饮，"酒酣，临邛令前奏琴曰：'窃闻长卿好之，愿以自娱。'相如辞谢，为鼓一再行。是时卓王孙有女文君新寡，好音。故相如缪与令相重，而以琴心挑之。……文君窃从户窥之，心悦而好之，恐不得当也。既罢，相如乃使人重赐文君侍者，通殷勤，文君夜亡奔相如，相如乃与驰归成都"。

《琴歌》二首据说即是相如对文君弹唱的歌辞。然《史记》本传未载，首见于梁代徐陵所编《玉台新咏》，近人或疑为两汉琴工所为。虽无确据，但从歌辞比较直露来看，因感其事而托名相如的可能性是较大的。

凤凰是中国古代传说中的神鸟，"出于东方君子之国，翱翔四海之外，过昆仑，饮砥柱，濯羽弱水，暮宿风穴"（《尔雅》郭璞注引言）。雄为凤，雌为凰，故昔人以"凤凰于飞""鸾凤和鸣"喻和谐的夫妇关系。相如少年时曾读书学剑，景帝时以家境殷实，捐得郎官，为武骑常侍。然武艺非其所长，长于辞赋，景帝对辞赋缺乏兴趣。相如因而称病辞官，投奔爱好文学而招贤纳士的梁孝王，在梁园，他与邹阳、枚乘等一批著名文士交往，写下《子虚赋》等名篇。梁孝王死，相如回成都，其时家境衰微，不得不依托于临邛令王吉，于时尚未成家，故歌中引"遨游四海求其凰"以自譬。

"颉颃"是形容鸟儿上下自由飞翔的样子，语出《诗·邶风·燕燕》："燕燕于飞，颉之颃之。""孳尾"则指鸟兽的交配，"妃，匹也。"（《说文》）一歌侧重于表爱慕之意，二歌则直接邀约对方为爱情而出走，歌辞更见大胆炽热。这种旁若无人、公然相挑的言辞，放在现实生活中，是很难理喻的；然而，由琴工将其作为故事演唱，则容易感动受众。

《琴歌》虽借用了骚体形式，但摒弃方言，而贴近口语，千古以下，仍觉得非常好懂。

（周啸天）

●张衡(78—139)，东汉科学家、文学家。字平子，南阳西鄂(今南阳石桥镇)人。曾任郎中，太史令。精于天文历算之学，原有集，已佚，明人辑有《张河间集》。

◇四愁诗

我所思兮在太山。欲往从之梁父艰，侧身东望涕沾翰。美人赠我金错刀，何以报之英琼瑶。路远莫致倚逍遥，何为怀忧心烦劳。

我所思兮在桂林。欲往从之湘水深，侧身南望涕沾襟。美人赠我琴琅玕，何以报之双玉盘。路远莫致倚惆怅，何为怀忧心烦伤。

我所思兮在汉阳。欲往从之陇阪长，侧身西望涕沾裳。美人赠我貂襜褕，何以报之明月珠。路远莫致倚踟蹰，何为怀忧心烦纡。

我所思兮在雁门。欲往从之雪雰雰，侧身北望涕沾巾。美人赠我锦绣段，何以报之青玉案。路远莫致倚增叹，何为怀忧心烦惋。

《四愁诗》是中国诗史上的名篇，写于张衡任河间相时期。《文选》说到本诗写作背景，"时天下渐弊，郁郁不得志，为《四愁诗》，依屈原以美人为君子，以珍宝为仁义，以水深雪雰为小人。思以道术相报，贻于时君，而惧馋邪不得以通。"意思说张衡想报答君王，安顿天下，只是惧怕被谗佞邪恶的小人所阻挠，由此写作《四愁诗》，用屈原香草美人的比兴方式，寄托自我怀抱。

《四愁诗》设想了自己和一个远方美人的故事，二人情意相投，美人赠我金错刀、金琅玕、貂襜褕、锦绣段，我投桃报李，赠予美人英琼瑶、双玉盘、明月珠、青玉案。

不想诗人的追求却遭遇四方阻碍。"我所思兮在太山。欲往从之梁父艰"，去往东边的泰山，不想却被崎岖的梁父山所阻拦。"我所思兮在桂林。欲往从之湘水深"，去往南边的桂林，不想却被宽阔的湘水所阻隔。"我所思兮在汉阳。欲往从之陇阪长"，去往西边的汉阳，不想却被险峻的山崖所阻塞。"我所思兮在雁门。欲往从之雪雰雰"，去往北边的雁门，不想却被弥漫的大雪所阻断。四方行来，辛苦艰难，不得出路，"侧身东望涕沾翰""侧身南望涕沾襟""侧身西望涕沾裳""侧身北望涕沾巾"，只能哀伤哭泣罢了。由此也才是"心烦劳""心烦伤""心烦纡""心烦惋"，内心郁结，一味悲伤。

东南西北，四面是愁。不得行进，徘徊原路。诗人这里用的是楚辞美人之喻笔法，将自己和君王的遇合，巧妙通过美人之思，含蓄写出，显得典雅从容。

是的，政治很坚硬，爱情很柔软。这种笔法，将坚硬的政治化为柔软的爱情，给人以缥缈悠远思绪，正是文学之美的绝大魅力。当那时的政治远去，这种爱情之美却依然动人心魄。也正因如此，虽屈原与张衡在政治上失意于一时，但他们的文学，却是辉映千秋。

（黄全彦）

●汉乐府，汉时乐府官署所采制的诗歌。汉代乐府官署大规模搜集歌辞始自武帝时，采诗的目的一是考察民情，二是丰富乐章，以供宫廷各种典礼以至娱乐之用。汉乐府歌辞多感于哀乐，缘事而发，现存作品多为东汉人所作。宋人郭茂倩所编《乐府诗集》是收罗汉迄五代乐府最为完备的一部诗集。

◇有所思

有所思，乃在大海南。何用问遗君？双珠玳瑁簪，用玉绍缭之。闻君有他心，拉杂摧烧之。摧烧之，当风扬其灰。从今以往，勿复相思！相思与君绝！鸡鸣狗吠，兄嫂当知之。妃呼豨！秋风肃肃晨风飔，东方须臾高知之！

本篇写的是一个热恋中的女子，突然听说对方变心之后的痛苦复杂的心情。

"有所思，乃在大海南"，先言所爱居住之地作为开篇，是爱情诗歌常见的写法，诗经《周南·汉广》《秦风·蒹葭》如此，张衡《四愁诗》如此，西北民歌《在那遥远的地方》《达坂城的姑娘》也是如此。

赠爱人以礼物，是示爱的一种方式，古今无异。礼物最好亲手做成，"双珠玳瑁簪"就是两边各悬一颗珠子用玳瑁（龟类动物其甲有彩）做成的簪，又"用玉绍缭之"即以玉环缠绕在一起作为装饰。

这件珍贵的礼物后来竟被女主人公亲手毁了，因为她听说爱人移情别恋，一气之下把礼物付之一炬，还当风扬其灰。《红楼梦》第十八回有一个"林黛玉误剪香囊袋"的情节。不过误以为宝玉把她给的荷包让小厮解去罢了，黛玉就气得将为宝玉做的香囊袋"拿过来就铰"！

诗中"鸡鸣狗吠，兄嫂当知之"二句，意不甚明。或言女子的隐私为兄嫂所知。一说是女子一夜未睡，又怕兄嫂知道。"晨风"是鸟名，一说为雄鸟，因慕配偶而悲鸣，隐喻着女子求偶的失败。

末句说等到东方太阳升起以后总会知道怎么办。这就是所谓"车到山前必有路"，时间是包治百病的良药，暂时拿不定主意的事，不妨放一放。不了了之，也是一种办法。此诗很有生活情趣。

（周啸天）

◇上邪

上邪！我欲与君相知，长命无绝衰。山无陵，江水为竭。冬雷震震夏雨雪，天地合，乃敢与君绝！

这是一首情歌。其奇警处在于，女主人公为了向爱人表白自己的心迹，连举天地间不可能发生的五件事（高山夷为平地，江水枯竭，冬日打雷，夏天下雪，天地合一）来表达自己对爱情的坚贞不移。女主人公火一样的热情，和急于表白的情态，使这首小诗具有震撼人心的力量。须知处在封建时代，这样追求自由的爱情，表明义无反顾的决心和信念，是要有很大的勇气的。

　　清人张玉谷评："首三正说，意言已尽，后五反面竭力申说。如此然后敢绝，是终不可绝也。迭用五事两就地维说，两就天时说，直说到天地混合，一气赶落，不见堆垛，局奇笔横。"（《古诗赏析》五）句句在理。

（周啸天）

●古诗十九首，东汉文人抒情诗，初见录于南朝梁昭明太子萧统《文选》。诗多反映汉末动乱时世中夫妇两地分居之苦及文人失落心态。语言平易自然，如秀才对朋友说家常话，颇为后世称道。

◇客从远方来

客从远方来，遗我一端绮。相去万余里，故人心尚尔。文彩双鸳鸯，裁为合欢被。著以长相思，缘以结不解。以胶投漆中，谁能别离此？

这是一首思妇诗。它似乎就是一首诗后半部分的一个变奏，抒写了一位思妇收到丈夫从远方捎来的礼物的兴奋与喜悦之情。

读这首诗要注意它的双关修辞。"客从远方来，遗我一端（即半匹亦即二丈）绮"，首先是叙述一个事实。俗话说"千里送鹅毛，礼轻情义重"，何况还是二丈长的带有鸳鸯图纹的素缎呢，又是万里以外的丈夫捎来的，那意义真是不同寻常了。解此，方会得"相去万余里，故人心尚尔"所含的受宠若惊之语气。

其次，这里的"绮"，字形是奇丝，双关奇思也。而全诗即写思妇之奇思——她用这料子来做件什么东西呢？不是做上襦，不是做下裙，而是"裁为合欢被"，所谓合欢，也就是夜合花，又叫马樱花，羽状复叶，夜则对合，是夫妇好合的象征。奇思一也。

　　被的中间装绵，谓之"著"；被子四边缀饰，谓之"缘"。"著以长相思"，即著以绵也，以绵有丝（纤维）且长故云；"缘以结不解"，缘边的丝缕打的是死结也。而字面双关的是相思绵长，缘结不解。奇思二也。

　　意犹未尽，再出一喻："以胶投漆中，谁能别离此"，以当时的生活经验，世上唯有胶漆的黏合力最强，一旦黏上，就难分难解。旧小说喻男女好合为如胶似漆，实本于此诗。奇思三也。

　　本诗尽洗相思离别愁苦黯淡之态而着色敷腴，情调欢快，这是与特定的时刻、具体的背景关联着的。诗中双关隐语的运用，工致贴切，精妙绝伦，已得六朝民歌风气之先。

（周啸天）

◇西北有高楼

　　西北有高楼，上与浮云齐。交疏结绮窗，阿阁三重阶。上有弦歌声，音响一何悲！谁能为此曲？无乃杞梁妻。清商随风发，中曲正徘徊。一弹再三叹，慷慨有余哀。不惜歌者苦，但伤知音稀。愿为双鸿鹄，奋翅起高飞。

　　听歌，引起诗人浮想联翩。诗的主题句是"但伤知音稀"。电影《知音》主题歌云："山青青，水碧碧，高山流水韵依依。"又说"千古知音最难觅"者，是也。

　　诗人闻一座豪宅的楼上传来弦歌之声，其所弹唱乃"孟姜女哭长城"（"谁能为此曲？无乃杞梁妻"）。主旋律优美，而且不断出现，每出现一遍都令人感慨万千。歌声又是那样的专注，那样的有磁性，诗人无法不驻足洗耳恭听。

　　他边听边想："那歌女和她的歌声一样动人吧？"一会儿又想："没有人比我更能赏识她的歌声了。"一会儿又想："没有人比她更适合于我了。"

　　歌为媒，诗人找到了恋爱的感觉，在想入非非中，和歌女比翼齐飞了。这大概是《关雎》《汉广》以来，很好的一首恋歌了。

　　据说陆侃如青年时代参加论文答辩，提问："孔雀何以东南飞？"应声答云："西北有高楼，上与浮云齐。"其事可入语林。

（周啸天）

◇庭中有奇树

　　庭中有奇树，绿叶发华滋。攀条折其荣，将以遗所思。
馨香盈怀袖，路远莫致之。此物何足贵？但感别经时。

　　本篇为思妇诗，和《涉江采芙蓉》是"十九首"中最短的两首作品。古代妇女禁锢深闺，与外界较少接触，只有庭中奇树与之朝夕相对。她看到它的叶子渐渐变绿，看到它的花渐渐开繁，其间应有一个漫长的过程，心中想念的那人应是一天天越走越远了。在这花开堪折的时候，她不失其时地攀折，很想把它寄给远方的那人，以表达自己对他的情意。但这个想法不能实现，"路远莫致"语出《诗经·卫风·竹竿》："岂不尔思，远莫致之。"尽管花儿芬芳馥郁，香满衣袖，但只让人感到遗憾，感到可惜。其实花也不是特别贵重的东西，也没有什么可惜，可惜的是时光一去不再回来了。"此物何足贵？但感别经时"，辞若无多遗憾，其实乃深憾之；辞若轻描淡写，其实令人深长思之。末句语淡情浓，所谓深衷浅貌，正要从这种口气细细体味。

　　通篇只就"奇树"一意写去，由奇树而绿叶，而发花，而折花，而献花，而惜花，而不惜，层层写来，于层出不穷之际，偏以"此物何足贵"一语反振出"但感别经时"，点到为止，不更赘一语，如山脉蜿蜒，到大江以峭壁截住，"看似寻常最奇崛"。换了稚嫩的作者，不再加上两句，是不会放心的。

（周啸天）

●苏李诗，传于后世的苏武、李陵诗的简称。

◇结发为夫妻

结发为夫妻，恩爱两不疑。欢娱在今夕，燕婉及良时。征夫怀往路，起视夜何其？参辰皆已没，去去从此辞。行役在战场，相见未有期。握手一长叹，泪为生别滋。努力爱春华，莫忘欢乐时。生当复来归，死当长相思。

此诗相传为苏武所作。结发，在古代相当于一种成人仪式，"谓男子二十、女子十五时，取笄冠为义也。"（《玉台新咏笺注》）《李广传》有云："广自结发与匈奴战。"所以，清代袁枚说：现在称夫妻初婚为结发是不对的。成婚的夜晚，男左女右，把两人的头发合在一起叫做"结发"，开始于五代刘岳的《书仪》（《随园诗话》）。按照袁枚的意思，苏武诗中所写"结发"不是指结婚仪式，而是说他们二人自成人就结为夫妻。他们相亲相爱，现在丈夫要参军打仗，离别前夕两人温柔缱绻，难舍难分，这也是夫妻常情。但丈夫想着出发的事，不能耽误了时辰，就起来看看到什么时候了，不觉已是天亮星沉。这一去不知何日才能相见，因此挥泪而别，尽管黯然销魂，但临别赠言，互道不相

忘，则哀而不伤。汉魏五言诗质直敦厚，风格高古，写的是本真的人情人性，脱口而出没有包装的话，这种朴素的感情放在任何时代都有打动人心的力量。

夫妻两人在一起生活久了，当初的爱情便演变为亲情，一举手一投足无须多说，对方立即明白意思，双方相互依赖，相互照顾，相濡以沫，简直谁也离不开谁。一旦分离，自然不忍，"努力爱春华，莫忘欢乐时。生当复来归，死当长相思。"话多么直白，又多么实在！《诗经·魏风·陟岵》写一个服役人登高思亲，回忆父母兄弟对他的叮咛嘱咐，说的也是"上慎旃哉，犹来无死"之类的话，也就是说：你要善自保重，千万要回来，不要老死他乡啊！现代作家许地山在他的一篇小说中说："八岁时，读《诗经·凯风》和《陟岵》，不晓得怎样，眼泪没得我的同意就流下来。"（《读〈芝兰与茉莉〉因而想及我的祖母》）他正是为诗中的亲情而感动流泪。苏武的这首写夫妻情的诗也可作如是观。

（张应中）

●张华（232—300），字茂先，西晋范阳方城（河北固安西南）人。魏时为太常博士、佐著作郎、长史兼中书郎。晋立，为中书令，封广武侯。后晋位司空，领著作。为赵王伦所害。有明辑本《张茂先集》，另有《博物志》传世。

◇情诗五首（录一）

游目四野外，逍遥独延伫。兰蕙缘清渠，繁华阴绿渚。佳人不在兹，取此欲谁与？巢居知风寒，穴处识阴雨。不曾远别离，安知慕俦侣？

《情诗》五首都是写夫妇赠答之词，这是其中较为著名的一首，表现游子对妻子的思念之情。

诗的前六句平平叙起，似曾相识，使人联想到古诗人吟咏过的"涉江采芙蓉，兰泽多芳草。采之欲遗谁？所思在远道。"诗的精彩处在后面四句。"巢居知风寒，穴处识阴雨"是说巢居的鸟最易感受风寒，穴处的虫子能够预知阴雨，这两句诗是运用汉魏时的熟语（《汉书·翼奉传》"犹巢居知风，穴处知雨，亦不足多，适所习耳"），来比喻生活在特定环境中人对某些况味感受真切，不同寻常。

结尾两句通过反诘的语气，托出正意："不曾远别离，安知慕俦侣？"未曾亲身经历远别离的人，怎能知道孤独者思念伴侣的那种如饥似渴的滋味呢？这句话道出了作者渴念妻子的心情，含有深切的人生体验，因而也道出了许多"离人"的共感。

宋词人小晏《生查子》道："关山梦魂长，鱼雁音尘少。两鬓可怜青，只为相思老。归梦碧纱窗，说与人人道：真个别离难，不似相逢好。"最后两句的"真个"云云，是耐人寻味的，可见只有在身经别离之后，才"真个"知道那滋味到底有多难受。张华《情诗》先道出这一点，读之使人心动。

（周啸天）

●潘岳（247—300），字安仁，西晋荣阳中牟（今属河南）人。幼号奇童，为司空、太尉掾。出任河阳令、怀县令，有政绩。后为长安令，迁著作郎，转给事黄门侍郎，依附外戚贾谧，为"二十四友"之首。贾谧见诛于赵王伦，因谋复仇事泄，为伦所害。有明辑本《潘黄门集》。

◇悼亡诗

荏苒冬春谢，寒暑忽流易。之子归穷泉，重壤永幽隔。私怀谁克从，淹留亦何益？黾勉恭朝命，回心反初役。望庐思其人，入室想所历。帏屏无仿佛，翰墨有余迹。流芳未及歇，遗挂犹在壁。怅恍如或存，周惶忡惊惕。如彼翰林鸟，双栖一朝只；如彼游川鱼，比目中路析。春风缘隙来，晨霤承檐滴。寝息何时忘，沉忧日盈积。庶几有时衰，庄缶犹可击。

在浩若烟海的旧体诗词中，"悼亡"（悼念亡妻）是一个专题，一个类型。

潘岳此作（原三首）是文学史上较早的悼亡诗。杨氏与诗人共同生活了二十四个年头，卒于晋惠帝元康八年（298）。本篇作于安葬亡妻之后。从篇首到"回心反初役"共八句，写诗人安葬亡妻后于归途中寻寻觅觅、惨惨戚戚的思想活动。"荏苒冬春谢，寒暑忽流易"，是说妻子在冬天去世，春初下葬，不觉寒暑易节，令人神伤；"之子归穷泉，重壤永幽隔"写下葬，同时也是痛定思痛，越发神伤；"私怀谁克从，淹留亦何益"是说想要继续留在家中，既不能，又无益；"黾勉恭朝命，回心返初役"是说还是回到公务之中，努力工作，以此来冲淡个人的忧伤吧——这是极其无可奈何的话。几句只就眼前景，心中事，平平叙起，话语沉痛，写得情境俱出。

从"望庐思其人"到"比目中路析"，写诗人回到家中，觉人去室空，不觉又生出一番感伤。这一段触物兴叹，若不胜情，是向来为人所称道的。"望庐思其人，入室想所历"两句互文，为以下六句之纲领。"翰墨""流芳"和"遗挂"，或以为分别指遗墨、化妆品、衣物三事而言。而余冠英则认为，"流芳""遗挂"都承翰墨而言，言亡妻笔墨遗迹挂在墙上，还有余芳。按杨氏出身于一个书法世家，其父戴侯杨肇与其兄康侯杨潭都是擅长草书和隶书的书法家，得益于耳濡目染，杨氏爱好书法，书法作品作为一种精神载体，最能反映作者的性情，简单来说就是其生命形象。面对此物，使人竟不信人亡——"怅恍如或存"的感觉是十分真实的，然而人亡毕竟是一个事实。

"周惶忡惊惕"一句，前人如陈祚明、沈德潜等多谓不通，而吴淇独以为，"五字似复，而实一字有一字之情。（上句）'怅恍'者，见其所历而犹为未亡；'周惶忡惊惕'，想其所历而已知其亡，七字总以描写室中人新亡，单剩孤身一人在室内，其心中忐忐忑忑光景如画"。（《六朝选诗定论》）剖析入微，颇有道理。以下以鱼鸟设喻写丧偶之痛。"翰林鸟"指双飞于林中之鸟，所谓"夫妻本是同林鸟，大限来时各自飞"；比目鱼，古人认为是"不比不行"（《尔雅·释地》）即游必成双的鱼，因为这种鱼身体很扁，目生一侧，故传说须雄雌并游，始能兼顾左右，故古人常用以比喻夫妻好合。

从"春风缘隙来"至篇末六句，写诗人的丧偶积痛难消，从而希望自己能像庄子那样通达，从忧伤中得到解脱。先写春风和煦，屋檐滴水是冰柱的消融，也是时光的流逝，而诗人心中的积郁，却不能涣然冰释，与时消没，反有与日俱增之感——"寝息何时忘，沉忧日盈积。"于是他想到了《庄子·至乐》中妻死鼓盆而歌的故事，和庄周所说的人本无生无形、从无到有、又从有到无，有如四季循环，又何必悲伤的话，希望从中得到感悟和解脱。话虽如此，诗人潘岳毕竟不是哲学家庄周，所以这个结尾让人感到的仍是悲哀与无奈。

全诗没有叙述多少夫妻生活的事实，而是紧紧围绕诗人送葬归来后乱糟糟的内心活动、意识之流加以描写，如怨如慕如泣如诉，以真情动人。诗人的悲痛虽然深广，在表现上却无意强调夸张，只是浅斟低唱、一味白描，写一些眼前景，说一些心中事，用了些通俗喻，将悼亡的深情婉转流动于清浅的字句之间，从而娓娓动听，扣人心弦。

（周啸天）

●南朝乐府，东晋以来，长江流域商业发达，城市繁荣。南朝乐府机关采集的民歌，以五言四句体为主，绝大多数是情歌，文人加工的痕迹较为明显。

◇子夜歌四十二首（录四）

宿昔不梳头，丝发被两肩。
婉伸郎膝上，何处不可怜。

《子夜歌》是东晋城市流行歌曲，《乐府诗集》存四十二首。

敢于不梳头而蓄披肩发的，是妙龄少女，绝非半老徐娘。"何处不可怜"不仅是男方的感觉，更是少女得宠时，良好的自我感觉："得宠的感觉真好。"十二生肖无猫，或言少女属猫，此诗就将女性的媚态美，表达得入木三分。

始欲识郎时，两心望如一。
理丝入残机，何悟不成匹。

诗中人一边织布，一边想着心事：当初相识的时候，他不是这样子的呀，两个人像是一条心呀。怎么说变就变了呢。人正在心烦意乱时候，该死的破机子偏和人捣乱，光断线，看来织不成布匹了——这里"匹"字双关匹配的意思，谐音双关是南朝民歌常用的手法。

今夕已欢别，合会在何时？
明灯照空局，悠然未有期。

诗写别情，关键在第二句的一问。回答本是"君问归期未有期"，诗中人却绕了个弯子，三、四句既是歇后，也是双关，明灯照着个空棋局，不是油燃未有棋（悠然未有期）吗？仍是谐音双关，这是民间喜闻乐见的一种表达方式。也可以假定，这对人儿过去是常对坐下棋的，对方走了，棋兴顿减，当然也就有明灯照空局的情形。

夜长不得眠，明月何灼灼。
想闻欢唤声，虚应空中诺。

诗中人因想入了迷，竟产生听的幻觉，情不自禁地答应出声，事实上没人喊她。痴迷情态如见。

（周啸天）

◇子夜四时歌（录五）

春林花多媚，春鸟意多哀。
春风复多情，吹我罗裳开。

　　这是一首妙龄女子怀春的心曲。王国维《人间词话》有一段人们熟悉的言论："有有我之境，有无我之境。……有我之境，以我观物，故物皆著我之色彩；无我之境，以物观物，故不知何者为我，何者为物。"这首小诗看来是属于"有我之境"了，因为在诗中描绘的各色春景，莫不沾上一个情窦初开的少女的爱的色彩。

　　"春林花多媚"，看来只说了一个事实，春花当然是美丽的。然而在这里，"春花"又非"以物观物"的春花，它还含有爱情勃发的喻义（"多媚"即性感），是情爱的象征物。诗中少女本能地感悟到春花的"多媚"，与自身的成熟有着某种微妙的同构之关系。所以她在赞美春花多媚的同时，也是在高声赞美着初长成人的自己。

　　"春鸟意多哀"，似乎有点违反人们普遍的感受，倒是陶渊明的

"敛翮闲止，好声相和""晨风清兴，好音时交"更近于春鸟给人的通常感觉。可见这里是"以我观物，故物皆著我之色彩"了。女子深闭幽阁，春来不免有兰闺寂寞之感，恰如杜丽娘面对春景感伤，"良辰美景奈何天，赏心乐事谁家院"，当其听到"生生燕语明如剪，呖呖莺歌溜的圆"，不由得越发悲哀，转而又移情于物，连鸟语也似乎为之不欢了。

最妙还是关于"春风"的两句。在六朝乐府中，"春风"一词多积淀有恋爱的意味，或象征撩人的春情，如"是时君不归，春风徒笑妾"（鲍令晖《寄行人》）；或直接象征所爱，如"春风难期信，托情明月光"（《读曲歌》）。此诗则偏重后一意。"春风复多情，吹我罗裳开"，春风吹动人的衣襟，本来是游赏活动中的极其偶然的、极其平常的事，而怀春的少女却把它看作一个好的兆头。

大抵痴心的人总是有些迷信的，如果"幽人将遽眠，解带翻成结"（韦应物诗），那预兆显然对相思人不利。而"春风复多情，吹我罗裳开"，则似乎是一个将有好合的预兆，少女在她的白日梦中，分明将"春风"想象成一位真实的爱人，一位多情的翩翩少年，在温柔地抚爱她，而她亦将"感郎不羞郎，回身就郎抱"（《碧玉歌》）了。在这里，诗人已给我们活脱脱画出一个妙龄而痴心的少女的形象，宛如看见她那娇媚而迷惘的神情。二十字能有如此出神入化的描写，而且是运用着最自然的口语，不能不令人叫绝。

此诗反复地、有变化地通过春花的媚（象征少女的媚）、春鸟的哀（象征少女的哀）、春风的多情（象征少女的多情），总之是一连串的春意，有力地突出了青春少女性的觉醒，爱的萌芽。这样集中，又这样繁复，随着诗人的生花妙笔，读者分明感到少女向外扩散的内心世界，她那强烈的主观感觉已充塞天地，拥抱了整个春天。诗中之情可谓痴率天真，艳而不"色"。

　　郑振铎赞赏道："在山明水秀的江南，产生这样漂亮情歌并不足惊奇。所可惊奇的是……只有深情绮腻，而没有一点粗犷之气，只有绮思柔语，没有一句下流卑污的话。不像《山歌》《挂枝儿》等，有的地方赤裸裸的描写性欲。这里只有温柔而没有挑拨，只有羞怯与怀念而没有过分大明的沉醉。故她们和后来的许多民歌不同，她们是绮靡而不淫荡的。她们是少女而不是荡妇。"（《中国俗文学史》）这首春歌便着重灵的抒写，没有多少肉感成分，具有一种沁人心脾的清新纯真的美感。

（周啸天）

　　　　春风动春心，流目瞩山林。
　　　　山林多奇采，阳鸟吐清音。

　　这首春歌前二与后二用接字手法连缀。乍看好像是写春游山林，看花听鸟，心旷而神怡。然而阳鸟所吐之清音，无非关关悦偶之声也，山林之奇采，无非青春之气息也。否则与人"动春心"何干？

（周啸天）

　　　　青荷盖绿水，芙蓉葩红鲜。
　　　　郎见欲采我，我心欲怀莲。

　　这首诗写男有心，更是写女有意。好花一般比女色，但大胆的南朝女子却敢于用比男色，"芙蓉"的谐音不正是夫容吗？《神弦歌·白石郎歌》就放胆地唱道："积石如玉，列松如翠，郎艳独绝，世无其二。"诗云郎要采我，正中下怀呢。民歌好就好在怎么想怎么说，绝不忸怩作态。四川清音有一段绝妙的唱词："男有心，女有意，哪怕那山高水又深。那山高也有人行走，水深自有渡船人。三十五里桃花店，四十五里杏花村。杏花村里出美酒，桃花店里出美人。好酒越吃越不醉，好花越看越爱人。"亦有同妙。

（周啸天）

秋风入窗里，罗帐起飘扬。

仰头看明月，寄情千里光。

读这首民歌，绝大多数读者都会联想起大诗人李白那首脍炙人口的《静夜思》来，无论构思、造境、取象、用语，乃至五绝体制，都有传承的关系。但两首诗并不能互相取代。因为这一首写的是夫妇之间的相思，而非一般游子之情，诗中罗帐这一意象就与夫妇爱情生活密切相关。李白另有一首《独漉篇》，其中写道："罗帷舒卷，似有人开，明月直入，无心可猜。"也是对此诗意的发挥，"似"字入妙，过去是两心无猜，而今是无心可猜，以写寂寞之情，妙极。

（周啸天）

渊冰厚三尺，素雪覆千里。

我心如松柏，君情复何似。

冰厚三尺，雪覆千里，为江南不易见之景，诗中人借冰雪中挺立的松柏自喻坚贞，目的是要逼着对方明确表态，虽是冬歌，仍以其水一般的曲折而有异于北歌的质直。

（周啸天）

◇大子夜歌二首

歌谣数百种，子夜最可怜。
慷慨吐清音，明转出天然。

丝竹发歌响，假器扬清音。
不知歌谣妙，声势出口心。

《大子夜歌》是《子夜歌》的变曲，这两首歌辞大约是当时文士写来赞颂《子夜歌》诸歌的。如果不将诗体局限于七言范围，可以说这两首诗才是最早的论诗绝句。所论的对象虽然直接是《子夜歌》，但六朝民歌之妙亦尽于其中。

郑振铎先生说："六朝文学的最大光荣者乃是'新乐府辞'。……'新乐府辞'确便是'儿女情多'的产物。……便是'风花雪月'的结晶。这正是六朝文学所以为'六朝文学'的最大的特色。这正是六朝文学最足以傲视建安、正始，踢倒两汉文章，且也有殊于盛唐诸诗人的所在。"（《插图本中国文学史》）而六朝新乐府中最美妙的莫过于《子夜歌》系列。

"歌谣数百种，子夜最可怜"二句，谓《子夜歌》之可爱，百里挑一。"人类情思的寄托不一端，而少年儿女们口里所发生的恋歌，却永远是最深挚的情绪的表现。……若百灵鸟的歌啭，晴天无涯，唯闻清唱，像在前，又像在后。若夜溪奔流，在深林红墙里闻之，仿佛是万马嘶鸣，又仿佛是松风在响，时似喧扰，而一引耳静听，便又清音远转。他们轻唱，轻得像金铃子的幽吟，但不是听不见。他们深叹，深重得像饿狮的夜吼，但并不足怖厉……"（同前）这大概是"慷慨吐清音，明转出天然"的最生动的注脚，是"不知歌谣妙，声势出口心"的最形象的描述。

南朝民歌清新顽健、坦率大胆地吐露着青年男女的欢乐、忧伤、情爱，所以它既是慷慨的，又是天然的。《大子夜歌》的妙义，就在于它的确抓住了民歌最本质的特色，正因为是言为心声（"声势出口心"），故明转、天然、清越、慷慨。其中"慷慨""天然"这两个概念，是最能概括民歌神韵的。所以元好问后来在他的《论诗》中赞美《敕勒歌》"慷慨歌谣绝不传，穹庐一曲本天然"，其语即本《大子夜歌》。可见遗山论诗绝句不只从杜甫《戏为六绝句》得到启发。

《大子夜歌》对《子夜歌》的赞美，还包含对曲调的赞美，准确地说是对声乐的赞美。本来器乐有器乐之妙，声乐有声乐之妙，皆由人掌握，皆能抒发微妙的感情。但作者为了赞美清唱的《子夜歌》，采取了"丝不如竹，竹不如肉"那种强此弱彼的说法，贬抑器乐说："丝竹发歌响，假器扬清音。"目的在于更高地评价声乐："不知歌谣妙，声势出口心。"而歌辞，正是声乐的有机组成部分。它和曲调，都有"声势出口心"之妙。

就这两首歌本身而言，抒发了作者的艺术直感，丝毫没有假借。其语言明白如话、措辞精当、声音响亮，也有"慷慨吐清音，明转出天然"之妙。可以说是民歌体的现身说法。

（周啸天）

◇懊侬歌

> 江陵去扬州，三千三百里。
> 已行一千三，所有二千在。

"懊侬"即懊恼之意，始辞为晋石崇妾绿珠所作，诗中主人公例为女性。

初读此诗，大都不免失笑。歌辞极为浅显，不过是水程中人计算已走多少、还剩多少行程而已。抒写相思，用的却是一道简单的减法题。

然而，就诗人情思而言，却颇微妙。江陵是荆州的治所，扬州指扬州治所建业，两座城市一在长江中上游，一在长江中下游。诗中女子是从下游的建业去往上游的江陵，千里迢迢，溯洄从之，船行很慢而她的心很急，所以还不到半途便开始计算路程，而且觉得走一千剩两千亦可引以为慰。如在常人，须得行程过了大半，才会算一算路程的。而女子这种超常心理近于痴，却形象地说明着她是如何急于投入情郎的怀抱，诗所以有味也。

王士禛《分甘余话》云："乐府'江陵去扬州'一首，愈俚愈妙，然读之未有不失笑者。余因忆再使西蜀时，北归次新都，夜宿闻诸仆偶语曰：'今日归家，所余道里无几矣，当酌酒相贺也。'一人问：'所余几何？'答曰：'已行四十里，所余不过五千九百六十里耳。'余不觉失笑，而复怅然有越乡之悲。此语虽谑，乃得乐府之意。"

清诗人黄景仁《新安滩》云："一滩复一滩，一滩高十丈。

三百六十滩，新安在天上。"亦以浅显语作算术，末句不求乘积，作夸张语更有味。可以参读。

（周啸天）

◇读曲歌

打杀长鸣鸡，弹去乌臼鸟。

愿得连冥不复曙，一年都一晓。

本篇写蜜月中夫妇欢娱嫌夜短的心理。乌臼鸟又名黎雀、鸦舅，天将明即啼叫，是啼鸣先于司晨之鸡的一种鸟儿。但不管是雄鸡还是乌臼鸟，它们只是报晓而已，是黎明的使者而非黎明的主宰，将它们打杀、弹去就能阻止黎明的到来么？诗中人迁怒禽鸟的无赖，及愿"一年都一晓"的天真，都表现了其情痴。而诗味也正在于此。

（周啸天）

◇西乌夜飞

日从东方出，团团鸡子黄。
夫妇恩情重，怜欢故在傍。

《西乌夜飞》是南朝乐府民歌，属清商曲辞中的《西曲歌》。《乐府诗集》云："《西曲歌》出于荆、郢、樊、邓之间。"那时，荆、郢之地经济繁荣，商业兴旺，文化发达，这是产生《西曲歌》的重要社会条件。《西曲歌》大多描写社会生活中的离愁别恨和爱情相思，这首"日从东方出"，也是借一位女子的口气，表达夫妻久别重逢时的喜悦，感情真挚深厚，风格清新秀丽。

这位女子的丈夫或许是在外经商吧，她天天都在焦急地盼望他的归来。在一个晴朗的早晨，圆圆的太阳像鸡蛋黄一样，正从东方升起。就在这个美好的时刻，魂牵梦萦的丈夫终于回来了，女子惊喜万分：他到底没有背弃自己，这种恩爱和情意是多么深厚啊！她激动不已，紧紧地依偎在自己所爱的丈夫身旁，久久不忍离去。

　　这首诗虽然只有短短二十个字，语言也平易朴实、明白晓畅，但在表现技巧上，却是颇有独到之处。第一、二句如同《诗经》中的许多作品一样，有起兴的作用，即"先言他物以引起所咏之词也"（朱熹《诗集传》），使诗意表达得更加婉曲有致。同时，在我国古代，有以日为夫象的传统观念。闻一多在《诗经通义》中说："以日月喻夫者，天象之著者莫著于日月，以天地比夫妇，言日月犹言天也。"诗中第一句说"日出"，第三句说"夫妇"，则"日"与"夫"之关系，已经得到了暗示。这位女子把丈夫比作天上的太阳，用阳光温暖的爱抚来比喻丈夫对自己的恩情，足见她对丈夫的一腔痴情。另外，第二句用鸡蛋黄比喻初出的太阳，在形状和色彩上都显得十分贴切而又新鲜，而"团团"两字，又能使人联想到夫妻团聚、其乐融融。同时，这种比喻也很切合女子的身份，因为鸡蛋黄是她在厨下操作时见惯的东西，所以当看到那初升的太阳时，她就自然而然地产生了这种联想。这一句不仅衬托出全诗欢快明朗的情绪，也很富有生活气息，这正是民歌的可贵之处。

　　诗的结尾，也很有特色。"怜欢故在傍"，以相依相偎的生动情景，来表现女子对刚刚归来的丈夫的缠绵之意，把感情具象化，给人以十分深刻的印象。特别是一个"故"字，用得准确，而又内涵丰富。故者，故意也，特地也。她故意依偎着不愿离开，其分别之久，思念之切，也就可以想见了。全诗到此，戛然而止，给读者留下了多少回味和想象的余地，真可谓是"含不尽之意见于言外"。

（管遗瑞）

◇西洲曲

南朝乐府·杂曲歌辞

忆梅下西洲，折梅寄江北。单衫杏子红，双鬓鸦雏
色。西洲在何处．两桨桥头渡。日暮伯劳飞，风吹乌臼树。
树下即门前，门中露翠钿。开门郎不至，出门采红莲。采莲
南塘秋，莲花过人头。低头弄莲子，莲子青如水。置莲怀袖
中，莲心彻底红。忆郎郎不至，仰首望飞鸿。鸿飞满西洲，
望郎上青楼。楼高望不见，尽日栏杆头。栏杆十二曲，垂手
明如玉。卷帘天自高，海水摇空绿。海水梦悠悠，君愁我亦
愁。南风知我意，吹梦到西洲。

本篇写采莲季节水乡男女相思之情，是南朝乐府最成熟、精致的
作品。全诗四句换韵，八句一段。古人赞为声情摇曳。然其意脉似断非
断、似续非续，诗中地点的确定、语气的归属及季节为何，颇有朦胧之
处。这里只提供一种解读。

一段八句写男思女。首句"忆梅"是以梅代指所爱，"下西洲"
三字连文，据温庭筠同题诗"悠悠复悠悠，昨日下西洲"，当是到西
洲去的意思。亦如当时民歌"下扬州"的说法一样。"折梅"字面与前
文映带，而另有出典，即"折梅逢驿使，寄与陇头人"（陆凯《赠范
晔》），当是寄书（到江北）的意思。"江北"则是"西洲"的一转
语，表明西洲所处，在长江之北，据前面提到的温庭筠诗说"西洲风色

好，遥见武昌楼"，则西洲当在武昌一带。"单衫杏子红，双鬓鸦雏色"是男子记忆中的女方模样，不必拟定当前季节（就像晏几道《临江仙》"记得小苹初见，两重心字罗衣"）。从诗意可以会出：女方家在西洲，离桥头和渡口很近，家居有楼，门边有乌臼树，门外有一片莲塘通于长江。诗中男子"下西洲"，还捎了信，为的是与女方约会，但当他到达女方门前，只见"日暮伯劳飞，风吹乌臼树"。这手法使人联想到《楚辞·湘君》"朝骋骛兮江皋，夕弭节兮北渚，鸟次兮屋上，水周兮堂下"，鸟还停在屋上，水流在堂下，人呢？没有会到。

二段"树下即门前"八句写女思男。紧接上文，以"门中露翠钿"句暗示女方曾如约等过男方，但男方错过了约定时间，不得已出工"采红莲"去了——这种因不守时而导致阴差阳错的事，在恋爱中人是常有的事，何况那时代青年男女还并不那么自由。诗中情事实际发生的季节是在江南可采莲的季节，也就是吴歌所谓"乘月种芙蓉，夜夜得莲子"的青年男女恋爱的季节。约会的失败，导致双方都有一番失望和心神不定。诗中"莲"字意带双关，"低头弄莲子，莲子清如水"也就是想到对方的忠诚和清白，不知道到底什么事拖住了他。

三段续写女思男。"置莲怀袖中，莲心彻底红"，想到对方的热情，坚信对方不会变心，其实也是作自我表态。这一错过，只好日日盼对方来信，给个说法。"飞鸿"在古诗中可作信使的代称。心中丢不下，总以为对方还要来，所以登楼眺望，一直未来就一直盼着，所以"尽日栏杆头"，实在是苦。

四段写男女两地相思。前四句继续写女方登楼远望。这里的"海"非大海，而是地方话中对大片水域的称呼，如广东人称珠江为珠海，彭州人称银厂沟为海子。女方在江北遥望江南，所见自是大片水域而已。末四句写梦，"君愁我亦愁"语妙，作女方口气读固无不可

（"吹梦到西洲"就是请对方托梦于我），作男方语气与首段呼应，语气更顺（"吹梦到西洲"就是请风把梦吹向对方）。无论如何，"君""我"，二字写出男女的心心相印，可以合唱。前人所谓"摇曳无穷，情味愈出"（沈德潜）。

　　《西洲曲》写的是江南水乡青年在采莲季节的恋爱情思，男女双方彼此互爱，一往情深，因为带有自由恋爱性质，所以可贵。诗中把双方挚爱的情思，通过一次错过的约会来写，这种戏剧性情节，有利于深入表现双方情爱的执着和缠绵，也就容易出彩。诗中以长江中游明丽的自然风光，如西洲、渡口、桥头、南塘、乌臼、红莲等等场景风物，衬托水乡男女在采莲季节的生活和情思，做到情、景、事三者的高度协调，生动地再现了水乡风情，意境极具和谐之美。富于暗示性的诗句和欲断还连的诗节，恰到好处地表现了诗中人一往情深，而又欲言难言的内心活动。诗的音节回环婉转，摇曳生姿，富于音乐美。一是在古体诗中运用了新体诗的声律，如"树下即门前，门中露翠钿。"两句、"忆郎郎不至，仰首望飞鸿。"两句、"海水梦悠悠，君愁我亦愁。"两句，都是合律的句子；二是四句或两句一换韵，韵随意转，声情密切配合，直接影响到初唐四杰七言古诗句调的形成；三是多用联珠或顶针的句法，上下勾连，回环婉转，恰到好处地表现了诗中人绵绵不断的情思。

（周啸天）

●北朝乐府，北朝民歌多半是北魏以后的作品，陆续传到南方，由梁代的乐府机关保存。与南朝乐府相比，北朝民歌口头创作居多，以谣体为主，数量较南朝民歌为少，而内容较为开阔，艺术表现则较为质朴刚健。

◇地驱乐歌

月明光光星欲堕，欲来不来早语我！

诗仅两句，可以叫爱情的"最后通牒"。前句以夜深景象写候盼之久之苦，妙在下句"欲来不来早语我"，意即你不来也无甚关系，只要把话挑明，莫要吊人胃口，莫使曲在我也。只不说自己想对方之意，怨言中带几分要强语气，曲尽人情。妙在通牒式语言，实在乎而出以不在乎也。

（周啸天）

●武则天（624—705），名曌，中国历史上唯一的女皇帝。武氏为唐开国功臣武士彟次女，祖籍并州（今属山西），生于利州（今四川广元）。14岁入后官为才人，太宗赐名媚，高宗时为皇后，中宗时为皇太后，后自立为武周皇帝，705年退位。有《武则天集》。

◇如意娘

看朱成碧思纷纷，憔悴支离为忆君。
不信比来长下泪，开箱验取石榴裙。

这是武则天写的一首情诗，“如意娘”是唐乐府诗题。《乐苑》曰：“《如意娘》，商调曲。唐则天皇后所作也。”武则天十四岁入宫为才人，唐太宗赐号武媚。太宗崩，入感业寺为尼。其时武媚娘与太子李治已经产生了感情，入感业寺的四年是她在人生中最失意的四年。在寺中，武则天为李治写下了这首情诗。

一、二句写女主人公顾影自怜，意在打动对方，以博得同情。“看朱成碧”出自梁王僧孺《夜愁示诸宾》：“谁知心眼乱，看朱忽成碧。”写心烦意乱，视觉疲劳的情态。红绿色盲会看朱成碧，但这不是诗人本意。另一种情况是补色原理，当一个人紧盯着红色看，发生视觉疲劳时，视神经会诱发出它的补色（绿色）进行调节。“思纷纷”是说

心情很乱，像她那样心性很高的人，堕入空门，怎么会心情不乱呢。"憔悴支离"指心力交瘁，身体和精神看上去状态很糟的样子。"为忆君"是点明原因，这一切都是为了你呀。

　　三、四句以急于表白的语气，生怕对方不相信自己说的，要求开箱验证。七分是娇痴，三分是情急。恋爱的最高境界是两小无猜，或心照不宣，原不需要出示证据加以验证。急于验证，表明的是对爱情缺乏信心。石榴裙指红裙，红裙上的泪痕，有意不洗，留作证据，是一种有心计的表现。明代钟惺说："老狐媚甚，不媚不恶。"虽说有成见，也不是无缘无故的。世间情场老手，在写好情书后，洒几滴香水在信纸上，让字迹模糊，也是有的。作者这样写，使人感到五味杂陈，在人物心理描写上，是十分成功的。

最诡异的是，这首诗在当时居然流传出来，连李白原配许氏夫人（宰相许圉师的孙女）都知道。据《柳亭诗话》载，李白写《长相思》，有这样的诗句："昔日横波目，今成流泪泉。不信妾肠断，归来看取明镜前。"许氏夫人看了，就对他说："君不闻武后诗乎？'不信比来长下泪，开箱验取石榴裙'。"李白听了后"爽然若失"，原来自以为得意的构思，早已被武则天用过了。

（周啸天）

●刘希夷（651—约679），汝州（河南临汝）人。高宗上元进士。《全唐诗》存诗一卷。

◇公子行

　　天津桥下阳春水，天津桥上繁华子。马声回合青云外，人影动摇绿波里。绿波荡漾玉为砂，青云离披锦作霞。可怜杨柳伤心树，可怜桃李断肠花。此日遨游邀美女，此时歌舞入娼家。娼家美女郁金香，飞来飞去公子傍。的的珠帘白日映，娥娥玉颜红粉妆。花际徘徊双蛱蝶，池边顾步两鸳鸯。倾国倾城汉武帝，为云为雨楚襄王。古来容光人所羡，况复今日遥相见。愿作轻罗著细腰，愿为明镜分娇面。与君相向转相亲，与君双栖共一身。愿作贞松千岁古，谁论芳槿一朝新。百年同谢西山日，千秋万古北邙尘。

　　这是一首春歌。诗中用轻倩的笔调，描绘了一幅游戏人生的图画。时间：七世纪中叶的一个春天。地点：唐朝的东都洛阳。人物：公子哥儿和艺伎。都城诗中例行的恋爱公事，在这个富于天才的诗人笔下表现得很有特色，从而使人赏心悦目。然而，除闻一多独具慧眼地表示欣赏外，近世研究者很少论及。其实它不该受到这样的冷落。

"天津桥"在洛阳西南洛水上，是唐人春游最繁华的景点之一。李白《古风》写道："天津三月时，千门（宫门）桃与李。朝为断肠花，暮逐东流水。前水复后水，古今相续流。新人非旧人，年年桥上游。"刘希夷此诗也从天津桥写起，诚非偶然。天津桥下洛水是清澈的，春来尤其碧绿可爱，明媚的晴朝，能看到"津桥春水映红霞"（雍陶）的景色。诗中"阳春水"的铸辞，可启人遐想。与"天津桥下阳春水"对举的，是"天津桥上繁华子"，"繁华子"即纨绔公子——青春年少的人。

以下略写马嘶入云以见兴致后，便巧妙地将春水与少年，糅合于倒影的描写："人影动摇绿波里。"意象飘逸，有镜花水月之妙。这种梦幻般的色彩，于诗中所写的快乐短暂的人生，适有点染之功。紧接写水中或岸上的砂，和倒映水中的云霞，作为人影的陪衬。辞藻华丽，分别融合或活用了"始镜底以如玉，终积岸而成沙"（谢灵运）的赋句和"（锦）文似云霞"（《拾遗记》）的文句，又以顶针的辞格衔接上文，意象、词采、声韵兼美。这段关于东都之春的描绘，最后落到宫门内外的碧树与春花。梁简文帝诗道："桃含可怜紫，柳发断肠青。"诗人因以用之，以赞叹不绝于口的排比句式写道："可怜杨柳伤心树，可怜桃李断肠花。""伤心""断肠"的措辞固然来自好景不长，以及与杨柳、桃李有关的其它联想（如离别、艳色、脆柔等）。但诗人连呼可爱（可怜），又似乎是喜极过情之词。或者，他此刻"已从美的暂促性中认识了玄学家所谓的'永恒'——一个最缥缈，又最实在，令人惊喜，又令人震怖的存在"（闻一多）。这种富于柔情的彻悟和动人春色本身，都能撩起无限绮思。

春游意兴已足，公子将归何处："此日遨游邀美女，此时歌舞入娼家。"诗人就这样将人间的艳遇，安排在自然界对春意的展示后来写，构思是巧妙的，效果是双重的。那"飞来飞去公子傍"的，是"郁金香"呢？是"歌舞"呢？语妙兼关。满堂氤氲，舞姿妙曼，公子必已心醉目迷了。诗人这时用两句分写华堂景物、美人形容："的的（明亮）珠帘白日映，娥娥（美好）玉颜红粉妆（《古诗》"娥娥红粉妆"）。"闲中著色，有助于表现歌筵的欢乐。性爱，作为歌舞娱乐的一种动机，此刻便适时地萌发了："花际徘徊双蛱蝶，池边顾步两鸳鸯。"在这精巧的景色穿插中，包含着这样的构思：成双作对的昆虫水鸟，能够促使恋人迅速效仿。"蛱蝶""鸳鸯"为性欲蒙上了一层生物学的面纱。"倾国倾城""为云为雨"两句，更是露骨地暗示着情欲的放纵了。这两个措辞直接出自汉武帝李夫人、楚王神女的故事传说，不免有太狂太俗的感觉。而施诸娼家场合，又以其本色而可喜。这种癫狂，乃是都城诗里常有的内容，如《长安古意》"罗襦宝带为君解，燕歌赵舞为君开"一节，便彼此彼此。而闻一多对卢照邻诗的批评："颠狂中有战栗，堕落中有灵性"，也可移用于此诗。

　　寻欢作乐的场面结束得恰到好处。"古来容光人所羡"以下，诗人将笔墨集中在热恋双方的山盟海誓上，开出了一番新的境界。前四句是公子声口，"愿作轻罗著细腰，愿为明镜分娇面"，真不愧为最动人的情语。它的灵感固然是从张衡《同声歌》借来的。但"思为苑蒻席，在下蔽匡床。愿为罗衾帱，在上卫风霜"，原是女性口吻，到陶潜《闲情赋》"愿在衣而为领，承华首之余芳"等句，变为男性卑谦口吻，便是一个创造。不过一连十愿，不便记诵。此诗则既沿陶诗作男性口吻，又如张作只写两愿。"愿为明镜分娇面"的着想尤妙不可言。不言"观"娇面，实已包含化镜观面的献身意味，又兼有"分"享女方对美的自我陶醉之意，尽兴表达了爱的情愫。故仍有后出转精之感。"与君相向转相亲"六句是艺妓的答语，概括起来八个字：永远相爱，同生共死。

梁代王僧孺诗云："妾意在寒松，君心若朝槿。"意在怨男方之恋情如木槿，朝花暮落，不若己心如松树耐寒持久。此反用其意作"愿作贞松千岁古，谁论芳槿一朝新"。末二句意谓在生愿结百年之好，死后也愿同化北邙（山名，坟地）飞尘。意只平常，却说得惊天动地。"百年——千秋——万古"，造成不期然而然的递进，更增加了夸饰的色彩。以上对话，哪几句属哪个人所说，没有明确标出，然而问答口吻及双方情态如见。沈德潜评此节为"公子惑于声色而娼家以诳语答之"（《唐诗别裁》）。说诗旨在讥"惑"，恐非作者本意。像刘希夷这样"美姿容，好谈笑"（《唐才子传》），多愁善感，不拘常检，英年折寿的纯情诗人，对他笔下及春行乐的人物，很难说有多少讽刺。恰恰相反，倒是同情欣赏的成分居多。顶多是"劝百而讽一"吧。不过，沈氏说娼家答语为"诳"，倒是蛮不错的。世间热恋中男女吐属大半近"诳"，即未必理智。但这里还有另一面，为沈氏所忽略，那就是"痴"。在齐梁宫体诗中，就听不见这种男女痴情话。"痴"则近于真，与"诳"适成对立因素。此即所谓堕落中的灵性了。

如果与《长安古意》比较，《公子行》显然没有那样恣肆汗漫，但别有一种倩丽风流，令读者感觉愉悦轻快。作为初唐七古，这两首诗在形式上的共同特征是对仗工丽，上下蝉联。而此诗在叠律的运用上，穷极变化，尤有特色。诗中使用最多的是同纽的排比句式，一般用于段落的起结处（如"天津桥下阳春水，天津桥下繁华子"到"可怜杨柳伤心树，可怜桃李断肠花"为起讫，系写景；"此日遨游邀美女，此时歌舞入娼家"则另起一段），及对话中（"愿作轻罗著细腰，愿为明镜分娇面"；"与君相向转相亲，与君双栖共一身"），形成一种特殊的提顿，又造成重复中求变化，和一气贯注的韵调。此外，各种带有复叠的对仗句子逐步可见。再就是顶针格（如第四、五句衔接）和前分后总格（"美女""娼家"分合的三句）的使用。凡此均有助于全诗形成一种明珠走盘的音情，为这首春歌增添了不少风姿。

（周啸天）

●李白（701—762），字太白，号青莲居士，自称祖籍陇西成纪（今甘肃静宁西南）。玄宗开元十三年（725）出蜀漫游，先后隐居安陆（今属湖北）与徂徕山（今属山东）。天宝元年（742）奉诏入京，供奉翰林，后赐金还山。安史乱中因从永王李璘获罪，陷身囹圄，一度流放。有《李太白集》。

◇长相思

长相思，在长安。络纬秋啼金井阑，微霜凄凄簟色寒。孤灯不明思欲绝，卷帷望月空长叹。美人如花隔云端。上有青冥之高天，下有渌水之波澜。天长路远魂飞苦，梦魂不到关山难。长相思，摧心肝。

李白七言歌行往往逞足笔力，写得豪迈奔放，但他也有一些诗篇能在豪放飘逸的同时兼有含蓄的思致。《长相思》乃第一次到长安求仕未果、于沉思中回忆过往情绪之作，就显然属于这样的作品。

"长相思"本汉诗中语（如《古诗》"客从远方来，遗我一书札。上言长相思，下言久离别"），六朝诗人多以名篇（如陈后主、徐陵、江总等均有作），并以"长相思"发端，属乐府《杂曲歌辞》。现存歌辞多写思妇之怨。李白此诗即拟其格而别有寄寓。

　　诗大致可分两段。一段从篇首至"美人如花隔云端",写诗中人"在长安"的相思苦情。注意,这是"在长安"！"长安"在诗中是一个重要的符号,用以表明诗之寓托。诗中描绘的是一个孤栖幽独者的形象。他（或她）居处非不华贵——这从"金井阑"可以窥见,但内心却感到寂寞和空虚。作者是通过环境气氛层层渲染的手法,来表现这一人物的感情的。先写所闻——阶下纺织娘凄切地鸣叫。虫鸣则岁时将晚,孤栖者的落寞之感可知。其次写肌肤所感,正是"霜送晓寒侵被"时候,他更不能成眠了。"微霜凄凄"当是通过逼人寒气感觉到的。而"簟色寒"更暗示出其人已不眠而起。眼前是"罗帐灯昏",益增愁思。一个"孤"字不仅写灯,也是人物的心理写照,从而引起一番思念。"思欲绝"（犹言想煞人）可见其情之苦。于是进而写卷帷所见,那是一轮可望而不可即的明月呵,诗人心中想起什么呢,他发出了无可奈何的一声长叹。这就逼出诗中关键的一语:"美人如花隔云端。""长相思"的题意到此方才具体表明。这个为诗中人想念的如花美人似乎很近,近在眼前；却到底很远,远隔云端。与月儿一样,可望而不可即。由此可知他何以要"空长叹"了。值得注意的是,这句是诗中唯一的单句,给读者的印象也就特别突出,可见这一形象正是诗人要强调的。

　　以下直到篇末便是第二段,紧承"美人如花隔云端"句,写一场梦游式的追求。这颇类屈原《离骚》中那"求女"的一幕。"求女"乃是一个现成思路,作用仍在表明诗之寓托。诗中人梦魂飞扬,要去寻找他所思念的人儿。然而"天长路远",上有幽远难及的高天,下有波澜动荡的渌水,还有重重关山,尽管追求不已,还是"两处茫茫皆不见"。这里,诗人的想象诚然奇妙飞动,而诗句的音情也配合极好。"青冥"与"高天"本是一回事,写"波澜"似亦不必兼用"渌水",写成"上有青冥之高天，下有渌水之波澜"颇有犯复之嫌。然而，如径作"上有高天，下有波澜"（歌行中可杂用短句），却大为减色，怎么读也不够味。而原来带"之"字、有重复的诗句却显得音调曼长好听，且能形成咏叹的语感，正如《诗大序》所谓"嗟叹之不足故永歌之"（"永歌"即拉长声调歌唱），能传达无限感慨。这种句式，为李白特别乐用，如"蜀道之难难于上青天""弃我去者，昨日之日不可留；乱我心者，今日之日多烦忧""君不见黄河之水天上来"等等，句中"之难""之日""之水"从文意看不必有，而从音情上看断不可无，而音情于诗是至关紧要的。再看下两句，从语意看，词序似应作："天长路远关山难（度），梦魂不到（所以）魂飞苦"。写作"天长路远魂飞苦，梦魂不到关山难"，不仅是为趁韵，且运用连珠格形式，通过绵延不断之声音以状关山迢递之愁情，可谓辞清意婉，十分动人。由于这个追求是没有结果的，于是诗以沉重的一叹作结："长相思，摧心肝。""长相思"三字回应篇首，而"摧心肝"则是"思欲绝"在情绪上进一步的发展。结句短促有力，给人以执着之感，诗情虽悲恻，但绝无萎靡之态。

此诗形式匀称，"美人如花隔云端"这个独立句把全诗分为篇幅均衡的两部分。前面由两个三言句发端，四个七言句拓展；后面由四个七言句叙写，两个三言句作结。全诗从"长相思"展开抒情，又于"长相思"一语收拢。在形式上颇具对称整饬之美，韵律感极强，大有助于抒情。诗中反复抒写的似乎只是男女相思，把这种相思苦情表现得淋漓尽致；但是，"美人如花隔云端"就不像实际生活的写照，而显有托兴意味。何况我国古典诗歌又具有以"美人"喻所追求的理想人物的传统，如《楚辞》"恐美人之迟暮"。而"长安"这个特定地点，"求女"这种现成思路，都暗示诗中包含政治托寓。径言之，此诗之大旨是写追求政治理想不能实现的苦闷。因此，这首诗的用意是深含于形象之中，隐然不露的，具备一种蕴藉的风度。所以王夫之赞此诗道："题中偏不欲显，象外偏令有余，一以为风度，一以为淋漓，乌乎，观止矣。"（《唐诗评选》）

（周啸天）

　　●杜甫（712—770），字子美，原籍襄阳（今属湖北），迁居巩县（今河南巩义西南）。玄宗开元二十三年（735）举进士不第。天宝间困守长安十年，天宝十四载（755）授河西尉不赴，改右卫率府兵曹参军。安史之乱发，长安陷落，身陷贼中。至德二载（757）自贼中奔赴凤翔行在，授左拾遗。乾元元年（758）贬华州司功参军，次年弃官赴秦州，经同谷，到成都，于西郊建草堂。广德二年（764）剑南节度使严武荐为检校工部员外郎。永泰元年（765）离成都，至夔州（今重庆奉节）。大历三年（768）出三峡，辗转湘江，死于舟中。有《杜工部集》。

◇月夜

　　今夜鄜州月，闺中只独看。
　　可怜小儿女，未解忆长安。
　　香雾云鬟湿，清辉玉臂寒。
　　何日倚虚幌，双照泪痕干。

　　此诗乃肃宗至德元载（756）八月陷贼中作。是年五月杜甫携家避难鄜州（今陕西富县）寄家羌村，然后只身投奔行在，中途被叛军捕获，带到长安。

　　诗写日夜思家。一起即由"长安一片月"联想到"今夜鄜州月"，悬想妻子今夜对月的情景，强调的是一个"独"字，所谓"心已神驰到彼，诗从对面飞来"（浦起龙），通篇亦不从正面抒写，然已是彼此彼此。表现手法独具匠心。

次联忽从妻子说到小儿女，寓意特深。盖人处苦难，如果能从身边找到共同语言，也不失为一种安慰，然而妻的身边虽有儿女，可惜"儿女尚小，虽与言父在长安，全然不解"（《杜臆》），所以还是等于零，进一步证实了上句的"独"字。同时，天真的孩子不解忆长安，而在长安的父亲又怎能不忆及孩子呢？正因为孩子太小，才越招人惦记呀。正是"养儿才知父母情"。

"香雾云鬟湿，清辉玉臂寒"二句描画闺中望月人的形象，是诗中最为旖旎的笔墨，妙在无一字不从月下照出，朦朦胧胧的，也是妻子在诗人记忆中的模样。以寒、湿写秋天月夜极切，而在诗人想象中，这月下的人还和自己一样默默垂泪。

于是诗人看着团栾的明月，萌生出强烈的与家人团聚的愿望。所谓"双照泪痕干"，不仅是想象妻子今夜垂泪，而且实写出自己此时垂泪。这里抒写的不是一般的夫妻两地相思，据杜甫半年后追叙说"去年潼关破，妻子隔绝久""寄书与三川（羌村所在），不知家在否""几人全性命，尽室岂相偶"，读此便知此诗所写，实为天下乱离的悲哀，同时也流露出对四海清平的希望。

（周啸天）

●韩翃，生卒年不详，字君平，南阳（今属河南）人。"大历十才子"之一。天宝进士。后数入节度幕府中任职，官至中书舍人。有《韩君平诗集》。

◇章台柳

章台柳，章台柳，往日依依今在否？纵使长条似旧垂，也应攀折他人手。

这首著名的歌辞，是与一个故事有关的，并见于许尧佐传奇文《柳氏传》和孟棨《本事诗·情感》。今节录孟棨文，以供读者了解背景："韩翃少负才名，天宝末，举进士。……邻有李将妓柳氏。李每至，必邀韩同饮。韩以李豁落大丈夫，故常不逆，既久愈狎。柳每以暇日隙壁窥韩所居，即萧然葭艾，闻客至，必名人，因乘间语李曰：'韩秀才穷甚矣，然所与游必闻名人，是必不久贫贱，宜假借之。'李深颔之。间一日，具馔邀韩。酒酣，谓韩曰：'秀才当今名士，柳氏当今名色，以名色配名士，不亦可乎？'……俄就柳居。来岁成名。后数年，淄青节度使侯希逸奏为从事。以世方扰，不敢以柳自随，置之都下，期至而迓之。连三岁，不果迓，因以良金灵练囊中寄，题诗曰：'章台柳，章台柳。……'"

　　从该故事知道，韩翃写这首诗，是在世乱中多次迎迓往日情人而不至的情况下，为试探对方情意而作的。如果用赋法直译，便是："柳氏，柳氏，你今在何方？纵使你的芳姿如故，怕已依了别的情郎。"但直说如此，也就没有诗味了。高尔基曾经说过一段话，大意是只有给诗穿上美丽的外衣，才能博得听众。而这首诗的最大优点，正在于此。

　　此诗一开始即用"章台柳"双关柳氏之姓及居处所在（长安），同时"柳"还兼有多重比义。一是兼关别离意绪；再就是所谓"蒲柳之姿，未老先衰"，兼关青春易逝。所以第二句便是："往日依依今在否？"这一问中，又信手拈来"昔我往矣，杨柳依依"（《诗经·小雅·采薇》）的古人好句，既暗示出柳氏当日风姿，又担心着她今日的境况，或许云鬟愁改了。以下两句却又退后一步说，即使她风姿依旧，就没有可忧的么？须知她是三年迎而不至，其中必有变故。于是写出诗人第二重的担心："也应攀折他人手。"这里妙在一以贯之，仍是用杨柳作比方，所谓"者人折了那人攀，恩爱一时间"。言下有无穷怨意。正由于诗人给他的意念着上了如此美丽的外衣，才使诗变得如此迷人，耐人玩味。

同时，诗中设置悬念，也增加了诗的韵味。柳氏是否色衰，是一重悬念；柳氏是否变心，又是一重悬念，也是最关紧要的悬念。在说第一重悬念时，诗人用了问句，而说第二重悬念时则直接推测，颇具变化。故陈廷焯赞曰："疑似之词，却说得婉折。"（《闲情集》卷一）柳氏的答词附后，以助读者品味："杨柳枝，芳菲节，可恨年年赠离别。一叶随风忽报秋，纵使君来岂堪折。"

（周啸天）

●于鹄，籍贯不详。代宗大历、德宗建中间久居长安，应举未第，退隐汉阳（今湖北武汉）山中。贞元中历佐山南东道、荆南节度使幕。《全唐诗》存诗一卷。

◇古词

东家新长儿，与妾同时生。
并长两心熟，到大相呼名。

从李白《长干行》等诗中可以知道，唐时江南的商业城市，市井风俗是开化而淳朴的，男女孩童可以一同玩耍，不必防嫌。"妾发初覆额，折花门前剧。郎骑竹马来，绕床弄青梅。"写的就是这样一种情景。于鹄题为"古词"的这首诗，也有着同一生活背景。

这首诗未用第三人称的叙事角度，而取第一人称的"代言"体裁。一位少女提起她的东家少年，似乎全没要紧语，却语语饱含热情，讲来十分天真动人。

首先，少女提到双方同庚的事实，"东家新长儿，与妾同时生"。通常看来，这不过是寻常巧合而已。但这寻常巧合由少女津津道来，却含有一种字面所无的意味。每当强调两个人之间牢不可破的情谊时，人们常说"虽然不能同生，也要共死"，似乎两人情同手足而不同生，乃

是一种遗憾。而男女同庚，似乎还暗示着天缘天对。

其次，她又提到"并长——两心熟"。"并长"二字是高度概括的，其中含有足够令人终生回忆的事实：两家关系不错，彼此长期共同游戏，无忧无虑，形影相随，一会儿恼了，一会儿又好了……童年的回忆对任何人都是美好的，童年的伙伴感情也特别亲密。"两心熟"，就不光是面善而已，而是知心体己，知疼着热。在少时是两小无猜，长成就容易萌生出爱恋。不是说"天涯海角觅知音"吗？不是说"咱们俩是一条心"吗？"两心熟"是很重要的条件。

最后一句提到的事实更寻常，也更微妙："到大相呼名。"因为自幼以名相呼，沿以成习，长大仍然这样称呼，本是寻常不过的事，改称倒恰恰是引人注意的变化。另一方面，人际间的称呼，又暗示着双方的亲疏关系，大有考究。越是文明礼貌的称呼，越适合于陌生的人；关系密切，称呼反倒随便。就此而言，称"您"的不如称"你"的，称

"你"的不如称"尔"的。至于"相呼名",更是别有一层亲昵的感觉。一旦互相称起"先生""小姐"来,该有多少别扭和生分。

短短四句只说没要紧的话,却处处有一种青梅竹马之情,溢于言外。此外,诗中两次提到年龄的增长,即"新长"和"到大",也不容轻易放过。男"新长"而女已大,这个变化不仅仅是属于生理的。男童女童的友爱,和少男少女的感情,其间有质的区别。难怪贾宝玉回忆起往日纯真的欢乐时,不免对林妹妹表示不满:"姊妹们从小儿长大,亲也罢,热也罢,和气到了儿,才见得比别人好。如今谁承望姑娘人大心大,不把我放在眼里,三日不理,四日不见的,倒把外四路儿的什么宝姐姐凤姐姐的放在心坎儿上。"(《红楼梦》)这"人大心大"四字说得太妙,虽然宝玉并未真懂其涵义,不知道"不放在眼里",是放上了心头的缘故。"到大"之后,再好的男女也须疏远,这是受社会文化环境制约的,并不以人的主观意志为转移。当《古词》的女主人公在内心中叨念东家少年——往昔的小伙伴——的时候,是否正感到这种微妙变化呢?他们虽然仍沿袭着以名相呼,却不免经常要以礼相见了。如果没有今昔之感,还有什么必要对往事津津乐道呢?

语言浅近,著色素淡,而妙于取材,意不必深而自然淳美。民谣道"无郎无姊不成歌",可见情歌总是很动人的。这首诗并不明言爱情,就此而言可以说是"无郎无姊",却风度绝佳。究其奥秘,或许可借杨巨源、韩愈之口表明:"诗家清景在新春,绿柳才黄半未匀""最是一年春好处,绝胜烟柳满皇都"。处于萌芽状态的爱情,本身就美不可言。

(周啸天)

●崔护（？—831）字殷功，蓝田（今属陕西）人。贞元进士。官至岭南节度使。《全唐诗》存诗六首。

◇题都城南庄

去年今日此门中，人面桃花相映红。
人面不知何处去，桃花依旧笑春风。

孟棨《本事诗·情感》云："博陵崔护，资质甚美，而孤洁寡合。举进士下第。清明日独游都城南，得居人庄，一亩之宫而花木丛萃，寂若无人。叩门久之，有女子自门隙窥之，问曰：'谁耶？'以姓字对，曰：'寻春独行，酒渴求饮。'女入以杯水至，开门设床命坐，独倚小桃斜柯伫立，而意属殊厚，妖姿媚态，绰有余妍。崔以言挑之，不对，目注者久之。崔辞去，送至门，如不胜情而入。崔亦眷盼而归，嗣后绝不复至。及来岁清明日，忽思之，情不可抑，径往寻之。门墙如故，而已锁扃之。因题诗于左扉曰……。"此则笔记当是据诗敷衍作诗本事，想当然耳。唯后文写女子死而复生，与崔结合，殊属节外生枝，故不录。

此诗构思，重在情景对比，即将"去年今日"与今年今日两个场景相衔接，以"桃花"写物是，以"人面"形人非，对生活中美好事物的逢而复失寄予感慨，颇具理趣。宋代欧阳修《生查子》词云："去年元夜时，花市灯如昼。月上柳梢头，人约黄昏后。今年元夜时，月与灯依旧。不见去年人，泪满春衫袖。"上下片分写"去年元夜时""今年元夜时"，寓物是人非之慨，就构思而言，乃依葫芦画瓢。

全篇一气呵成，情事历久弥新，其中关键词是"人面""桃花"，两词前总而后分——音情上的离合，与内容上的离合，配合微妙。"去年今日"作时间状语，本追忆"去年"，却立足"今日"；后文承前，略去"今年今日"之语，堪称省净。

（周啸天）

●孟郊（751—814），字东野，湖州武康（今浙江德清）人。少隐嵩山，唐贞元十二年（796）登进士第，十六年任溧水尉，后辞官。曾任河南水陆转运从事，试协律郎。宪宗元和九年（814）迁兴元军参谋，试大理评事，赴任时暴死途中。友人张籍等私谥贞曜先生。有《孟东野诗集》。

◇怨诗

试妾与君泪，两处滴池水。
看取芙蓉花，今年为谁死！

韩愈称赞孟郊为诗"刿目鉥心，刃迎缕解。钩章棘句，掐擢胃肾。神施鬼设，间见层出"（《贞曜先生墓志铭》）。说得直接点，就是孟郊爱挖空心思作诗；说得好听点，就是讲究艺术构思。

艺术构思是很重要的，有时竟是创作成败的关键，比方说写女子相思的痴情，是古典诗歌中最常见的主题，不同诗人写来就各有一种面貌。薛维翰《闺怨》："美人怨何深，含情倚金阁。不笑不复语，珠泪纷纷落。"从落泪见怨情之苦，构思未免太平，不够味儿。李白笔下的女子就不同了："昔日横波目，今成流泪泉。不信妾肠断，归来看取明镜前"（《长相思》）。也写掉泪，却以"代言"形式说希望丈夫回来看一看，以验证自己相思的情深，全不想到那人果然能回时，"我"得破涕为笑，岂复有泪如泉？可这傻话正表现出十分的情痴，够意思的。但据说李白的夫人看了这首诗，说："君不闻武后诗乎？'不信比来长下泪，开箱验取石榴裙'。"使"太白爽然若失"（见《柳亭诗话》）。

　　孟郊似乎存心要与前人争胜毫厘，写下了这首构思堪称奇特的"怨诗"。他也写了落泪，但却不是独自下泪了；也写了验证相思深情，但却不是唤丈夫归来"看取"或"验取"泪痕了。诗也是代言体，诗中女子的话却比武、李诗说得更痴心、更傻气。她要求与丈夫（她认定他一样在苦苦相思）来一个两地比试，以测定谁的相思之情更深。相思之情，是看不见，摸不着，没大小，没体积，不具形象的东西，测定起来还真不容易。可女子想出的比试法是多么奇妙。她天真地说：试把我们两个人的眼泪，各自滴在莲花（芙蓉）池中，看一看今夏美丽的莲花被谁的泪水浸死。显然，在她看来，谁的泪更多，谁的泪更苦涩，莲花就将"为谁"而"死"。那么，谁的相思之情更深，自然也就测定出来了。这是多么傻气的话，又是多么天真可爱的话！池中有泪，花亦为之死，其情之深真可"泣鬼神"了。这一构思使相思之情形象化，那出淤泥而不染的"芙蓉花"，将成为可靠的见证。李白诗云"昔日芙蓉花，今为断肠草"。可见"芙蓉"对相思的女子，亦有象征意味。这就是形象思维。但若不是痴心人儿，谅你想象不到。

　　"换你心，为我心，始知相忆深。"（顾夐《诉衷情》）自是透骨情语，孟郊《怨诗》似乎也说着同一个意思，但他没有以直接的情语出之，而假景语以行。然而"一切景语皆情语"（王国维《人间词话》），这样写来更饶有回味。其艺术构思不但是独到的，也是成功的。诗的用韵上也很考究，它没有按通常那样采用平调，而用了细微的上声"纸"韵相叶，这与表达低抑深思的感情是相宜的。

（周啸天）

●刘禹锡（772—842），字梦得，匈奴血统，祖上于北魏孝文帝时改汉姓，入洛阳籍。唐贞元九年（793）与柳宗元同榜登进士第，同年又登博学宏词科。永贞革新时为屯田员外郎，后贬朗州（今湖南常德）司马。元和十年（815）召还长安，复出为连州（今属广东）刺史。宝历二年（826）还洛阳。开成元年（836）以太子宾客分司东都，与白居易颇多唱和，编为《刘白唱和集》。有《刘梦得文集》。

◇浪淘沙

　　九曲黄河万里沙，浪淘风簸自天涯。
　　如今直上银河去，同到牵牛织女家。

　　《浪淘沙》，唐教坊曲名，亦后用作词牌名。刘禹锡有《浪淘沙》九首，这是第一首。
　　第一句起得很有气势，"九曲黄河万里沙"，一开始就给读者展示了一幅壮阔的黄河万里图，浪涛挟卷河沙，奔流而下，不可阻挡。据《河图》："黄河出昆仑山，东北流千里，折西而行，至于蒲山。……河水九曲，九九千里，入于渤海。"黄河河道十分曲折，古来就有黄河九曲的说法，这首诗也使用了这个典故。第二句紧接首句的"沙"字说"浪淘风簸自天涯"，河沙被大浪冲刷着、颠簸着，漂流到很远的天

涯。这两句表面是写黄河大浪淘沙，气势磅礴，但其实还有深刻的寓意。作者用"九曲黄河"来比喻政治斗争和人生的险恶、曲折，把自己比作"九曲黄河"中一粒小小的河沙，因受政治风浪的冲卷，被贬到极远的边地。这一比喻十分形象、生动，当时政治斗争的激烈，情况的急转直下，个人的无能为力，都隐含在字句之中。但是，一个"自"字，却又透露出诗人对一切并不以为意的态度，任你黄河万里，任你惊涛骇浪，我在"天涯"却也自得其所。这表现出诗人在遭受打击和挫折时，仍然保持着昂扬的精神和乐观的态度。

　　正是因为有这种乐观精神，诗人进一步把诗情引向了美妙的境界："如今直上银河去，同到牵牛织女家。"诗人在遥远的"天涯"忽然想到了乘槎泛银河、访问牛郎织女的故事。据晋张华《博物志》卷十：

"旧说云天河与海通。近世有人居海渚者，年年八月有浮槎去来，不失期，人有奇志，立飞阁于槎上，多赍粮，乘槎而去。十余日中犹观星月日辰，自后茫茫忽忽亦不觉昼夜。去十余日，奄至一处，有城郭状，屋舍甚严。遥望宫中多织妇，见一丈夫牵牛渚次饮之。牵牛人乃惊问曰：'何由至此？'此人具说来意，并问此是何处，答曰：'君还至蜀郡访严君平则知之。'竟不上岸，因还如期。后至蜀，问君平，曰：'某年月日有客星犯牛宿。'计年月，正是此人到天河时也。"这个故事已经够神奇的了，但诗人对这个故事显然又进行了改造、加工。诗人从银河到了天上，不只是"遥望宫中多织妇""见一丈夫牵牛渚次饮之"，"竟不上岸"，而是直接到了牵牛、织女家，当然受到了热情的款待。并且，世代被迫分居的牛郎、织女竟然不受天河的阻隔，而有了美满的"家"，其和乐、幸福之情完全可以想见。这是多么富于民间意味的美妙的想象！从这个充满浪漫情趣的故事中，诗人的乐观精神得到了进一步的表现，它是"自天涯"的引申和升华，诗人驰骋想象，使此诗在扎实的现实主义的根基上，开出了浪漫主义的绚丽花朵。

（管遗瑞）

◇踏歌词四首（录一）

春江月出大堤平，堤上女郎连袂行。

唱尽新词欢不见，红霞映树鹧鸪鸣。

在我国西南民间，对歌的风俗自古就很盛行。刘禹锡谪居巴楚间的诗作中就有对这种民俗的描写,《踏歌词》第一首就是。踏歌是不用伴奏、踏地为拍节的徒歌,是民歌的一种唱法。

首句以景起兴。春江水涨,几乎平堤。尤其在月下,堤面和江面明晃晃连成一片,更给人水与堤平的感觉。"大堤平"三字,不仅写出江水上涨,大堤平宽,还写出月色的皎洁。就在这样的春江月夜,堤上走着成队的"女郎"。她们都是生在村野的民间姑娘,是趁月圆之夜"踏歌"来的。她们初来的情态是彼此偎靠联袂而行,既兴奋,又含几分娇羞。

一、二句写"春江月出",是暮色;三、四句写"红霞映树",是拂晓,其间有较长的时间跨度,省去了一些情事。从三句的"唱尽新词"和"欢"等字样看,省去的正是"新词宛转递相传"的对歌情景。民间对歌,词儿大多是即兴新编,言为心声,所以是"新词"。"欢"则是女方所悦的男子,即对歌的另一方。歌声一起,姑娘们就放开了,不再含羞。到后来,新词唱尽,便与所欢相就。所以同组其三就写道:"月落乌啼云雨(指男女情)散,游童陌上拾花钿。"

这样美丽的夜晚并非十全十美,有人找到情侣,同时也有人找不到。三、四句正是这样一个特写的镜头。它表现的并不是全部的女郎而是其中的某一个。在别人都凭歌为媒,会到自己所"欢"的当儿,她却是"唱尽新词欢不见",尝到了失望的滋味。但她仍旧怀着希望,一直等到"红霞映树"的早晨。

小伙子最后来了没有?"鹧鸪鸣"声似乎有所暗示。然而终究是个谜,有两种猜测:鹧鸪雄雌和鸣,也许暗示姑娘终于等到了自己的心爱之人;但也可以是相反,这双双鸟儿的和鸣之声反衬出她的烦恼。由于使用了省略和暗示的语言,使得此诗意境灵活,颇耐含咀,"诗无达诂"的现象往往就是这样产生的。

(周啸天)

◇竹枝词九首（录三）

　　　　杨柳青青江水平，闻郎江上唱歌声。
　　　　东边日出西边雨，道是无晴却有晴。

　　　　山桃红花满上头，蜀江水暖拍山流。
　　　　花红易衰似郎意，水流无限似侬愁。

　　　　山上层层桃李花，云间烟火是人家。
　　　　银钏金钗来负水，长刀短笠去烧畲。

　　长庆二年（822）刘禹锡任夔州刺史期间，闻当地民歌《竹枝》，"含思宛转，有淇澳之艳音"，其词不甚雅驯，乃效屈原《九歌》，作《竹枝词》九首外二首。

　　所有这些歌词，皆深得民歌神髓。何以言之？首先，它们是道地的情歌。民歌自称"无郎无姊不成歌"，在民间流行最广、数量最多、功能最大（为男女架桥）、美感最强的民歌或山歌，便是情歌。与文人爱情诗（如元稹、李商隐诗）不同，民间劳动男女的爱情思想，较少受封建礼教扭曲，大抵是心想口说，敢说敢做，所以比较自由、活泼、单纯、健康。因而在某种意义上可以说，民歌是进行美育的最好教材。

　　这些诗还描写了民间对歌的风俗，"杨柳青青江水平"一首中女郎从闻歌揣测对方情意，这诗将初恋少女对爱人情意把握不定（所谓

"像雾像雨又像风"），心中不够踏实的心情表现得惟妙惟肖。"山上层层桃李花"一首表面上写的是劳动，未言及情，然而细看"银钏金钗""长刀短笠"，一女一男，大有意味，唱的却是《天仙配》——"你耕田来我织布，你挑水来我浇园"，是一种极美满的小家庭生活。

　　其次是多用比兴手法。民歌大都为劳动者即兴创作，往往触物起情，兴语多就地取材，刘禹锡《竹枝词》等拟民歌就具有民歌的这一本色，"山桃红花满上头""山上层层桃李花""杨柳青青江水平"皆是先言春景，以引起所咏之词；兴象妍美而外，复多巧比妙喻，如"山桃红花满上头"诗中以"花红易衰"比男子薄幸，以"水流无限"比女方怨思，一反通常所谓"落花有意，流水无情"的习惯用喻，极有新意。

　　再次是多用谐音双关。这是民歌尤其是六朝民歌常用的手法，《竹枝词》对其有极富新意的运用，如"东边日出西边雨，道是无晴却有晴"，这既是以谐音双关"无情""有情"；同时又有以天气的变幻不定，形容对方态度的不够明朗，不好把握的喻义成分。谢榛谓此二句"措辞流丽，酷似六朝"，就是指它与六朝民歌多用谐音双关语暗示男女恋情的手法酷似。

（周啸天）

◇望夫山

终日望夫夫不归，化为孤石苦相思。
望来已是几千载，只似当时初望时。

传说古时候有一位妇女思念远出的丈夫，立在山头守望不回，天长日久竟化为石头。这个古老而动人的传说在民间流行极为普遍。此诗所指的望夫山，在今安徽当涂县西北，唐时属和州。此诗题下原注"正对和州郡楼"，可见是作于刘禹锡和州刺史任上。

全诗紧扣题面，通篇只在"望"字上做文章。"望"字三见，诗意也推进了三层。一、二句从"望夫石"的传说入题，是第一层，"终日"即从早到晚，又含日复一日时间久远之意。可见"望"者一往情深，"望夫"而"夫不归"，是女子化石的原因。"夫"字叠用形成句中顶针格，意转声连，便觉节奏舒徐，音韵悠扬。次句重在"苦相思"三字，正是"化为石，不回头"（王建《望夫石》），表现出女子对爱情的忠贞。

"望来已是几千载"，比"终日望夫"意思更进一层。望夫石守候山头，风雨不动，几千年如一日——这大大突出了那苦恋的执着。

"望夫"的题意至此似已淋漓尽致，殊不知在写"几千载"久望之后，末句突然出现"初望"二字，这出乎意料，又尽情入妙。古话说"白头如新"，此诗后二句意近之。因为"初望"的心情最迫切，写久望只如初望，就有力地表现了相思之情的真挚和深切，这里"望"字第三次出现，把诗情引向新的高度。三、四句层次上有递进关系，但通过"已是"与"只似"两个词的呼应，又有一气呵成之感。

　　这首诗是深有寓意的。刘禹锡在永贞革新运动失败后，政治上备受打击和迫害，长流远州，思念京国的心情一直很迫切。此诗即借咏望夫石寄托这种情怀，诗意并不在题中。同期诗作有《历阳书事七十韵》，其中"望夫人化石，梦帝日环营"两句，就是此诗最好的注脚。纯用比体，深于寄意，是此诗的特点。

　　　　　　　　　　　　　　　　　　　　　　　　（周啸天）

◇柳枝词

　　　　清江一曲柳千条，二十年前旧板桥。
　　　　曾与美人桥上别，恨无消息到今朝。

　　这首《柳枝词》，明代杨慎、胡应麟誉之为神品。它有三妙。

　　故地重游，怀念故人之意欲说还休，尽于言外传之，是此诗的含蓄之妙。首句描绘一曲清江，千条碧柳的清丽景象。"清"一作"春"，两字音韵相近，而杨柳依依之景自含"春"意，"清"字更能写出水色澄碧，故作"清"字较好。"一曲"犹一湾。江流曲折，两岸杨柳沿江迤逦展开，着一"曲"字则画面生动有致。旧诗写杨柳多暗关别离，而清江又是水路，因而首句已展现一个典型的离别环境。次句撇景入事，点明过去的某个时间（二十年前）和地点（旧板桥），暗示出曾经发生过的一桩旧事。"旧"字不但见年深岁久，而且兼有"故"字意味，略寓风景不殊人事已非的感慨。

　　前两句从眼前景进入回忆，引导读者在遥远的时间上展开联想。第三句只浅浅道出事实，但由于读者事先已有所猜测，有所期待，因而能用积极的想象丰富诗句的内涵，似乎看到这样一幅生动画面：杨柳岸边兰舟催发，送者与行者相随步过板桥，执手无语，充满依依惜别之情。末句"恨"字略见用意，"到今朝"三字倒装句末，意味深长。与"二十年前"照应，可见断绝消息之久，当然抱恨了。只说"恨"对方杳无音信，却流露出望穿秋水的无限情思。此诗首句写景，二句点时地，三、四句道事实，怀思故人之情欲说还休，"悲莫悲兮生别离"的深沉幽怨，尽于言外传之，真挚感人。可谓"用意十分，下语三分"，极尽含蓄之妙。

　　运用倒叙手法，首尾相衔，开阖尽变，是此诗的章法之妙。它与《题都城南庄》（崔护）主题相近，都用倒叙手法。崔诗从"今日此门中"忆"去年"情事，此诗则由清江碧柳忆"二十年前"之事，这样开篇就能引人入胜。不过，崔诗以两句一意划分自然段落，安排"昔——今"两个场面，好比两幕剧。而此诗首尾写今，中二句写昔，章法为"今——昔——今"，婉曲回环，与崔诗异趣。此诗篇法圆紧，可谓曲尽其妙。

　　白居易有《板桥路》云："梁苑城西二十里，一渠春水柳千条。若为此路今重过，十五年前旧板桥。曾共玉颜桥上别，恨无消息到今朝。"唐代歌曲常有截取长篇古诗入乐的情况，此《柳枝词》可能系刘禹锡改白居易作付乐妓演唱。

　　诗歌对精炼有特殊要求，往往"长篇约为短章，涵蓄有味；短章化为大篇，敷衍露骨"（明代谢榛《四溟诗话》）。《板桥路》前四句写故地重游，语多累赘。"梁苑"指实地名，然而诗不同于游记，其中的指称、地名不必坐实。篇中既有"旧板桥"，又有"曾共玉颜桥上别"，则"此路今重过"的意思已显见，所以"若为"句就嫌重复。删此两句构成入手即倒叙的章法，改以写景起句，不但构思精巧而且用语精炼。《柳枝词》词约义丰，结构严谨，比起《板桥路》可谓青出于蓝而胜于蓝。刘禹锡的绝句素有"小诗之圣证"（王夫之）之誉，《柳枝词》虽据白居易原作剪裁，却表现出独到的匠心。

　　　　　　　　　　　　　　　　　　　　　　　　（周啸天）

◇潇湘神二首

　　湘水流，湘水流，九疑云物至今秋。君问二妃何处所，零陵芳草露中愁。

　　斑竹枝，斑竹枝，泪痕点点寄相思。楚客欲听瑶瑟怨，潇湘深夜月明时。

　　湘水与潇水在湖南零陵（今属永州）合流，称为潇湘。"潇湘神"即传说中的唐尧二女，娥皇与女英，为虞舜的二妃。"舜践帝位三十九年，南巡狩，崩于苍梧之野，葬于江南九疑。"（《史记·五帝本纪》）娥皇女英随舜不返，没于湘水之渚，成为湘水之神。这段神话传说，从屈原以来，就是诗人词客歌咏的题材。永贞革新失败后，刘禹锡贬朗州司马，地在沅湘间，有感于屈原学习民歌作《九歌》之事，写了《竹枝词》及此调。这两首词都紧扣二妃的传说落笔，颇得骚人遗意。

　　"湘水流，湘水流"叠句唱叹，联系二妃的传说，使人感到那不断流淌的不只是江水，"是侬泪成许"耶？九嶷山，在今湖南宁远县，其中有以娥皇、女英名峰者。古人总是把她们的故事与秋天连在一起："袅袅兮秋风，洞庭波兮木叶下。"（屈原《九歌·湘夫人》）大约这与秋天象征着离别衰落有关。词人强调"至今秋"，也就给这个古老的故事赋予永葆新鲜的魅力。二妃是追舜没于水滨而不返的，所以作为湘水之神的形象，也是游踪不定的魂灵。郭沫若的《湘累》中就写到她们追寻舜帝之苦："我们为了他——泪珠儿都流尽了，我们为了他——寸心儿早破碎了。层层锁着的九嶷山上的白云哟！微微波着的洞庭湖中的流水哟！你们知不知道他？知不知道他的所在哟？"白云和流水是不能回答问题的，而二妃的魂游也没有定在。刘禹锡词中恰好也问了这样一个问题："君问二妃何处所"，"零陵芳草"回答不了，而只好露中发愁。

　　第二首与前一首在词意上是连续的。它一开始就用上了更富于诗意的民间传说。晋代张华《博物志》载："洞庭之山，帝之二女啼，以涕挥竹，竹尽斑。"《太平御览》卷九六二引南朝任《述异记》则云："舜南巡不返，殁葬于苍梧之野。尧之二女娥皇女英赶之不及，相思恸哭，泪下沾竹，文悉为之斑斑然。"可知斑竹上的泪痕，是湘妃哭舜的相思泪痕。所以此词一开始就咏叹道："斑竹枝，斑竹枝，泪痕点点寄相思。"以下又联想到另一个传说，据说湘灵还善于鼓瑟，那瑟声竟不胜清怨，特别是在月夜，能使大雁为之不飞。（钱起《归雁》）《楚辞·远游》有"使湘灵鼓瑟"之句，唐时有《湘灵鼓瑟》的省试题目。可见此说源远流长。因此词末二句写道："楚客欲听瑶瑟怨，潇湘深夜月明时。"这境界，使人想起温庭筠后来写的《瑶瑟怨》："冰簟银床梦不成，碧天如水夜云轻。雁声远过潇湘去，十二楼中月自明。"可谓清绝怨绝。

　　两首词由于融入了民间传说，意境优美，情调缠绵，自称绝唱。但问题在于两词仅仅是发思古之幽情么？知人论世，恐不尽然。刘禹锡当时贬在湘南，有如屈原的流放，心情是并不平静的，他有感于舜与湘妃的传说，亦非偶然。盖唐高祖号神尧皇帝，太宗受内禅，杜甫《同诸公登慈恩寺塔》即称之"虞舜"。而从屈原以来，就形成了用夫妇关系喻君臣的比兴传统。因此，说《潇湘神》在歌咏舜及二妃的传说时，隐托着词人对政治清明的太宗时代的怀念，及对中唐现实的殷忧，当不是无根之辞吧？

（周啸天）

●白居易（772—846），字乐天，晚号香山居士，下邽（今陕西渭南北）人。先世本龟兹人，汉时赐姓白氏。唐德宗贞元十六年（800）登进士第，十九年中书判拔萃科，授秘书省校书郎。宪宗元和十年（815）一度被贬为江州司马。晚年以太子宾客分司东都，武宗会昌二年（842）以刑部尚书致仕。有《白氏长庆集》。

◇长相思

> 汴水流，泗水流，流到瓜洲古渡头。吴山点点愁。
> 思悠悠，恨悠悠，恨到归时方始休。月明人倚楼。

"月明人倚楼"一句虽在篇末，却是一篇之关纽。

古汴水发源于河南，东流至徐州，汇入泗水，与运河相通，经扬州南面的瓜洲渡而流入长江。倚楼人的丈夫或即从这一水路到吴地经商，至今未回。无怪她看吴山点点，无一非愁。

汴、泗二水，至瓜洲渡入长江，总算有了一个交待。而倚楼人悠悠之思、悠悠之恨，却没个交待，除非是那人从吴地回来，给它画上一个句号。

词中多用叠字、接字，尤其多用在脚韵处，不但读来有明珠走盘之感，对于表达倚楼人绵绵不断的愁情，亦有点染之功。

（周啸天）

●皇甫松，生卒年不详，字子奇，自号檀栾子。睦州新安（今浙江
淳安）人，皇甫湜之子。《全唐诗》存诗词二十七首。

◇采莲子

船动湖光滟滟秋，贪看年少信船流。

无端隔水抛莲子，遥被人知半日羞。

该词采用了非常切题的写法，韵律方面全似一首七言绝句。词写
采莲女荡舟于秋天的湖上，遇见一位美少年，不禁心生爱慕，心动神摇
起来。她看着看着，忘了采莲，任随莲舟飘荡，于不知不觉中竟然将莲
子抛向对方，"莲子"谐音双关，有"爱你"的意思。被人看破心思，
她又顿觉不好意思，可能面红耳赤，可能低头掩面，也可能匆忙逃离。
这位采莲女受礼教的束缚较少，天真自然，非常可爱。此景此情大有南
朝民歌的风味。况周颐在《餐樱庑词话》中称赞："写出闺娃稚憨情
态，匪夷所思，是何笔妙乃尔。"此说甚是。该词妙在"无端隔水抛莲
子"，妙在 "无端"。"无端"者，无来由，自己都搞不清是怎么回
事。她是在潜意识的驱使下才抛莲子的，可谓不由自主，身不由己，这
一举动暴露了少女内心的隐秘：她渴望引起对方的注意，渴望与对方
亲近，渴望与对方发生一点什么事情。此"无端"最有情味，最值得

细细揣摩。作者观察细微，体情入妙，方有此神来之笔。"遥被人知半日羞"，她到底是个淳朴的少女，她的内在需求与礼教道德发生了小小的冲突，当她意识到这一点，结果就是羞涩。羞涩是一种拘谨和掩盖，一种"道德和审美反射"，自我监督的表现。康德写道："羞涩是大自然的某种秘密，用来抑制放纵的欲望；它顺乎自然的召唤，但永远同善、德行和谐一致，即使在它太过分的时候也仍旧如此。"（转引自瓦西列夫《情爱论》）羞涩给少女蒙上一层神秘的面纱，然而又是那样的可爱。

在浩如烟海的诗词作品中，写"男悦女貌"的作品屡见不鲜，而写"女悦男貌"的作品不多见。南朝民歌《白石郎曲》是其一："积石如玉，列松如翠。郎艳独绝，世无其二。"不过赞叹的是男神的美貌，表现为"女悦男神"。皇甫松《采莲子》却是写"女悦男貌"的，因而特别。说也奇怪，与皇甫松同时代的温庭筠与韦庄各有一首类似的词。温

庭筠《南歌子》："手里金鹦鹉，胸前绣凤凰。偷眼暗形相。不如从嫁
与，作鸳鸯。"韦庄《思帝乡》："春日游，杏花吹满头。陌上谁家年
少，足风流。妾拟将身嫁与，一生休。纵被无情弃，不能羞。"   温词
与韦词均直接表露女子的心思，皇甫松却是从无意识的角度来写，更显
风流蕴藉。如果说温词与韦词是写"女悦男貌"的佳作，皇甫松词则是
杰作。

（张应中）

●卢仝（约775—835），自号玉川子，范阳（治今河北涿州）人。终生未仕。有《玉川子诗集》。

◇有所思

当时我醉美人家，美人颜色娇如花。今日美人弃我去，青楼珠箔天之涯。天涯娟娟姮娥月，三五二八盈又缺。翠眉蝉鬓生别离，一望不见心断绝。心断绝，几千里，梦中醉卧巫山云，觉来泪滴湘江水。湘江两岸花木深，美人不见愁人心。含愁更奏绿绮琴，调高弦绝无知音。美人兮美人，不知为暮雨兮为朝云？相思一夜梅花发，忽到窗前疑是君。

这是一首艳情诗。写男子对女子的相思，优柔婉转，痴心一片。诗的起首只言在美人家醉倒，至于怎样相爱则略而不谈，含不尽之意见于言外。接着写美人抛弃了他，远赴天涯海角；也有可能是作者有所顾虑，虚晃一招，故意把她写远。总之，美人给男子留下无尽的思念，诗的主体部分就层层展开男子的相思之情，最后写因相思而神思恍惚，怀疑梅花即是对方的倩影，神来之笔。朱自清说："中国缺少情诗，有的只是'忆内''寄内'或曲喻隐指之作，坦率的告白恋爱者绝少，为爱情而歌咏爱情的更是没有。"(《〈中国新文学大系·诗集〉导言》）其原因在于，古代诗人碍于儒家的伦理道德，所谓"思无邪"，"发乎情，止于礼义"，涉及男女私情都一本正经，不敢稍越轨道。应该说，卢仝的《有所思》做到了"告白"的一步，是朱自清所说的"绝少"者之一，这就显得难能可贵。

虽写相思，仍然哀而不伤，不像后来姜夔的情词、黄仲则的情诗那般凄恻。"文变染乎世情，兴废系乎时序"（《文心雕龙·时序》），中唐虽然在走下坡路，但《有所思》仍是唐音，颇有风流磊落之气。虽然卢仝的诗风以怪异著称，也有"白玉璞里斫出相思心，黄金矿里铸出相思泪"（《与马异结交诗》）之类险怪诗句，但这首诗平易通脱，爽朗自然。另外，句式的长短结合，顶针格的运用，韵脚较快的转换，使其轻快流丽，在一定程度上冲淡了感伤情调，让人只觉其美，不觉其悲。

（张应中）

●元稹（779—831），字微之，河南（府治今河南洛阳）人，北魏
鲜卑族拓跋部后裔。八岁丧父，依倚舅族。唐德宗贞元九年（793）明经
擢第，十五年初仕河中府。与白居易同年登书判拔萃科，授秘书省校书
郎。宪宗元和元年（806），与白居易同登才识兼茂明于体用科，列名第
一。穆宗长庆二年（822）以工部侍郎拜同平章事。有《元氏长庆集》。

◇遣悲怀三首

谢公最小偏怜女，嫁与黔娄百事乖。
顾我无衣搜荩箧，泥他沽酒拔金钗。
野蔬充膳甘长藿，落叶添薪仰古槐。
今日俸钱过十万，与君营奠复营斋。

昔日戏言身后意，今朝都到眼前来。
衣裳已施行看尽，针线犹存未忍开。
尚想旧情怜婢仆，也曾因梦送钱财。
诚知此恨人人有，贫贱夫妻百事哀。

闲坐悲君亦自悲，百年都是几多时。
邓攸无子寻知命，潘岳悼亡犹费词。

同穴杳冥何所望，他生缘会更难期。

惟将终夜长开眼，报答平生未展眉。

　　元稹在后世往往有无行之讥，或谓其巧宦巧婚，自私自利。其实问题的关键，并不在他比一般士大夫更为无行，而在于他写了脍炙人口的艳诗和悼亡诗，表明他曾爱了一个女人，娶了另一个女人。李太白写"千金骏马换小妾"却不写情诗，人们不说他无行；白居易多的是赠酬歌妓之作，而不写情诗，人们不说他无行；刘禹锡写民间情歌，人们更不会说他无行；李商隐比较危险，写情诗然而本事朦胧，无从索隐，所以也不好说他无行。唯独元稹的情诗写得太明白，人们很容易就考证出他的恋爱史，而无法容忍写情诗的诗人同时是个负心的人，再加上把这个与他后半生的官场钻营联系起来，也就更易上纲上线。

　　然而就诗论诗，元稹情诗称得上佳作。原因之一是情感内容的真挚。元稹情诗大都是回忆往事的产物，即在回忆中咀嚼过往的情绪，所以其内容多为伤逝、怀旧、悼亡，其中不乏忏悔之情，这些情感内容本来就不同于生活真实，是经过升华、提炼的纯情，极易引起美感与共鸣。

　　二是写出了女性的可爱。元稹情诗所怀二人，属于不同类型的两种女性。艳诗所怀之双文女士，是一位才貌双全、情有独钟而命运不幸的女性，固然有值得读者深切同情和倾慕之处。悼亡诗所怀之韦丛夫人，虽文化不高，却是一位善良的主妇和一位贤惠的妻子，"悼亡诸诗所以特为佳作者，直以韦氏之不好虚荣，微之之尚未富贵。贫贱夫妻，关系纯洁，因能措意遣词，悉为真实之故"。（陈寅恪）

　　三是素朴而自然的描写。元稹情诗的好处是工于白描，长于生活细节的描写——如"顾我无衣搜荩箧，泥他沽酒拔金钗。野蔬充膳甘长

藿，落叶添薪仰古槐"、"衣裳已施行看尽，针线犹存未忍开。尚想旧
情怜婢仆，也曾因梦送钱财"（见其人之乐善好施）、"检得旧书三四
纸"全篇（关怀体贴中见夫妇相濡以沫的关系）、"昔日戏言身后
意，今朝都到眼前来"（戏言容易，经过方知滋味之难受也）、"闲
读道书慵未起（心不在焉也），水精帘下看梳头"等，是可以从诗想
见诗中人的。

四是言出于衷，颇有警句，如"今日俸钱过十万，与君营奠复营
斋"（宋欧阳修《泷冈阡表》云"祭而丰，不如养之薄也"，事异而
情同）、"诚知此恨人人有，贫贱夫妻百事哀"（回首患难夫妻寻常细
事，但觉事事可哀，而当时不觉也）、"惟将终夜长开眼，报答平生未
展眉"（"长开眼"对"未展眉"，造语寻常，本色中见奇崛匠心，意
谓彻夜失眠，为伊憔悴终不悔也）等等。情语而有警句，更易流传。

（周啸天）

◇离思

曾经沧海难为水，除却巫山不是云。
取次花丛懒回顾，半缘修道半缘君。

此诗作于元和五年（810）贬官江陵府士曹参军时。诗为旧日情人
双文而作，有《梦游春七十韵》可参："最似红牡丹，雨来春欲暮。梦
魂良易惊，灵境难久寓。夜夜望天河，无由重沿溯。结念心所期，反如
禅顿悟。觉来八九年，不向花丛顾。"作者自弃双文至娶韦丛，其间正

好八九年。

诗的前两句脍炙人口。首先是很有气势，又是沧海，又是巫山，而且朗朗上口，让人一读就喜欢。按，出句语本《孟子·尽心》："观于海者难为水，游于圣人之门者难为言。"张鷟《游仙窟》亦有"沧海之中难为水，霹雳之后难为雷"之句，大约是唐时习语。对句语本宋玉《高唐赋序》，赋谓巫山朝云乃神女所化，茂如松蒀，美若娇姬，所以作者说相形之下，别处的云都黯然失色。

其次是用隐喻、象征的手法，刻画出一个人深爱另一个人的精神状态——绝对的，专一的，排他的，可谓爱情到位，难于别恋。元稹诗中的名句，一般是以白描、纪实见长的，唯独这两句包蕴密致，运用了象征手法，是可以称为著李商隐之先鞭的。其象征意蕴甚至不限于爱情，可以作更为广义的引申。

至于后两句，清人秦某《消寒诗话》不满于"半缘君"的"半"字，讥为薄情。殊不知另一半"修道"也还是"缘君"，并无二意。用一半加一半的说法，表现欲忘情而不能的心境，更觉唱叹有情。这一特殊句法，到元曲家手中，竟发展出了《一半儿》的曲牌，其末句皆祖此诗。

（周啸天）

●张籍（约767—约830），字文昌，苏州（今属江苏）人，后移居
和州乌江（今安徽和县东北）。唐德宗贞元十五年（799）登进士第。历
任太常寺太祝、国子助教、国子博士、水部员外郎、主客郎中、国子司
业。世称张水部、张司业。有《张司业集》。

◇节妇吟

　　君知妾有夫，赠妾双明珠。感君缠绵意，系在红罗
襦。妾家高楼连苑起，良人执戟明光里。知君用心如日
月，事夫誓拟同生死。还君明珠双泪垂，恨不相逢未嫁
时。

宪宗元和时，李师道割据今山东、河北地，任平卢淄青节度使，元
和十一年（816）加官检校司空，十四年（819）被杀。此诗当作于此数
年间。时张籍任国子助教。又有说诗所描写表面上是男女爱情，实际上
是谢绝李师道的拉拢。

此诗通篇叙事之中深寓比兴，结语态度坚决而措辞委婉，所谓"谢
绝"。贺贻孙《诗筏》云："此诗情辞婉恋，可泣可歌。然既垂泪以还
珠矣，而又恨不相逢于未嫁之时，柔情相牵，辗转不绝，节妇之节危矣
哉。"用今天的话来说，就是说此诗中的节妇有婚外恋的"危险"。

　　盖世上可爱人多，而情缘相妨，故人生总难免会有"恨不相逢未嫁（婚）时"的感觉，这就是婚外恋的苗头。此诗就揭示了一种普遍的世相，不独以政治寄托为贵也。

（周啸天）

●李贺（790—816），字长吉，唐宗室郑王之后，福昌（今河南宜阳西）人。宪宗元和二年（807）赴洛阳应进士举，妒之者以犯父名讳为由，加以阻挠。仕途失意，为奉礼郎，两年后因病辞官。有《昌谷集》。

◇南园十三首（录一）

> 花枝草蔓眼中开，小白长红越女腮。
> 可怜日暮嫣香落，嫁与东风不用媒。

福昌县昌谷乡是李贺的故家，南园是家中园林。《南园》的诗共十三首，作于诗人辞去奉礼郎官职从长安回家后。

清人王琦注此诗时加了一个题解："眼中方见花开，瞬息日暮，旋见其落，以见容华易谢之意。"这个解释正确不正确呢？在古典诗歌中，暮春景物是入诗最频繁的题材之一，好多诗人都写过落花诗。的确，很多诗都是借落花来表现所谓"美人迟暮"之感的。但能否就此推出李贺此诗，也是表现那同一种感情的呢？关于这个问题，现成的答案是不是。理解诗歌，首先应当从诗歌本身的艺术形象和这形象给人的实际感受出发，同时应当充分注意诗人的艺术个性，这样才能得出正确的结论。

"花枝草蔓眼中开"，这句说眼见南园花草繁茂可爱。"开"主要是对"花枝"而言的，而诗中"草蔓"二字告诉读者，随着春深，绿草绿叶渐渐多了。万紫千红，逐渐会被"绿肥红瘦"的景象代替。"小白长红越女腮"这句用了一个比喻形容花朵的娇艳。"小白长红"就是白少红多的意思，也就是粉红色，与"越女腮"连文，即以美女粉红的脸蛋来比喻花瓣色泽的鲜嫩。"可怜日暮嫣香落"，这句写花落。"可怜"二字既可作可爱讲，又可作可惜可悯讲，这里应取哪一意呢？且先看落花去向："嫁与东风不用媒。"既不是委弃尘土，也不是随逐流水。这句承上美女的比喻，把落花比作一个成熟的姑娘，不经媒妁之言，就自己随着情郎"东风"一起出奔了。显然，上文的"可怜"应该作可爱讲，而不是可悯的意思。

此诗给人以极新奇的印象，落花诗尽有佳作，但几曾读到过这样的落花诗呢？诗里虽有"日暮嫣香落"的字样，但充溢在字里行间的绝非感伤，而是一种轻快、亲切的情调，是对大自然丰富含蕴的一个奇趣的发现。这在李贺富于独创的诗歌中并不罕见。王琦的解释，不免化神奇为平庸。好诗被说坏，往往是评诗者心中先有一个旧的框框，比如一见写落花，不管诗人具体怎样写，先就得出"容华易谢"感叹迟暮的结论。不料诗人独具慧眼，恰恰从人们只看得见感伤的落花景象中看出了一段优美动人的"好的故事"。他看到的不是零落成泥，或落花流水，而是燕尔新婚。这是旧题材的翻新，是化平庸为神奇。

此诗体现了李贺诗歌的一个最显著的特色，就是奇特的幻想。古典诗歌中，用花枝比拟少女，或用少女比拟花枝，本来是习见的。在此诗里，虽然也用了这样的比拟，但毫无陈陈相因之感，反而令人耳目一新。其原因就在诗人把落花比做一个新娘，而不是一个普通的少女。这一幻想使落花的景象有了更新更丰富的含义，完全摆脱了俗套，给人以美的感受。诗人这种奇异幻想，体现了他对理想的憧憬，对美好事物的神往。类似这样的童话般优美的境界，在他的《天上谣》《梦天》等诗中也可以看到。

（周啸天）

●杜牧（803—853），字牧之，京兆万年（今陕西西安）人。宰相杜佑之孙。唐文宗大和二年（828）登进士第，登贤良方正能直言极谏科，授弘文馆校书郎。同年应沈传师之辟，为江西团练巡官，后随沈赴宣州。七年应牛僧孺之辟，在扬州任淮南节度府推官，转掌书记。九年回京任监察御史，后分司东都。开成中回京任左补阙，转膳部、比部员外郎，皆兼史职。武宗会昌二年（842）后出为黄州、池州、睦州等地刺史。宣宗大中二年（848）擢司勋员外郎，转吏部员外郎，四年复守池州。五年入为考功员外郎、知制诰，次年为中书舍人。有《杜樊川集》（《樊川文集》）。

◇赠别二首

娉娉袅袅十三余，豆蔻梢头二月初。
春风十里扬州路，卷上珠帘总不如。

文学艺术要不断求新，因陈袭旧是无出息的。即使形容取喻，也贵独到。从这个角度看杜牧的《赠别》，也不能不承认他是作诗的天才。

此诗是诗人赠别一位相好的歌伎的，从同题另一首（"多情却似总无情"）看，彼此感情相当深挚。不过那一首诗重在"惜别"，这一首却重在赞颂对方的美丽，引起惜别之意。第一句就形容了一番："娉娉

袅袅"是身姿轻盈美好的样子，"十三余"则是女子的芳龄。七个字中
既无一个人称，也不沾一个名词，却能给读者完整、鲜明生动的印象，
使人如目睹那倩影。其效果不下于"翩若惊鸿，宛若游龙。荣耀秋菊，
华茂春松"（曹植《洛神赋》）那样具体的描写。全诗正面描述女子
美丽的只这一句。就这一句还避实就虚，其造句真算得空灵入妙。第二
句不再写女子，转而写春花，显然是将花比女子。"豆蔻"产于南方，
其花成穗时，嫩叶卷之而生，穗头深红，叶渐展开，花渐放出，颜色稍
淡。南方人摘其含苞待放者，美其名曰"含胎花"，常用来比喻处女。
而"二月初"的豆蔻花正是这种"含胎花"，用来比喻"十三余"的小
歌女，是形象优美而又贴切的。而花在枝"梢头"，随风颤袅者，尤为
可爱。所以"豆蔻梢头"又暗自照应了"娉娉袅袅"四字。这里的比喻
不仅语新，而且十分精妙，又似信手拈来，写出人似花美，花因人艳，
说它新颖独到是不过分的。一切"如花似玉""倾国倾城"之类比喻形
容，在这样的诗句面前都会黯然失色。

　　诗人正要离开扬州，"赠别"对象就是他在幕僚失意生活中结识
的扬州歌伎。所以第三句写到"扬州路"。唐代的扬州经济文化繁荣，
"春风"句意兴酣畅，渲染出大都会富丽豪华的气派，使人如睹十里长
街，车水马龙，花枝招展……这里歌台舞榭密集，美女如云。"珠帘"
是歌楼房栊设置，"卷上珠帘"则看得见"高楼红袖"。而扬州路上不
知有多少珠帘，所有帘下不知有多少红衣翠袖的美人，但"卷上珠帘总
不如"，不如谁？谁不如？诗中都未明说，含吐不露，但读者已完全能
意会了。这里"卷上珠帘"四字用得很不平常，它不但使"总不如"的
结论更形象，更有说服力，而且将扬州珠光宝气的繁华气象一并传出。
诗用压低扬州所有美人来突出一人之美，有众星拱月的效果。《升庵诗
话》云："书生作文，务强此而弱彼，谓之'尊题'。"杜牧此处的修

辞就是"尊题格"。但由于前两句美妙的比喻，这里"强此弱彼"的写法显得自然入妙。

杜牧此诗，从意中人写到花，从花写到春城闹市，从闹市写到美人，最后又烘托出意中人。二十八字挥洒自如，游刃有余，真俊爽轻利之至。别情人不用一个"你（君、卿）"字，赞美人不用一个"女"字，甚至没有一个"花"字、"美"字，语言空灵清妙，贵有个性。

（周啸天）

　　多情却似总无情，唯觉尊前笑不成。

　　蜡烛有心还惜别，替人垂泪到天明。

这首诗着重写惜别，描绘一对情人在筵席上，难分难舍的情形。最为传诵的是三、四句，其实一、二句也有想不到的好。

"多情却似总无情"，看似无理，其实有至理。物极必反，一切事物到达极致，都会呈现出反面的样子，合于老庄"大智若愚""大巧若拙"的辩证的道理。"唯觉尊前笑不成"，前提是说强颜欢笑本来是可以做到的，这里却更进一层，说连强颜欢笑也做不到了。世人为什么要强颜欢笑呢，无非是掩饰痛苦心情，不让别人看到，或者是想要冲淡化解一下当前情景的难堪。此句之妙，在于揭示了人性的"装"，强颜欢笑就是"装"，而装相不免难看，所以就"笑不成"了。

三、四句运用了一个意象，就是蜡泪，蜡烛燃烧溶化后滴下的蜡油，象征离别双方痛苦的心情。"蜡烛有心"的"心"本来指灯芯，却双关心情的"心"，是拟人的修辞手法。下句的"替人垂泪"，暗示人并没有垂泪，换言之，也就是哭不成。为什么又哭不成呢？还是一种"装"，即强打精神忍住不哭。为什么要忍住不哭呢，因为哭相也难看，还是留到一个人时偷偷地哭吧。

一、二句明写"笑不成"，三、四句暗写哭不成，总是一个"装"字贯穿全篇，是其意蕴密致之处。清人黄叔灿说："此诗曰'却似'曰'唯觉'，形容妙矣；下却借蜡烛托寄，曰'有心'曰'替人'，更妙。"（《唐诗笺注》）宋人张戒《岁寒堂诗话》却吐槽这首诗"词意浅露"。浅则浅矣，"浅"未必是诗的缺点，"露"则不知从何说起。此诗之传世不衰，则是胜于雄辩的回击。

（周啸天）

●温庭筠（约801—866），本名岐，字飞卿，太原（今山西太原西南）人。少负才华，"能逐弦吹之音，为侧艳之词"，因忤权贵而累试不第，曾为方城尉、隋县尉、国子监助教等微职。为晚唐词坛巨擘，亦有诗名，与李商隐齐名，称"温李"。有《温庭筠诗集》，近人王国维辑《金荃词》。

◇菩萨蛮

　　玉楼明月长相忆，柳丝袅娜春无力。门外草萋萋，送君闻马嘶。　　　画罗金翡翠，香烛销成泪。花落子规啼，绿窗残梦迷。

20世纪80年代，北岛、顾城等人的"朦胧诗"曾风行一时，殊不知，古代也有出色的"朦胧诗"，晚唐李商隐的无题诗便是。温庭筠与李商隐齐名，他的这首写相思的《菩萨蛮》也是一首朦胧诗。

首先，时空跳跃，意象迷离。起句以"长相忆"点明题旨，时间是明月夜，地点是玉楼，主人公是谁，不言自明，中国的古典诗词常常不用人称，而人物分明又在其中。二句"柳丝袅娜春无力"，是明月夜的情形，还是白天的情形？好像都可以。三、四两句"门外草萋萋，送君闻马嘶"分明是写白天的送别情景，这送别情景是女子的追忆，还是梦

中所见？也好像都可以，不同的鉴赏词典就做了不同的解释。过片写绣
了翡翠鸟的罗帐，化成泪的蜡烛，衬托女主人公孤独凄清的心境，则又
回到室内，回到现在。结句写鸟鸣惊破长梦，女子心神迷离恍惚，则是
黎明了。短短的一首小令，夜晚、白天、黎明，现实、回忆、梦境，几
度时空变幻，极写女子的相思，长吁短叹，柔肠百结。虽然时空跳跃，
但针脚细致绵密，却又是一般的"朦胧诗"所不能及。三、四句"草萋
萋""送君"，接第二句的"柳丝袅娜春无力"，"画罗金翡翠，香烛
销成泪"接前文的"长相忆"与"送君"，"花落子规啼"遥接"春无
力"，草蛇灰线，有迹可循。

　　其次，写梦点到即止，令人回味。温庭筠词常写梦境，诸如"暖
香惹梦鸳鸯锦。江上柳如烟，雁飞残月天""春梦正关情""闲梦忆金

堂"等等。日有所思，夜有所梦，这些相思的女子往往生活在梦中。结句"花落子规啼，绿窗残梦迷"，女主人梦见了什么？"门外草萋萋，送君闻马嘶"吗？不是又是什么？词没有点明，只写了女主人梦醒瞬间的迷离恍惚的神态，她分不清是梦是醒，是真是假，就像庄周梦蝶，不知庄周变成蝴蝶，还是蝴蝶变成庄周。"落花"与"绿窗"设色美艳，增添华贵气象，"残"与"迷"字极好，无可更改。陈廷焯说这类作品"发之又必若隐若见，欲露不露，反复缠绵，终不许一语道破"，推许为体格高，性情厚，不为无因。

最后，用暗示、移情法，含蓄蕴藉。因为人无力，故觉"春无力"，因为人伤心，香烛也流泪，此乃移情。"画罗金翡翠，香烛销成泪"表面写房中物，实际上是暗示，罗帐冷清，令人想见女主人的孤单，蜡烛烧尽，料必女主人为离别而辗转反侧到天明。与李商隐的诗句"蜡照半笼金翡翠，麝熏微度绣芙蓉"略似。

一首小词，内容多而不乱，诚如俞平伯所言："飞卿之词，每截取可以调和的诸印象而杂置一处，听其自然融合。"（俞平伯《读词偶得》）因为杂置印象，所以朦胧，因为自然调和，所以美，合之则为朦胧美。

（张应中）

●李商隐（813—858），字义山，号玉谿生。怀州河内（今河南沁
阳）人。九岁丧父，从堂叔学习古文。唐大和三年（829）为令狐楚辟为
幕僚。开成二年（837）登进士第。三年入泾原节度使王茂元幕，且入赘
王家。为牛党中人所忌，致使仕途蹭蹬，长期辗转于幕府。有《李义山诗
集》。

◇夜雨寄北

君问归期未有期，巴山夜雨涨秋池。
何当共剪西窗烛，却话巴山夜雨时。

此诗可与刘皂《旅次朔方》（即《渡桑干》）参读。

晚唐诗比盛唐诗浑厚不足，而深细过之。出现了一些内容形式都比
较生新的作品。刘皂《旅次朔方》和李商隐《夜雨寄北》这两首手法类
似的七绝，便属此列。

读者大都注意到此二首诗形式上的异中之同，即诗中时间上的前与
后，空间上的此与彼交织在一起，以羁旅情思穿插串联，婉转关情，而
较少言及它们内容境界上的拓新和形式上的同中之异。其实这两首诗最
值得注意的共同之处，乃诗人在不同的境况中独立发现了一个心理上的
怪圈，这就是人生在趋新之后会产生恋旧的心理，所谓执热愿凉，又使

这种人生况味得到各具特色的表现。《旅次朔方》写从咸阳来并州，日夜忆咸阳：从并州至桑干，又日夜忆并州。《夜雨寄北》则写到异时异地两个情景即西窗剪烛和巴山夜雨，从巴山夜雨忆西窗剪烛，又从想象中的西窗剪烛忆巴山夜雨。这后一个情境是虚拟的，与前一诗相比，尤有扑朔迷离之妙。

（周啸天）

◇无题十五首（录五）

相见时难别亦难，东风无力百花残。
春蚕到死丝方尽，蜡炬成灰泪始干。
晓镜但愁云鬓改，夜吟应觉月光寒。
蓬山此去无多路，青鸟殷勤为探看。

　　本篇写暮春伤别。首联记（或忆）别。起句就常语"别易会难"番进，相见困难，离别就更为难，句中重复"难"字，从客观写到主观，意味不同。次句宕开，写暮春之景（别时景，或由眼前景追忆别时景）而著主观之色彩——风无力以见人无力，花残月缺乃人事不美满的一个象征，彼此黯然伤魂之状如在目前。

　　次联写别后相思。以到死丝方尽之春蚕与成灰泪始干的蜡炬，象喻至死不渝的深情和明知无望、仍愿继续荷担终生痛苦执着追求之殉情精神，感情炽热缠绵、深挚沉着，带有浓郁悲剧色彩。

　　三联转想对方晨起览镜，当惜朱颜易改；夜凉吟诗，但觉月色凄寒。细意体贴中更见情之深至。末联故作宽解，谓对方所居不远，望托青鸟传书。

全诗纯情，融比兴与象征、写实与象征为一体，脉络清晰而回环递进，在无题诸诗中最为精纯。四联各有侧重，将相思与离别，希望与失望，现实与梦想，自遣与慰人等相对相关的情绪交织写出，情感内容极为丰富。"相见时难别亦难，东风无力百花残""春蚕到死丝方尽，蜡炬成灰泪始干"等句千古传诵。吴乔、冯浩、张采田等均谓为令狐作，今人则多以为单纯抒写爱情。其实在精纯深至的爱情歌咏中，融入或渗透某种人生感受（如对理想的执着无望的追求），是完全可能的。

（周啸天）

昨夜星辰昨夜风，画楼西畔桂堂东。
身无彩凤双飞翼，心有灵犀一点通。
隔座送钩春酒暖，分曹射覆蜡灯红。
嗟余听鼓应官去，走马兰台类转蓬。

此诗写单恋之苦，诗中追忆昨夜于灯红酒绿的宴席上与所思女子相望而不能相亲之情景，从而抒慨。

首联点明时地。起句轻笔烘染，"昨夜"重叠，句中自对；次句则以"西""东"相起，判明下文所写宴会场所之方位，极富咏叹情调，且富词彩。

次联名句，以"身无彩凤双飞翼"与"心有灵犀一点通"相映照，写有情无缘，即宋人所谓"空有相怜意，未有相怜计"之苦恼，设喻新颖巧妙，写情深刻细致，措辞圆转流丽，对句为抒写心灵契合与感通之警句。

三联写宴会热闹场面，隔座送钩（座中传钩类今日之击鼓传花）、分曹射覆（分组玩藏物于巾盂下让人猜）是酒宴上两种游戏，酒暖、灯红写出酒宴热闹气氛，又反形出诗人的寂寞冷落，不管他在座不在座。

末联写一夜相思无益，晨鼓响起，上班的时辰又到了（兰台是秘省别称），这又提醒诗人估量自己的条件，恐未可作非分之想。此诗古今人有作寓言寄托说，然多穿凿附会，联系同组第二首"岂知一夜秦楼客，偷看吴王苑内花"，当实赋恋情，所怀似为贵家姬妾一流。末云"听鼓应官"，则全诗应是天明时回味昨夜相思的情绪，即一夜注目所爱的单恋之苦，"心有灵犀"或只是一种心灵感应，画楼东堂只是与予目成之所，两人实无相约相会，一夜星辰，诗人空立中宵耳——即所谓"如此星辰非昨夜，为谁风露立中宵"。此情此景，古今恒存，洵为不朽之作。

（周啸天）

重帏深下莫愁堂，卧后清宵细细长。
神女生涯原是梦，小姑居处本无郎。
风波不信菱枝弱，月露谁教桂叶香。
直道相思了无益，未妨惆怅是清狂。

此诗写一位独处无郎、相思无益的女性的惆怅，托寓之迹较为明显，非纯写爱情也。

前六句自叙相思煎熬，略云重帏独卧，清宵追思。回顾平生境遇，如巫山神女，纵有遇合，原属幻梦；又如清溪小姑，独处无郎，本无依托。菱枝弱质，偏遭风波摧抑；桂叶含芳，却无月露滋润。

末二句翻折出不悔之意，然纵使相思无益，亦不妨抱痴情而惆怅终生。乃诗中关键之句,亦唐诗名句。即宋词所谓"衣带渐宽终不悔,为伊消得人憔悴"也。

　　何焯谓"义山无题数诗,不过自伤不逢,无聊怨题,此篇乃直露本意",诗中以神女、小姑自况,以爱情遭逢托寓身世遭逢,隐见遇合如梦、无所依托之苦;菱枝、桂叶的设喻,与显有寓托的《深宫》诗"狂飙不惜萝阴薄,清露偏知桂叶浓"意近,两相参较,益见"内无强近,外乏因依"(《祭徐氏姊文》)之托意。

(周啸天)

　　　　来是空言去绝踪,月斜楼上五更钟。
　　　　梦为远别啼难唤,书被催成墨未浓。
　　　　蜡照半笼金翡翠,麝熏微度绣芙蓉。
　　　　刘郎已恨蓬山远,更隔蓬山一万重。

　　本篇写梦绕魂牵的相思苦情,"梦为远别"是一篇眼目。首联逆挽,写醒来后梦中人踪迹杳无之怅惘,眼前斜月晓钟的实景反衬出梦境的虚无缥缈,"来""去"二字相起唱叹,更增感慨。次联补叙梦里别情,及醒后相思。出句谓梦中伤别,悲啼不禁,"啼难唤"者,任眼泪留不住也;对句写醒后修书,匆匆急就,"墨未浓"者,催成之书,言不尽意也。均妙于含蓄。

　　三联写中夜室内光景,烛光之下,"金翡翠"(代灯罩)、"绣芙蓉"(代被褥)这些通常意味情爱的实物,和刚刚消逝的梦境打成一片,似乎还可以闻到伊人梦魂的余香,造境朦胧,如幻如真。末联是彻底的清醒,写幻梦消失、会合无缘的怅恨。两句用刘晨天台遇仙的故事,直抒蓬山(海上仙山)重隔之恨,而以"已恨""更隔"勾勒为递进语，似言彼此交往本有不便，加之对方又复远走，好合的希望就更加渺茫了，递进中加复叠，尤具回肠荡气之致。与同类作品一样，此诗于叙事成分少之又少，而抒情成分浓上加浓。这样纯粹抒情的爱情诗与元白叙事成分很浓的爱情诗相比，可能比较费解，但就其精纯程度而言，却为元白所不及。

（周啸天）

飒飒东风细雨来，芙蓉塘外有轻雷。
金蟾啮锁烧香入，玉虎牵丝汲井回。
贾氏窥帘韩掾少，宓妃留枕魏王才。
春心莫共花争发，一寸相思一寸灰。

　　本篇写闺中对爱情的向往与幻灭之苦，“相思”为全诗之眼。首联兴语发端，写细雨轻雷之春景，烘托闺中不可断绝而有所期待之春心，兴象华妙，“芙蓉”在古诗中双关“夫容”，冀郎之见怜也。

　　次联赋而兴，金蟾啮锁状香炉，玉虎牵丝谓辘轳，分别为室内用器和室外设施，为闺情诗取象取喻的材料（南朝乐府《杨叛儿》“欢作沉水香，侬作博山炉”，牛峤《生查子》“帘外辘轳声，敛眉含笑惊”）。二句写闺中锁闭深藏之环境，复以“烧香”“汲井”暗透情思的潜炽和相牵，句中“香”“丝”乃拆字双关“相思”。

　　三联用典剖白内心。贾充女窥帘爱慕韩寿而与之私通，且赠之异香，事见《世说新语》；甄氏死后托梦留枕曹植于洛水，事见《洛神赋》李善注。两事各由上文“烧香”“牵丝”引出，或为女子热烈主动地求爱，或为女子对心上人的藕断丝连，总是春心争发，生死不渝。

　　末联陡转反接，由向往追求转为否决，否决之中复透难泯之春心。

"春心"习语耳，而与"花争发"连文，则赋予它美好的形象，且显示了它的自然合理性；"相思"本是抽象概念，由香销成灰生出联想，创造出"一寸相（香）思一寸灰"的奇句，不仅化抽象为形象，而且与前句形成强烈对照，通过美好事物被毁灭显示出强烈的感伤美或悲剧美。

此诗实写悲剧性的爱情心理，但与诗人之悲剧性身世及由追求而幻灭的人生感受亦有潜在联系，广义而言，也可以说是寓托。前人多有指实为托寓陈情令狐者，则不免狭隘而近乎穿凿也。

（周啸天）

◇嫦娥

云母屏风烛影深，长河渐落晓星沉。
嫦娥应悔偷灵药，碧海青天夜夜心。

诗的题目是"嫦娥"，而诗中别有一女主人公在。诗是托物言志之作。

"云母屏风烛影深，长河渐落晓星沉"，两句写深闺望月的情景，暗透主人公长夜不寐、孤寂清冷之况。"云母"，是屏风上的一种饰物。"烛影"，暗示女主人公未眠。"长河渐落晓星沉"的"渐"字，暗示着一个时间流逝的过程，女主人公仰望星空已有很长的时间了。只说"长河"（银河）"晓星"，而明月则在不言之中，这从后两句可以意会。

"嫦娥应悔偷灵药，碧海青天夜夜心"，两句是诗中人的悬想，

嫦娥因长处孤清之境而悔偷灵药，从而进一步烘托出女主人公自身之复杂微妙心理，极空灵蕴藉，启人多方面联想。人生如棋，一招走错，全盘皆输。诗中女主人公寂寞恼恨的心情，借"嫦娥应悔偷灵药"表出。而诗人自己对生平的反思，又借诗中女主人公的心情表出。这两重的寓托，使得这首诗的感情相当委婉。

　　诗境所指即是通常所谓"早知今日，悔不当初"的人生心态。此诗能获得普遍共鸣而成为名篇，正在此耳。

（周啸天）

●韦庄（约836—910），字端己，长安杜陵（今陕西西安东南）人。孤贫力学，曾长期流落江南。乾宁元年（894）始中进士，释褐为校书郎。天复中为西蜀王建掌书记，王建称帝后官至吏部侍郎兼平章事。有《浣花集》。

◇菩萨蛮

　　红楼别夜堪惆怅，香灯半卷流苏帐。残月出门时，美人和泪辞。　　琵琶金翠羽，弦上黄莺语。劝我早归家，绿窗人似花。

韦庄是唐末的风流才子，自是多情种子。而多情往往又被情所累，个中滋味，欲说还休，隐隐约约，留给后人无穷的悬想。

《花间集》录韦庄《菩萨蛮》共五首，一般选家均选四首，以为是韦庄奉使入蜀被羁留后的寄意之作，或思君之辞。关于这一首则解释为追忆与家人（爱妻或宠姬）离别的情景。此说或者有误。试想，爱妻或宠姬会自夸"人似花"吗？施蛰存《读韦庄词札记》（《词学》第一辑）力排众议，认为："端己词意，谓当筵听琵琶语，似劝我归家，因而怀念红楼惜别时。此殆流移江南时怀乡之作。"也就是说，词的上片是回忆与家人分别，词的下片是写弹琵琶的江南女子劝其归家，家里

"似花"的爱妻或宠姬正盼望着他回去呢。此说将词意理顺了，但从上片的用语来看，不像写与家人离别，我觉得该词就是写诗人与青楼女子离别的，其中隐含着一段艳情故事。

古代的青楼女子大多习诗属文，能歌善舞，与单纯做皮肉生意的不可同日而语。文人名士也喜与青楼女子相往来。韦庄年轻时浪迹吴、越、湘、楚一带，也即其词中多次提到的"江南"。在江南，他沾染了风流才子的习气，走马章台，出没秦楼楚馆，穷愁潦倒也未必不然。其另一首《菩萨蛮》有云："如今却忆江南乐，当时年少春衫薄。骑马倚斜桥，满楼红袖招……醉入花丛宿"即写此。大概他与某一位青楼女子产生了恋情，缠绵不尽，遂有难舍难分之离愁。这位情人觉得诗人终究是要走的，不能与她白头偕老，长痛不如短痛，就劝诗人回去，说："你还是走吧，你老婆正在家里等着你呢，她长得怎么样啊？如花似玉吧？"诗人无可奈何地走了，当然依依不舍，留下无穷的思念。半年后，诗人又写了一首《应天长》，正好可以拿来参读："别来半岁音书绝，一寸离肠千万结。难相见，易相别，又是玉楼花似雪。暗相思，无处说。惆怅夜来烟月。想得此时情切，泪沾红袖黦。"不是隐情，怎么会"暗相思，无处说"？越是得不到，便越觉美好。诚如当代朦胧诗人北岛在诗作《一切》中所写："一切爱情都在心里/一切往事都在梦中。"

（张应中）

●韩偓（约842—923），字致尧，一作致光，小字冬郎，号玉山樵人。京兆万年（今陕西西安）人。昭宗龙纪元年（889）登进士第。官翰林学士、中书舍人，迁兵部侍郎、翰林承旨。有《韩内翰别集》。

◇复偶见三首（录一）

半身映竹轻闻语，一手揭帘微转头。
此意别人应未觉，不胜情绪两风流。

唐代士大夫与女冠（女道士）私下恋爱，是普遍存在的事实。这首诗很形象地、很有兴味地表现了一对具有上述特殊身份的有情人，如何借助"弦外音"和"人体语言"，在大庭广众之间相互交换隐秘的思想感情的。

这也许是在某寺的客厅，或者就是讲筵，座上都是些有身份的规矩人。但其中一个却心怀"爱"胎。当别的人都在亲切交谈或专心听讲时，他的思想却走了神——"半身映竹轻闻语"，他的心已被竹帘后的半隐半显的人儿牵去了。那不是别人，就是那个"雾为襦袖玉为冠"的妙龄道姑。她此刻的"轻语"，固然不知对谁说着什么，但他却意识到那是冲自己来的。其弦外之音是"我在这儿呢"。读者可以推想，他这时该欠了欠身子，拉拉衣角，一本正经地坐定，装作认真听讲的样子。

然而他的姿态和神情实际表明心不在焉。因为这时他已注意到，那人已"一手揭帘"，因而怦然心动。

他还注意到那人"微转头"的动作，好像是无意识的，却分明有所示意："你看见我了吗？"这恰是《楚辞·九歌·少司命》所谓"满堂兮美人，忽独与余兮目成"。目语，这是最为丰富微妙的一种人体语言，它能表达极其复杂的思想感情。几乎不需要特别的学习，每一对情人都能正确地使用它。此诗前二句中的"轻""微"二字用得十分准确，人们在运用"弦外音"和"人体语言"的时候就是如此，须恰到好处，否则过犹不及。同时，在大庭广众之间，也必须如此，才能避免是非。

"偶见"即非事前约定，又是在众目睽睽之下，那人当然不能久久停留，必须迅速走过，翩若惊鸿地来了又走了。她是那样的美丽多情，真可谓"从头看到脚，风流往下落；从脚看到头，风流往上流"（《金瓶梅》）。于是他心底掀起狂涛，感到不能自持，但又意识到自己目前的处境，留心观察周围的反应。"此意别人应未觉"，正是心有灵犀一点通了。在别人未觉的同时，两个人居然心许目成地作了一番"晤谈"，交换了相思之情，两下都激动得很，"不胜情绪两风流"！共鸣只在振动频率相同的两心间发生，而别人全无察觉，诗写至此，可谓曲尽人情，臻于墨妙。

（周啸天）

●罗虬（生卒年不详），台州人。累举不第。遭兵乱，依李孝恭为从事。有《比红儿诗》七绝百首。

◇比红儿诗

薄罗轻剪越溪纹，鸦翅低从两鬓分。

料得相如偷见面，不应琴里挑文君。

"绊惹春风别有情，世间谁敢斗轻盈？楚王江畔无端种，饿损纤腰学不成。"这是唐彦谦的咏柳诗，它从柳联想到细腰，联想到美人。咏柳说美人，或咏美人说柳，这是一般意义的比方。但咏柳而贬美人（如唐彦谦诗），或咏美人以贬柳，那就不是一般的比方了。这种弱彼以强此的比方，诗家谓之"尊题"（见《升庵诗话》卷八、卷十四）。

《比红儿诗》作者自序说："'比红'者，为雕阴（故城在今陕西富县北）官妓杜红儿作也。美貌年少，机智慧悟，不与群辈妓女等。余知红者，乃择古之美色灼然于史传三数十辈，优劣于章句间，遂题'比红诗'"。既择古之绝代佳人与红儿作"比"，又从而"优劣"之，这也就是不折不扣的"尊题"格。诗共百首，把这种修辞法运用到了尽兴尽致。选其一首，是可以尝一脔肉而知一鼎之味的。

前两句赋写红儿的美丽。"薄罗轻剪越溪纹"，是写其服装。古

代越地丝织工艺十分著名，而越女浣纱向为诗人乐道。用"越溪纹"以形"薄罗"，有一种特殊的意味、具体的美感。"轻"这个词也用得恰切，它表现出罗的薄而名贵，是不宜轻易剪裁的。"薄"的春衫，又间接表现了红儿身段的美。不从正面落墨，而采取侧面烘托，以引起读者活跃的联想，丰富诗歌形象。

古代少女头梳双髻，称鸦髻（或鸦头），取其色之乌黑。"鸦翅"，也就是鬓发。不说鬓如鸦翅，而说"鸦翅低从两鬓分"，就把对象写活了。写秀发而传达出人的丰神，鸦翅低分，一个天真烂漫的少女形象宛然可见。赵执信《谈龙录》提到一个著名比喻，言诗之可贵，在于使人从一鳞一爪而见到宛然若在的神龙。此诗前两句侧面衬托、写点概面的手法似之。

　　后两句是在赋红儿之美的基础上，进而引古为譬以"比红儿"。

　　这里是用西汉著名美女卓文君为比，又从而"优劣"之，说如果司马相如偷看上红儿一眼，就不会费心去弹琴挑逗卓文君了。司马相如之爱文君固然以其貌美，却并不全然为此，同时是因为文君的"知音"，这才有琴挑的韵事。说他看红儿一眼就忘却文君，不亦谬乎？然而看诗要用诗的眼光去看，诗人取喻，往往撷其一点，予以夸张，有时悖乎理反而更为尽情，正所谓"反常合道为趣"。诗人唐突古人，抑卓扬红，却有味地写出了红儿的魅力。

　　这里我们看到，尊题的写法对于突出主体是有积极的修辞作用的。与"红花虽好，也要绿叶扶持"是同一个道理。此诗运用侧面落笔和弱彼强此的手法，比起正面的刻画，不唯省辞，而且使意境轻灵可喜，在艺术上有可资借鉴处。

（周啸天）

●鱼玄机（约844—868），女诗人，字幼微，一字蕙兰，长安（今
陕西西安）人。于懿宗咸通中出为女道士。尝漫游湖北、江西等地。因戕
杀侍婢被处死。有《唐女郎鱼玄机诗》。

◇江陵愁望有寄

枫叶千枝复万枝，江桥掩映暮帆迟。

忆君心似西江水，日夜东流无歇时。

建安诗人徐干有著名的《室思》诗五章，第三章末四句是："自
君之出矣，明镜暗不治。思君如流水，何有穷已时。"后世爱其情韵之
美，多仿此作五言绝句，成为"自君之出矣"一体。女诗人鱼玄机的这
首写给情人的诗（题一作《江陵愁望寄子安》），无论从内容、用韵到
后联的写法，都与徐干《室思》的末四句十分接近。但体裁属七绝，可
看作"自君之出矣"的一个变体。

五绝与七绝，虽同属绝句，二体对不同风格的适应性却有较大差
异。近人朱自清说："论七绝的称含蓄为'风调'。风飘摇而有远情，
调悠扬而有远韵，总之是余味深长。这也配合着七绝的曼长的声调而
言，五绝字少节促，便无所谓风调。"（《唐诗三百首指导大概》）读
这首诗，觉着它比"自君之出矣"多了一点什么，正是这里所说的"风

调"。本来这首诗也很容易缩成一首五绝："枫叶千万枝，江桥暮帆迟。忆君如江水，日夜无歇时"，字数减少而意思不变，但我们却感到少了一点什么，也是这里所说的"风调"。

试逐句玩味鱼诗，看每句多出的两字是否多余。

首句以江陵秋景兴起愁情。《楚辞·招魂》："湛湛江水兮上有枫，极目千里兮伤春心。"枫生江上，西风来时，满林萧萧之声，很容易触动人的愁怀。"千枝复万枝"，是以枫叶之多写愁绪之重。它不但用"千""万"数字写枫叶之多，而且通过"枝"字的重复，从声音上状出枝叶之繁。而"枫叶千万枝"字减而音促，没有上述那句好处。

"江桥掩映——暮帆迟"。极目远眺，但见江桥掩映于枫林之中；日已垂暮，而不见那人乘船归来。"掩映"二字写出枫叶遮住望眼，对于传达诗中人焦灼的表情是有帮助的。词属双声，念来上口。有此二字，形成句中排比，声调便曼长，较"江桥暮帆迟"好听。

前两句写盼人不至，后两句便写相思之情。用江水之永不停止，比相思之永无休歇，与《室思》之喻，机杼正同。乍看来，"西江""东流"颇似闲字。但减作"忆君如流水，日夜无歇时"，比较原句便觉读起来不够味了。刘方平《代春怨》末二句云"庭前时有东风入，杨柳千条尽向西"，晚清王闿运称赞说，"以东、西二字相起，（其妙）非独人不觉，作者也不自知也"，"不能名言，但恰入人意。"（《湘绮楼说诗》）鱼玄机此诗末两句的妙处正同。细味这两句，原来分用在两句之中非为骈偶而设的成对的反义字（"东""西"），有彼此呼应，造成抑扬抗坠的情调，或擒纵之致的功用，使诗句读来有一唱三叹之音，亦即所谓"风调"。

（周啸天）

●杜秋娘（生卒年不详），唐金陵（今江苏南京）人，李锜妾。

◇金缕衣

　　劝君莫惜金缕衣，劝君须惜少年时。

　　有花堪折直须折，莫待无花空折枝。

　　这是中唐时的一首流行歌辞。据说元和时镇海节度使李锜酷爱此歌，常命侍妾杜秋娘在酒宴上演唱。诗的作者已不可考，故各本多以演唱者杜秋娘署名。

　　此诗含意很单纯，可以用"莫负好时光"一言以蔽之。这原是一种人所共有的思想感情。可是，它使读者感到其情感虽单纯却强烈，能长久在人心中缭绕，有不可思议的魅力。它每句诗句似乎都在重复那单一的意思："莫负好时光！"而每句又都寓有微妙变化，重复而不单调，回环而有缓急，形成优美的旋律。

　　一、二句句式相同，都以"劝君"开始，"惜"字也两次出现，这是二句重复的因素。但第一句说的是"劝君莫惜"，二句说的是"劝君须惜"，"莫"与"须"意正相反，又形成重复中的变化。这两句诗意又是贯通的，"金缕衣"是华丽贵重之物，（白居易《秦中吟·议婚》"红楼富家女，金缕绣罗襦"），却"劝君莫惜"，可见还有远比它更为珍贵的东西，这就是"劝君须惜"的"少年时"了。何以如此？诗句未直说，那本是不言而喻的："一寸光阴一寸金，寸金难买寸光阴。"贵如黄金也有再得的时候，"千金散尽还复来"；然而青春对任何人来说也只有一次，它一旦逝去是永不复返的。可是，世人多惑于此，爱金如命、虚掷光阴的真不少呢。一再"劝君"，用对白语气，致意殷勤，有很浓的歌味和娓娓动人的风韵。两句一否定，一肯定，否定前者乃是为肯定后者，似分实合，构成诗中第一次反复和咏叹，其旋律节奏是迂回徐缓的。

三、四句则构成第二次反复和咏叹，单就诗意看，与一、二句差不多，还是"莫负好时光"那个意思。这样写，除了句与句之间的反复，又有上联与下联之间的较大的回旋反复。但两联表现手法不一样，上联直抒胸臆，是赋法；下联却用了譬喻方式，是比义。于是重复中仍有变化。三、四句没有一、二句那样整饬的句式，但意义上彼此是对称得铢两悉称的。上句说"有花"应怎样，下名说"无花"会怎样；上句说"须"怎样，下句说"莫"怎样，也有肯定否定的对立。二句意义又紧紧关联："有花堪折直须折"是从正面说"行乐须及春"意，"莫待无花空折枝"是从反面说"行乐须及春"意，似分实合，反复倾诉同一情愫，是"劝君"的继续，但语调节奏由徐缓变得峻急、热烈。"堪折——直须折"这句节奏短促，力度极强，"直须"比前面的"须"更加强烈。这是对青春与欢爱的放胆歌唱。这里的热情奔放，不但真率、大胆，而且形象、优美。"花"字两见，"折"字竟三见；"须——莫"与上联"莫——须"，又自然构成回文式的复叠美。这一系列天然工妙的字与字的反复、句与句的反复、联与联的反复，使诗句朗朗上口，语语可歌。除了形式美，其情绪由徐缓的回环到热烈的动荡，又构成此诗内在的韵律，诵读起来就更使人回肠荡气了。更何况它在唐代是配乐演唱的，难怪它那样使人心醉而广泛流传了。

此诗另一显著特色在于修辞的别致新颖。一般情况下，旧诗中比兴手法往往合一，用在诗的发端；而绝句往往先景语后情语。此诗一反常例，它赋中有兴，先赋后比，先情语后景语，殊属别致。"劝君莫惜金缕衣"一句是赋，而以物起情，又有兴的作用。三、四句是比喻，也是对上句"须惜少年时"诗意的继续生发。不用"人生几何"式直接的感慨，用花（青春、欢爱的象征）来比少年好时光，用折花来比莫负大好青春，既形象又优美，因此远远大于"及时行乐"这一庸俗思想本身，创造出一个意象世界。这就是艺术的表现，是形象思维。错过青春便会导致无穷悔恨，这层意思，此诗本来可以用却没有用"老大徒伤悲"一类语句来表达，而紧紧朝着折花的比喻向前走，继而造出"无花空折枝"这样闻所未闻的奇语。虽没有沾一个悔字恨字，但"空折枝"三字更耐人寻味，更具艺术说服力！

（周啸天）

●陈玉兰，生平事迹不详。

◇寄夫

夫戍边关妾在吴，西风吹妾妾忧夫。
一行书信千行泪，寒到君边衣到无？

此诗显著的特色表现在句法上。全诗四句的句法有一个共同处：
每句都包含两层相对或相关的意思，在大致相同的前提下，又有变化。
"夫戍边关——妾在吴"，这是由相对的两层意思构成的，即所谓"当
句对"的形式。这一对比，就突出了天涯暌隔之感。这个开头是单刀直
入式的，点明了题意，说明何以要寄衣。下面三句都从这里引起。"西
风吹妾——妾忧夫"，秋风吹到少妇身上，照理说应该写她自己寒冷的
感觉，但却直接写心理活动"妾忧夫"。前后两层意思中有一个小小的
跳跃或转折，恰如其分表现出少妇对丈夫体贴入微的心意，十分逼真，
此句写"寄衣"的直接原因。"一行书信——千行泪"，这句通过"一
行"与"千行"的强烈对比，极言纸短情长。"千行泪"包含的感情既
有深挚的恩爱，又有强烈的哀怨，情绪复杂。此句写出了"寄"什么，
不提寒衣是避免与下句重复；同时，写出了寄衣时的内心活动。"寒到
君边——衣到无？"这一句用虚拟、揣想的问话语气，与前三句又不

同，在少妇心目中仿佛严冬正在和寒衣赛跑，而这竞赛的结果对她至关紧要，十分生动地表现出了少妇心中的焦虑。这样，每一句中都可以画一个破折号，都由两层意思构成，诗的层次就大大丰富了。而同一种句式反复运用，在运用中又略有变化，并不呆板，构成了回环往复、一唱三叹的语调。语调对于诗歌，较其他体裁的文学作品具有更大意义。所谓"情动于中而发于言，言之不足故嗟叹之，嗟叹之不足故永歌之"，"嗟叹""永歌"都是指用声调增加诗歌的感染力。试多咏诵几遍，就不难领悟这种唱叹的语调在此诗表情上的作用了。

构成此诗音韵美的另一特点是句中运用复字。近体诗一般是要避免字词的重复的。但是，有意识地运用复字，有时能使诗句念起来上口、动听，构成音乐的美感。如此诗后三句均有复字，而在运用中又有适当变化。第二句两个"妾"字接连出现，前一个"妾"字是第一层意思的结尾，后一个"妾"字则是第二层意思的开端，在全句中，它们是重复，但对相关的两层意思而言，它们又形成"顶针"修辞格，念起来顺溜，有"累累如贯珠"之感，这使那具有跳跃性的前后两层意思通过和谐的音调过渡得十分自然。而三、四两句重叠在第二、第六字上，这不但是每句中构成"句中对"的因素，而且又是整个一联诗句自然成对的构成因素，从而增加了诗的韵律感，有利于表达那种哀怨、缠绵的深情。

此外，通过寄衣前前后后的一系列心理活动：从念夫，到秋风吹起而忧夫，寄衣时和泪修书，一直到寄衣后的悬念，生动地展现了女主人公的内心世界。诗通过人物心理活动的直接描写来表现主题，是成功的。

（周啸天）

●冯延巳（903—960），一名延嗣，字正中，广陵（今江苏扬州）人。南唐烈祖（李昇）时为秘书郎，与李璟游处。中主保大中，累官自中书侍郎拜平章事，出镇抚州。后再入相，罢为太子少傅。有《阳春集》。

◇谒金门

　　风乍起，吹皱一池春水。闲引鸳鸯香径里，手挼红杏蕊。　　斗鸭阑干独倚，碧玉搔头斜坠。终日望君君不至，举头闻鹊喜。

《南唐书》卷二一载中主曾戏谓词人曰："吹皱一池春水，干卿何事？"而此词开篇之妙，恰在双关，善写春景又大干人事——春风吹皱的不止是一池春水，也吹动了少妇的心。这"乍起"之"风"，对于少妇意味着什么呢？说"风起吹皱"，可见最初是平滑如镜的，因风微起縠纹，一个"皱"字，描摹出春水微波荡漾有如纹般的质感，实在妙于形容。

上片下二句和下片上二句，写少妇情态，看她逗引鸳鸯、搓揉红杏、遍倚鸭阑，总是闲得无聊的样子；玉簪欲坠，可见鬓发蓬松，则是慵懒的样子。总见候人不至的烦恼也。

末二句点出"望君君不至"，一转写出"举头闻鹊"（《西京杂记》三即有"乾鹊噪而行人至"之说），使少妇情态发生了微妙的变化。回想篇首说的"风乍起"，是不是即此而言？作如此解会，则前二句是总括，后六句则是细说。结处点到为止，启人遐思。

词之首尾写春日景物，中间写人物动态，无不间接地表现人物心理活动，颇有悬念，是其耐读处。

（周啸天）

◇长命女

　　春日宴，绿酒一杯歌一遍，再拜陈三愿：一愿郎君千岁，二愿妾身长健，三愿如同梁上燕，岁岁长相见。

此词民歌风味很浓，是冯词中别具一格的作品。或谓其本于白居易诗《赠梦得》。白诗云："为我尽一杯，与君发三愿：一愿世清平，二愿身强健，三愿临老头，数与君相见。"冯作语言及用韵确与白诗相近。但比较起来，冯作却不啻后来居上了。

首先，对饮双杯指天发誓的场面用于写爱情，比用于写友谊似更为合宜。冯词三愿对于人间恩爱夫妇而言则相当典型。在具体描写上，尤以冯作为工。这里不但通过人物语言来抒情，而且通过相应的具体环境描写来烘托人物的思想感情。明媚和煦的春日，不但是一派良辰美景，也象征着宝贵的青春时光。丰盛的酒宴，悦耳的清歌，不但是赏心乐事，也象征着人生的美满。"绿蚁新醅酒"（白居易《问刘十九》），一个"绿"字（古时所谓"绿"，有时微近黄色），写出了新酒可爱的颜色，使人如嗅到那醉人的芳香，更增加了生活美好的感觉。凡写景无不含情。结尾的"梁上燕"虽是比喻,却也是春日画堂的眼前景物,此比中亦有赋义。这样,春日、绿酒、清歌、呢喃燕语,构成极美的境界,对于爱情的抒写,是极有力的烘托。冯词与白诗篇幅差不多,但内容格外丰富充实,与此大有关系。

其次,二作都多用数字,而冯作运用更有特色。全词有"一""再""三","一""二""三"的重复,前一组表数目,后一组表序数,重复中有变化。"绿酒一杯歌一遍"的两个"一",孤立地看是两个"一",结合起来却又会增出新意。盖在此春宴上,岂止饮一杯酒?每进一杯酒,即歌一遍,则文字上是"一",事实上更多,这与"陈三愿"的"三"之为固定不变,又不同。"三愿"表现主人公愿望之强烈。主人公不求富贵,唯愿夫妇相守长久,意愿虽强而所求不奢。

其三,诗为齐言,词为长短句,形式更活泼,与内容相宜。《长命女》以三五七言句错综为调,安排颇具匠心。此词重在"三愿",故以最短的句子"春日宴"写环境,颇简妙;而末两句一气贯注作一长句:"三愿如同梁上燕,岁岁长相见",写的是主人公情意最为深长的一愿,便觉声情合一。诗隔句用韵,词则除了"一愿郎君千岁"句外,句句入韵,形成始轻快,渐徐缓,复入轻快的旋律。不押韵的句子突然出现,即节奏减慢处,恰恰是由环境描写转为祝愿之词的地方。这使词的语调具有良好的速度感,明快而不单调,很好表达了主题。句的长短与韵的多变结合,使此词音情俱美,且给人以新鲜活跳的感觉。

综上三方面,这首词可以说是做到了单纯与丰富、平易与雅致高度统一,深得民歌神髓,化平凡为神奇,"虽置在古乐府,可以无愧"(吴曾《能改斋漫录》)。

(周啸天)

●张泌（生卒年不详），《花间集》称张舍人，列于牛峤、毛文锡之间，当为前蜀词人。近人王国维辑有《张舍人词》一卷。

◇浣溪沙

晚逐香车入凤城，东风斜揭绣帘轻，慢回娇眼笑盈盈。　　消息未通何计是？便须佯醉且随行，依稀闻道太狂生！

这首词写一幕小小喜剧，鲁迅在一篇杂文中曾戏谓为"唐朝的钉梢"。

首句就巧妙交待时间——一个春天（"东风"）的傍晚；地点——京都（"凤城"）的近郊；人物——一男（"逐"者）一女（被"逐"者，在"香车"之中）。封建时代男女防闲甚严，而在车马杂沓，士女如云，男女界限有所混淆的游春场合，就难免有一见钟情式的恋爱、即兴的追求和一厢情愿的苦恼发生，难免有"钉梢"一类风流韵事的出现，作为对封建禁锢的积极或消极的反应。

首句单刀直入：在游春众人归去的时候，从郊外进城的道路上，一辆华丽的香车迤逦而行，一个骑马的翩翩少年尾随其后。显然，这还只是一种单方面毫无把握的追求。也许那香车再拐几个弯儿，彼此就要永远分手，留下一片空虚和失望——要是没有后来那阵好风的话。"东风"之来是偶然的。而成功往往不可忽略这种偶然的机缘。当那少年正苦于彼此隔着一层难以逾越的障幕时，这风恰巧像是有意为他揭开了那青色的绣帘。虽是"斜揭"，揭开不多，却也够了：他终于得以看见帘后的那人，果然是一双美丽的"娇眼"！而意想不到的是她竟然"慢回娇眼笑盈盈"。这样丢来的眼风，虽是"慢回"，却已表明她在帘后也窥探多时。这嫣然一笑，是对"钉梢"不动声色的响应。两情相逢，使这场即兴的追求势必要继续下去了。

这盈盈一笑本是一个"消息"，使那少年搔首踟蹰，心醉神迷。但没有得到语言上的证果，心中不踏实，故仍觉"消息未通"。而进城之后，更不能肆无忌惮，怎样才能达到追求的目的呢？"消息未通何计是"的问句，就写少年的心理活动，颇能传焦急与思索之神。情急生智——"便须佯醉且随行"。醉是假的，紧随不舍才是真的。这套"误随车"的把戏，许能掩人耳目，但岂能瞒过车中那人？于是："依稀闻道太狂生！"（"生"为语助词）

这突来的一骂极富生活的情趣。鲁迅说："上海的摩登少爷要勾搭摩登小姐，首先第一步，是追随不舍"，"第二步便是'扳谈'；即使骂，也就大有希望。因为一骂便可有言语来往，所以也就是'扳谈'的开头。"（《二心集·唐朝的钉梢》）这里的一骂虽然不一定会马上引起扳谈，但它是那盈盈一笑的继续，是打情骂俏的骂，是"大有希望"的"消息"，将词意推进了一步。

词到此为止，前后片分两步写来，每次都写了男女双边的活动。在郊外，一个放胆追逐，一个则秋波暗送；入城来，一个佯醉随行，一个则佯骂轻狂，前后表现的不同在于环境的改变。作者揭示出男女双方内心与表面的不一致甚至矛盾，戳穿了这一套由特定社会生活导演的恋爱的"把戏"，自然产生出浓郁的喜剧效果。此词不涉比兴，亦不务为含蓄，只用白描抒写，开篇便入情节，结尾只到闻骂为止，结构紧凑、简洁。所写情事，逼肖生活。

（周啸天）

●牛峤（生卒年不详），字松卿。狄道（今甘肃临洮）人。乾符五年（878）进士。历官拾遗、补阙、校书郎。王建镇蜀，召为判官，及开国，拜为给事中。王国维辑有《牛给事词》一卷。

◇梦江南二首（录一）

红绣被，两两间鸳鸯。不是鸟中偏爱尔，为缘交颈睡南塘。全胜薄情郎。

鸳鸯性喜成双成对生活在水边，文学作品和民间工艺常用其来比喻恩爱夫妻。唐诗人崔珏有一首著名的咏鸳鸯的七律诗《和友人鸳鸯之什》："翠鬣红毛舞夕辉，水禽情似此禽稀。暂分烟岛犹回首，只渡寒塘亦并飞。映雾尽迷珠殿瓦，逐梭齐上玉人机。采莲无限兰桡女，笑指中流羡尔归。"此诗有实有虚，有鸟有人，咏物而有寄托，故好。崔珏因此诗而被人称为"崔鸳鸯"。牛峤的《梦江南》构思与崔诗相似，皆取鸳鸯作比，艳羡夫妻恩爱。但牛词与崔诗的立意又不一样。崔诗止于艳羡，牛词借鸳鸯反衬女子自己的形单影只，怨"薄情郎"之不归，因而别是一般滋味。在情感表达上，崔诗比较含蓄、典雅，牛词言及闺中绣被，交颈而眠，辞藻更香软华丽，写情更露骨，更富于挑逗性，是为"艳科"。该词模拟女子大胆地道出心中隐情，发出人性化的呼声，在一定程度上具有冲破封建礼教束缚的作用。词在晚唐五代被称为"诗客曲子词"，大多由歌伎在宴会上助唱，相当于当时的流行歌曲，所以比诗更适性，更宜于言情，但并不流于下作。这也是词与诗的微妙分别。

　　说说"薄情郎"的问题。"薄情郎"也就是"负心汉"，自古有之。《诗经·卫风·氓》中的女子就埋怨丈夫的变心："女也不爽，士贰其行。士也罔极，二三其德。"《花间集》以写男女艳情为主，艳情之中，写闺怨的又占了十之六七。为什么总有那么多的"痴情女子负心汉"？这个问题是否具有超阶级、超时代的普遍性？我们知道，在封建时代，女性的家庭、社会地位都比男性低下。女性的思想、行动受到的束缚比男性多，"夫为妻纲""从一而终"的封建礼教便是套在女性身上的枷锁，而男子的三妻四妾、寻花问柳被视为正常。这种不平等是造成女性幽怨特多的历史文化原因。但在男女相对平等的社会里，这种现象依然屡见不鲜。这恐怕只能从男女有别，男女本性差异上找答案。孔子说"吾未见好德如好色者也"，大概说的是男性吧？这种基于生理、心理上的差异只怕永远不能抹平，"痴情女子负心汉"的悲喜剧也就不会完。

　　　　　　　　　　　　　　　　　　　　　　　　（张应中）

●牛希济（生卒年不详），狄道（今甘肃临洮）人。前蜀时累官翰林学士，御史中丞。蜀亡入仕后唐。王国维辑有《牛中丞词》一卷。

◇生查子

春山烟欲收，天淡星稀小。残月脸边明，别泪临清晓。　　语已多，情未了，回首犹重道。记得绿罗裙，处处怜芳草。

词学家吴世昌说："学词不宗《花间》，更何所宗！"《花间集》对后代影响深远。牛希济《生查子》就是《花间集》中最出彩的作品之一，词内容是男女离别。词中有两个亮点。

开篇写早行的景色，"春山""烟欲收""天淡""星稀小"都是拂晓野外的景色。接着出现词中第一个亮点，就是"残月脸边明"。一般情况下，"残月"指下弦月。但在拂晓，这个"残月"的"残"，更可能与"残阳"的"残"同义，即将要落山的月亮，不然那个"明"字就没有着落了。明明是残月天边明，也许是受限于平仄吧，词人写成"残月脸边明"，一个奇句就诞生了。这是一个叠景，即远处的月亮与近处的人面，叠加在一起，产生的感觉是奇妙的。唐人有"桃花人面"的叠加，也有这样的效果。叠景法在唐诗中就有："朝辞白帝彩云间"，是白帝城和彩云的叠加；"手可摘星辰"，是星辰和人手的叠加；"树杪百重泉"是树梢和瀑布的叠加；等等，没有不出彩的。然后紧扣"脸边"，写女主人公的形容："别泪临清晓。"

"语已多，情未了"，这里有一个词情的跳跃，省略了"语已多"的具体内容，而着重就"情未了"作进一步生发，写出女主人公最后的一句叮咛。比《西厢记》长亭送别中崔莺莺的最后叮咛精彩多了："记得绿罗裙，处处怜芳草。"这是此词第二个亮点。"处处怜芳草"，出于《楚辞·招隐士》"王孙游兮不归，春草生兮萋萋"，唐人屡用其意，成了一个惦记远游者的现成思路。仅此而已，倒也乏善可陈。想不到上句来一个"记得绿罗裙"，令人浮想联翩。显然，这个"绿罗裙"是女主人公代表性的着装，词中用来指代女主人公。然而裙草同色，"罗裙"的"绿"和"芳草"之绿，有意无意搭成联想。不说"若见了异乡花草，再休似此处栖迟"，反说"处处怜芳草"。然而，句子不但包含同样的意思，而且还有倒说顺想的妙用。

这一结尾或许受到南朝江总妻《赋庭草》"雨过草芊芊，连云锁南陌。门前君试看，是妾罗裙色"的启发，或许是一种巧合。由女主人公的翠裙，联想到天涯芳草，以表"长勿相忘"之意，在唐五代少有，设想似痴，造句自然，表情诚挚，是善于言情者。

（周啸天）

●顾敻（生卒年不详），前蜀时给事内庭，擢茂州刺史。后蜀时累官至太尉。存词五十余首。

◇诉衷情

永夜抛人何处去，绝来音。香阁掩，眉敛，月将沉。
争忍不相寻？怨孤衾。换我心，为你心，始知相忆深。

《诉衷情》为唐教坊曲名。这个词牌有单调和双调，正格和变格的不同。这首词是单调的变格。它的特点一是短句多，七言一句，五言两句，三言五句，二言一句。二是平仄韵错押。从内容上看，这是一首闺怨词，全词主要是女主人公的内心独白。

"永夜"即长夜，"永夜抛人何处去"开篇没头没脑，字里行间，一个薄情郎的形象宛然若在。"绝来音"，用今天的话说即信息全无，人间蒸发。须知这是古代，女主人公是无法可施的。她在等待，对方来，还是不来，她不能肯定。即使对方不来，有个准信也是好的，却偏偏没有。"绝来音"的苦恼，就是不知道怎么办。南朝乐府民歌有"月明光光星欲堕，欲来不来早语我"（《地驱乐歌》），说的就是这种心境。

接下来换成短促的两仄韵，"香阁掩"，关死不关死，是个问题。

"眉敛",是心焦的表现。放心睡还是不忙睡,也是个问题。"月将沉",表明夜已深沉。"怎忍不相寻",网上或讲作:怎忍心不去寻他。错,女主人公连信儿都不知道,到哪儿去寻他。这句的正解应是埋怨对方:怎忍心抛下我(不来寻我)。最后三句是词眼所在,用女主人公的口气道:"换我心,为你心,始知相忆深."埋怨对方不知心。

《论语》有"己所不欲,勿施于人",成语则有"将心比心"。说的都是换位思考的道理,为什么偏偏这三句词,就这么动人,被前人称为"自是透骨情语"(《花草蒙拾》)呢?理由很简单,因为"将心比心"也好,"己所不欲,勿施于人"也好,都是一种理性的表达。而这三句词,在前面对女主人公心理刻画的基础上,活生生写出了她的口气。在以前的唐五代诗词中,还不曾有人像这样说过。宋末徐照《阮郎归》"妾心移得在君心,方知人恨深",全袭此词,就没有那么新鲜了。

(周啸天)

●孙光宪（约895—968），字孟文，自号葆光子，陵州贵平（今四川仁寿东北）人。前蜀时为陵州判官。后唐天成初避地江陵，后事南平三世。累官至荆南节度副使、检校秘书少监兼御史中丞。归宋后授黄州刺史。撰《北梦琐言》，近人王国维辑有《孙中丞词》一卷。

◇思帝乡

如何？遣情情更多！永日水堂帘下敛羞蛾。六幅罗裙窣地，微行曳碧波。看尽满池疏雨打团荷。

该词写一个女子打发情愁，也即遣情之作。你看她整日在水堂前徘徊，愁眉紧锁。罗裙拖地发出细微的声响，愁思仍然没有结果。她走来走去，百无聊赖地看疏雨滴落在团团荷叶之上。情愁非但不能排遣，反而加深加重了，所谓"遣情情更多"。小词以描画情态见长，王闿运说它："常景常语，自然风采。"

我们读婉约词，处处遇"愁"，总有那么多的人——特别是女子——愁肠百结，抑郁难舒，像林黛玉一样整日以泪洗面，字里行间浸泡了眼泪。韩愈说得对："欢愉之辞难工，而穷苦之言易好也。"（《荆潭唱和诗序》），王国维也说："欢愉之辞难工，愁苦之言易巧。"（《人间词话删稿》）所以这类言愁之词特多。何况古代的女子地位低，束缚多，愁苦也就像雾气一样弥漫，简直内化为一种抑郁的气质了。可供她们排遣情愁的途径也有限，写信写日记，弹琴吟诗，或许可以。下馆子，疯狂购物，游山玩水，只怕不那么容易。

词中所写的女子就被情愁所苦，再这样下去，一定会闹出毛病来的。最好的办法就是对症下药，去找那个引起她情愁的对象，向他诉说，该怎么样就怎么样，求得解决。如果这样仍然解决不了，还有一种从根本上解决问题的办法，那就是信佛参禅，悟出色即是空，空即是色，"无所有、毕竟空、不可得"，看破，放下，修得个"六根清净"，复归那真如自性。《红楼梦》里的警幻仙姑唱得好："春梦随云散，飞花逐水流。寄言众儿女，何必觅闲愁？"

只是，有多少人能做到这一点呢？

（张应中）

●李煜（937—978），南唐后主。初名从嘉，字重光，号钟隐。李璟第六子。宋灭南唐后，封违命侯，被毒死。能诗文、音乐、书画，尤以词著名。后人将他与其父李璟的词合刻为《南唐二主词》。

◇清平乐

别来春半，触目柔肠断。砌下落梅如雪乱，拂了一身还满。　　雁来音信无凭，路遥归梦难成。离恨恰如春草，更行更远还生。

封建帝王到底有没有爱情，历来是一个颇受争议的话题。白居易的《长恨歌》以大量篇幅描写了唐明皇与杨贵妃的爱情，但关于这首诗的主题则众说纷纭，有爱情说、讽喻说、双重主题说等等。据陈鸿《长恨歌传》所载白居易的创作动机，以及作者的处理效果来看，当以爱情说为是。或者有人要说，诗歌创作不能当真，大多数皇帝只是玩弄女性，没有多少爱情可言的。但事情总有特殊之处，封建帝王也是人，也有渴望、追求并获得真挚爱情的需要，南唐后主李煜即是其中之一。这位"生于深宫之中，长于妇人之手"的李后主，虽然生在帝王家，但"不失其赤子之心者也"。他天资聪颖，勤奋好学，多才多艺，作为帝王他是失败了，但作为一个秉具真性情的词人，却是千古不朽的。

在他的爱情生活中，先后有过两位红粉知音。从马令《南唐书》及李煜的诗词文来看，他与周后娥皇姊妹都发生过刻骨铭心的爱情。娥皇因病去世，后主悲痛欲绝，将赴井，救之获免。他为悼念娥皇写了两首《挽辞》，其一曰："珠碎眼前珍，花凋世外春。未销心里恨，又失掌中身。玉笥犹残药，香奁已染尘。前哀将后感，无泪可沾巾。"深情可见一斑。写与娥皇妹妹的偷期密约，狎昵温柔，如《菩萨蛮》其二："蓬莱院闭天台女，画堂昼寝人无语。抛枕翠云光，绣衣闻异香。潜来珠锁动，惊觉银屏梦。慢脸笑盈盈，相看无限情。"

《清平乐》写离情别恨，归梦难成。或者以为是写后主忆念弟弟从善的，因为后者如宋不能回。但作为爱情词来读也无所不可，只不知被思念的对象为谁。"离恨恰如春草，更行更远还生"写得极好，"还生"者，又生、更生也。离愁别恨越来越多了。以此喻愁，新颖妥帖，令人玩味。俞平伯赞叹后主言愁的比喻为"入神"之语："于愁则喻春水，于恨则喻春草，颇似重复，而'恰似一江春水向东流'，以长句一气直下，'更行更远还生'，以短语一波三折，句法之变换，直与春水春草之姿态韵味融成一片，外体物情，内抒心象，岂独妙肖，谓之入神可也。虽同一无尽，而长江千里，滔滔一往，绵绵芳草，寸接天涯，其所以无尽则不尽同也。词情调情之吻合，词之至者也。"（俞平伯《读词偶得》）

（张应中）

●林逋（967—1028），字君复，钱塘（今浙江杭州）人。早岁浪游
江淮间，后归杭州，隐居孤山二十年，种梅养鹤，终身不娶亦不仕，时称
"梅妻鹤子"，卒谥和靖先生。有《林和靖诗集》。

◇相思令

　　　　吴山青，越山青，两岸青山相送迎。谁知离别情？
　　君泪盈，妾泪盈，罗带同心结未成，江头潮已平。

　　这首《长相思》流露出林逋内心温情缱绻的一面。有人以为爱情会
影响隐士的"世外高人"的形象。就像梁萧统认为《闲情赋》是陶渊明
创作中的瑕疵一样，清人卢文弨在《群书拾补·林和靖集》中说："如
'君泪盈，妾泪盈'云云，岂复似高人之语耶？"这种看法未免迂腐。
高人应该是深于人情，而又能看透人情的人，深于人情，故能看透，看
透人情，故能悲悯。鲁迅先生有诗曰"无情未必真豪杰"，我们也可以
说"无情未必真隐士"。

　　该词视听两美兼具。上片写景，景中有情，下片抒情，情中带景。
青山相送，江潮涨满，可与王维"惟有相思似春色，江南江北送君归"
比照着读。《相思令》（亦称《长相思令》）属双调小令，前后片各
三平韵，一叠韵，句句协韵，韵位密，一句紧逼一句，宜于表现凄恻之

情。白居易同调之作也具有这种效果："汴水流，泗水流，流到瓜州古渡头。吴山点点愁。思悠悠，恨悠悠，恨到归时方始休。月明人倚楼。"又，该词用"庚青"韵，余音袅袅，韵味悠长。因此，该词音调特别和谐流丽，荡气回肠。这样的词，读来顺口，听来悦耳，直觉觉得它美，意思倒显得是次要的了。

（张应中）

●晏殊（991—1055），字同叔，抚州临川（今江西抚州市临川区）人。景德中赐同进士出身。庆历中官至集贤殿学士、同中书门下平章事兼枢密使。谥元献。有《珠玉词》，清人辑有《元献遗文》。

◇木兰花

池塘水绿风微暖，记得玉真初见面。重头歌韵响琤琮，入破舞腰红乱旋。　　玉钩阑下香阶畔，醉后不知斜日晚。当时共我赏花人，点检而今无一半。

在一个初春的黄昏，词人漫步在小园芳径，熟悉的景物——池塘、阑干、香阶……——引起他对以往岁月的回忆，鲜明而朦胧，如在眉睫忽而又变得十分遥远，最终只留下一片惆怅。这种伤春伤逝的抒情题材，为词中常见。而晏殊此词写法却很有特色。它不是顺序抒写，而是采用前后互见的手法。有明写，有暗示；有详笔，有略笔。上下片词意相互补足而韵味深长。

春天，好风轻吹，池水碧绿，也是花开的季节。花未明写，于下片"赏花"二字补出，读者自知。"池塘水绿风微暖"，通过眼观身受，暗示词人正漫步园中。这眼前景又仿佛过去的情景，所以引起"记得"以下的叙写。这一句将"风"与"水"联系在一起，又隐隐形成"风乍起，吹皱一池春水"的动人画面，由池水的波动暗示着情绪的波动。

之后词人写了一个回忆中的片段。这分明是春日赏花宴会上歌舞作乐的片段。但他并没有一一写出，与下片"当时""赏花"等字互见，情景宛在。这里只以详笔突出了当时宴乐中最生动最关情的那个场面："记得玉真初见面。""玉真"即玉人（"真"即仙，多用作绝色女子之代称），而"真"比"人"在音韵上更清脆响亮，也更有词采。紧接二句就写这位女子歌舞之迷人："重头歌韵响琤琮，入破舞腰红乱旋。"这是此词中脍炙人口的工丽俊语。词中前后阕句式音韵完全相同名"重头"，"重头"就有回环与复叠，故"歌韵"尤为动人心弦。唐宋大曲末一大段称"破"，"入破"即"破"的第一遍；演奏至此时，歌舞并作，以舞为主，节拍急促，故有"舞腰红乱旋"的描写。以"响琤琮"写听觉感受，以"红乱旋"写视觉感受，均甚生动。"琤琮"双声，"乱旋"叠韵。双声对叠韵，构成语言上的回环之美。这一联虽只写歌舞情态，而未著一字评语，却全是赞美之意。

上片写到"初见面"，应更有别的情事，下片却不复写"玉真"。未尽其言，留给读者去想象。"玉钩阑下香阶畔"，点明一个处所，这大约就是当时歌舞宴乐之地罢。故此句与上片若断若联。"醉后不知斜日晚"，作乐竟日，毕竟到了宴散的时候。仍似写当筵情事。不过，诗词的黄昏斜日又常常是象征人生晚景的。此句实兼关昔与今。这就为最后抒发感慨作了铺垫。

"东坡诗'尊前点检几人非'，与此词结句同意。往事关心，人生如梦，每读一过，不禁惘然。"（《词林纪事》）此词结句只说"当时共我赏花人，点检而今无一半"，丝毫未提"玉真"，其实她应包含在

"当时共我赏花人"之内。至于她究竟属于哪"一半",也没有说,却更耐人寻味。

词的上片说"玉真"而不及"赏花人",下片说"赏花人"不及"玉真",其实是明写与暗示交替而互见,这种写法不唯笔墨省净,而且曲折有味。故末二语比"尊前点检几人非"之句意更深厚一重。

（周啸天）

◇蝶恋花

　　槛菊愁烟兰泣露,罗幕轻寒,燕子双飞去。明月不谙离恨苦,斜光到晓穿朱户。　　昨夜西风凋碧树,独上高楼,望断天涯路。欲寄彩笺兼尺素,山长水阔知何处?

此诗深秋念远怀人之作。上片从清晨写起,回溯通夜失眠的情景。词中人因离别亲人,感到孤寂,移情于物,所以感到"菊愁"而"兰泣",而且使这种感伤与本不相干的烟、露等秋光发生了联系。"罗幕轻寒"与"燕子双飞"本不必有什么联系,但在词中人眼中,双燕似乎是因为不耐罗幕轻寒而飞去,这与其说是在写景,不如说是在抒情。那"轻寒"不仅是主人公身体的感觉,更是心理上的感觉。"明月不谙"二句,既表明月的无知,无知即无过,然而词中人却对它充满怨意,正有力表现了其"离愁苦"。

下片回过头来写早晨起来后登高望远的情境。"西风凋碧树"不仅是即目所见，而且包含夜里所闻。"凋"字作使动用法——不是碧树在风中自凋，而是西风使凋，强烈传达出节物移人之感。本来人在楼中，活动场所极为有限，词人却通过其视野，展示出一片无限寥廓的境界——"望尽天涯路"及后文的"山长水阔"，把读者带进一个高远的、令人神往的境界。语言也洗净铅华，纯用白描，成为词中警句。结尾写望而不见，便想到音书寄远——彩笺指诗笺，尺素指书信，却不知确切通讯地址，从而使得这一强烈愿望落空。一波三折，有力表现了思念的执着和困扰。

此词写深切思念、执着探求的情境，不那么圆融平静了，较为接近冯延巳的词境。它情致深婉，饶有姿态，却又具有一般婉约词所罕见的高远、寥廓而又浑涵的境界，故能产生象征的意蕴——王国维就借用"昨夜西风"三句来描述古今成大事业、大学问的一种境界，即执着追求。

（周啸天）

◇玉楼春

绿杨芳草长亭路，年少抛人容易去。楼头残梦五更钟，花底离愁三月雨。　　无情不似多情苦，一寸还成千万缕。天涯地角有穷时，只有相思无尽处！

关于这首词，在晏殊死后，他的小儿子——著名词人晏几道曾与人发生过争论。据宋代胡仔《苕溪渔隐丛话》前集卷二十六引《诗眼》云："晏叔原见蒲传正云：'先公平日，小词虽多，未尝作妇人语也。'传正云：'绿杨芳草长亭路，年少抛人容易去，岂非妇人语乎？'晏曰：'公谓年少为何语？'传正曰：'岂不谓其所欢乎？'晏曰：'因公之言，遂晓乐天诗两句云，欲留年少待富贵，富贵不来年少去。'传正笑而悟。然如此语，意自高雅尔。"按，晏几道所引"欲留年少待富贵，富贵不来年少去"两句诗出自白居易《浩歌行》，白诗是感叹光阴易失，时不我待，故其"年少"意为青春时日。但晏几道据此便以为乃父词中的"年少"也是此意，而不是指"所欢"，因此说该词不作"妇人语"，则近乎狡辩了。

为什么这样说呢？从晏殊词意看，《玉楼春》确是写情人远别，少妇相思的。"一寸还成千万缕"与李清照《点绛唇》"柔肠一寸愁千缕"意同，晏在前，李在后，晏词须与上面一句连读方好理解，不似李词直接而已。"年少抛人容易去"，与晏殊《踏莎行》"当时轻别意中人"意同，谓心上少年轻易离别，才造成现在的相思之苦。如果将"年少"理解为青春，则与下文的"离愁""多情""相思"不合，此其一也。与上文的"长亭路"也不相属，此其二也。晏几道引白居易的诗做证，我们同样也可以引白居易的诗做反证，"五陵年少争缠头，一曲红绡不知数"，此"年少"难道也是青春的意思吗？

"年少"的问题解决了。紧接着一个问题是，晏几道为什么要替父辩解，隐讳，强调晏殊"未尝作妇人语"呢？唐宋词人拟女子口吻作闺怨词乃常见之事，或止于闺怨，或有寄托，晏几道自己就填了不少这类词，这有什么值得隐讳的呢？是不是因为"仁宗留意儒雅，务本理道，深斥浮艳虚美之文"（吴曾《能改斋漫录》），为了表明宰相晏殊是跟皇上保持一致的，而不敢造次吗？与晏殊同时代的柳永当初不就因为"好为淫冶讴歌之曲"而遭受仁宗的打击吗？其实，"作妇人语"未必就是"浮艳虚美""淫冶讴歌"。如此看来，晏几道为了维护乃父的官场形象而曲解其意，实乃迫不得已。封建时代的政治与文学的关系由此可见一斑。

（周啸天）

●李冠（生卒年不详），字世英，历城（今山东济南）人。官乾宁主簿。有《东皋集》，已佚。

◇蝶恋花

　　遥夜亭皋闲信步，才过清明，渐觉伤春暮。数点雨声风约住，朦胧淡月云来去。　　桃杏依稀香暗度。谁在秋千，笑里轻轻语？一寸相思千万绪，人间没个安排处！

　　一个美好的春天的夜晚，诗人在亭畔水边悠闲地散步。这时，疏雨暂停，淡月朦胧，云来云去，桃杏的花香若有若无。真个是难得的良辰美景！诗人在欣赏吗？不，"伤春暮"已微露意绪，他在排遣闲愁呢。好像丢了什么东西而又无从找寻似的，他走来走去，若有所思，又一无所得，人像做梦一样迷离着。当他听到秋千架里有人笑语，才恍然大悟，因为相思无以言说，他感到寂寞，感到心事重重。因为心里有伤，故觉一切皆伤，"伤春暮"也不是主要原因，只不过是诗人伤心之情的外化投射罢了。

　　是什么样的相思剪不断理还乱呢？是什么样的情"人间没个安排处"呢？我想应该是悲情，是用爱换来的寂寞和悲哀。可能是暗恋、单相思，如张先《行香子》所云："奈心中事，眼中泪，意中人！"也可能是不能公布的两情相悦，没有结果的两心相爱，如白居易《潜别离》所反映的情形："不得哭，潜别离。不得语，暗相思。两心之外无人知。深笼夜锁独栖鸟，利剑春断连理枝。河水虽浊有清日，乌头虽黑有白时。唯有潜离与暗别，彼此甘心无后期。"不管是一个人的秘密，还是两个人的秘密，都是"人间没个安排处"的秘密。因为是秘密，词人的写作就处于"表现自己与隐藏自己之间"（杜衡《〈望舒草〉序》）

好一个"人间没个安排处"！就让它成为天地间的秘密吧，是痛苦，也是幸福。

（张应中）

●欧阳修（1007—1072），字永叔，号醉翁，晚号六一居士，吉州永丰（今属江西）人。天圣八年（1030）进士及第。曾任枢密副使、参知政事。因议新法与王安石不合，退居颍州。谥文忠。曾与宋祁合修《新唐书》，并独撰《新五代史》。有《欧阳文忠公集》《六一词》等。

◇南歌子

凤髻金泥带，龙纹玉掌梳。走来窗下笑相扶。爱道画眉深浅入时无？　　弄笔偎人久，描花试手初。等闲妨了绣功夫。笑问鸳鸯两字怎生书？

欧阳修的词有雅有俗，词风婉丽清新，“疏隽开子瞻（苏轼），深婉开少游（秦观）”（清·冯煦《蒿庵论词》），名句很多，诸如“平芜尽处是春山，行人更在春山外”“月上柳梢头，人约黄昏后”“人生自是有情痴，此恨不关风与月”“直须看尽洛城花，始共春风容易别”等等。相对而言，这首《南歌子》在欧词中并不算出色的，但它有自己的特点。词中引用了唐诗人朱庆余的《近试上张水部》：“洞房昨夜停红烛，待晓堂前拜舅姑。妆罢低声问夫婿，画眉深浅入时无？”欧词写的大概是新嫁娘，选取了梳妆和描花的两个生活细节，她对郎君的问话，表现出一个新嫁娘的柔媚多情与机智调皮。

在以抒情写景为主的词风中，以议论为词的现象也比较多见。该词却别具一格，它引入了叙事，词中具有一定的形象、细节和场景，有对话，有简单的情节，具有在场感，生活气息比较浓，套用新诗批评的术语，它是"生活抒情诗"。这类词作的一大特点是：抓住生活中特别有意味的瞬间来写，这一瞬间具有动作性、暗示性，能反映人物的个性特点或丰富的心理，它携情韵而行，因而极有情趣。在欧之前，五代的张泌写过几首，比如他的《浣溪沙》："晚逐香车入凤城，东风斜揭绣帘轻，慢回娇眼笑盈盈。消息未通何计是？便须伴醉且随行，依稀闻道太狂生！"极像一出小品或喜剧。柳永的妓情词中也通过一些叙事片段，描画人物的心理活动，写得相当好。欧阳修在前人和同时代人的基础上，有意识地捕捉生活中的这类小品和喜剧入词，此类词作尽管用传统的眼光看，这类词不像词，倒像后来的曲，但它将日常生活细节甚至琐事引入词中，无疑拓展了词的题材领域，增强了词的表现力。俗但不失品位，这也是欧阳修部分词的一大特点吧。

（张应中）

●晏几道（1038—1110），字叔原，号小山，抚州临川（今江西抚州市临川区）人。晏殊第七子。曾因郑侠上书请罢新法牵连入狱。后任颍昌府许田镇监。晚年退职家居。有《小山词》。

◇临江仙二首

梦后楼台高锁，酒醒帘幕低垂。去年春恨却来时，落花人独立，微雨燕双飞。　　记得小苹初见，两重心字罗衣。琵琶弦上说相思。当时明月在，曾照彩云归。

晏几道平生最愉快的，莫过于在沈廉叔、陈君龙家与莲、鸿、苹、云等歌女们共处的那些日子。好景不长，随着陈君龙卧病，沈廉叔离世，莲、鸿、苹、云等歌女也流落人间。词中的"梦后""酒醒"，就意味着陈病沈死，往事"如幻如电，如昨梦前尘"（《小山词序》）。"楼台高锁""帘幕低垂"则是陈病沈死后，两家的凄清情景，正是"衰柳枯杨，曾为歌舞场，蛛丝儿结满雕梁……"字里行间，多少人生无常之感。

"去年春恨却来时"的"恨"，是点睛的字面，指的是人去楼空、室迩人远之恨，它融合在伤春的情绪中，又回到心上。词人点到为止，旋点旋飞，即结以景："落花人独立，微雨燕双飞。"在落花时节，于

阴雨之中，双飞之燕，独立之人，构成一种有意味的情景，确是名句。
词语实出于五代翁宏诗："又是春残也，如何出翠帷？落花人独立，微
雨燕双飞。寓目魂将断，经年梦亦非。那堪向愁夕，萧飒暮蝉辉。"
（《春残》）诗颇不恶，如置晚唐人间，不失佳作。可惜五代诗运衰
微，而词体放出了光辉，个别的佳作也就不显不传。所以翁宏的创意造
语，经小晏词转用，方大得声称于世。或云此句只宜于词，在诗固不出
色，恐未见得。

　　下片自然沉浸入怀旧的思绪："记得小苹初见，两重心字罗
衣"。小晏词中写到小苹不止一两处，它如《玉楼春》中"小苹微笑
尽妖娆"、《木兰花》中"小苹若解愁春暮，一笑留春春也住"，可
见那是一个活泼开朗善笑的姑娘，她给词人的第一印象是那样难以忘
怀。词人记得最深的便是"两重心字罗衣"的装束，直接是说衣服上

装饰有两排心字图案的花纹，还能引起心心相印的联想。还有便是记得她当时演奏过一曲，"琵琶弦上说相思"，一"说"字尽掠《琵琶行》"低眉信手续续弹，说尽心中无限事"二句之美。从初次见面的印象看，小苹该是一位多么美丽聪慧的少女呀。词先写今春寂寞，后写前时艳遇，本是倒叙，但用"记得"二字一勾，便如顺叙然。结尾处词人追忆宴散后小苹等归去的情景，抒写伤逝之情："当时明月在，曾照彩云归。"小苹不知是陈、沈那一家的歌女，当时必是到另一家侑酒，宴毕便乘月归去。当时明月仍在，小苹呢，却流转人间，音讯杳无。使人想起李白之"只愁歌舞散，化作彩云飞"（《宫中行乐词》）、白居易之"大都好物不坚牢，彩云易散琉璃脆"（《简简吟》），词句实际上也隐括了两位唐人的诗意，不正面抒情，伤逝之情弥浓。

（周啸天）

斗草阶前初见，穿针楼上曾逢。罗裙香露玉钗风。靓妆眉沁绿，羞脸粉生红。　　流水便随春远，行云终与谁同？酒醒长恨锦屏空。相寻梦里路，飞雨落花中。

本词所怀之人，可能是往日晏府中的一位侍女。

词人难忘过去两次相逢：一次是初见，时节当是清明前后，少女踏青时斗草游戏，此女活泼的情态便给小晏留下深刻印象；另一次在七夕，女子于是夜须穿针乞巧拜新月，且看她裙沾露水，玉钗微颤，粉脸生红，便知两人关系非同一般，却道得空灵。

不料年华似水，伊人亦如行云，不知去向了。词人借酒浇愁，醒后一看，人去屏空，往事只如一梦。而欲向梦中追寻往事，又似飞雨落花一般缥缈难即。流水、行云、飞雨、落花打成一片，使词境更见凄迷、朦胧，有助于词中所抒怀人之情。

（周啸天）

◇少年游

> 离多最是，东西流水，终解两相逢。浅情终似，行云无定，犹到梦魂中。　　可怜人意，薄于云水，佳会更难重。细想从来，断肠多处，不与者番同。

此词抒离别怨情，章法最活。全词共三层。上片作两层比起。先以双水分流设喻："离多最是，东西流水。"以流水喻诀别，其语本于传为卓文君作《白头吟》"沟水东西流"。第三句却略反其意，说水分东西，终会再流到一处，等于说流水不足喻两情的诀别，第一层比喻便自行取消。于是再设一喻："浅情终似，行云无定。"用行云无凭喻对方一去杳无音信，似更妥帖。不意下句又暗用楚王梦神女"朝为行云"之典，谓行云虽无凭准，还能入梦。将第二个比喻也予取消。短短六句，语意翻复，不及写到"可怜人意"，已有柔肠百折之感了。

这里，有两点值得特别一提。其一，两层比喻均有转折而造句上均有所省略，"东西流水"与"行云无定"，于前句为宾语，于后句则为主语。即后句省略了主语。用散文眼光看来是难通的，即使在诗中这样的省略也不多见，而词中却常常有之。这种省略法不但使行文精练，同时形成一种有别于诗文的词味。其二，行云流水通常只作一种比喻，此处分用，"终解"与"犹到"在语气上有强弱之别，仿佛行云不及流水。故两层比喻似平列而实有层递关系，颇具新意。过片处将前二意合并，说"可怜人意，薄于云水"，同时又更进一层。流水行云本为无情之物，可是它们或终解相逢，或犹到梦中，似乎又并非一味无情。在苦于"佳会更难重"的人儿心目中，人情之薄岂不甚于云水！翻无情为有情，原是为了加倍突出人情之难堪。最后的沉痛情语也就顺势迸发而出：仔细回想，过去最为伤心的时候，也不能与今番相比呢！"细想"二字，是抒情主人公直接露面。而经过三重的加倍渲染，这样明快直截的内心独白中，自觉有充实深厚的内蕴。

《少年游》上下片格式全同，每片也由相同的两小节（以韵为单位）构成。作者利用调式的这一特点，上片作两层比起，云、水意相对，四四五的句法相重，递进之中，有回环往复之致。而下片又更作一气贯注，急转直下，故绝不板滞。恰如近人夏敬观所评："上分述而又总之，做法变幻。"

（周啸天）

●苏轼（1037—1101），字子瞻，一字和仲，号东坡居士，眉州眉山（今属四川）人。苏洵子。嘉祐进士。曾上书力言王安石新法之弊，后以作诗"谤讪朝廷"下御史狱，贬黄州。哲宗时任翰林学士，曾出知杭州、颍州，官至礼部尚书。后又贬谪惠州、儋州。历州郡多惠政。卒谥文忠。有《东坡七集》《东坡易传》《东坡书传》《东坡乐府》等。

◇江城子·乙卯正月二十日记梦

十年生死两茫茫。不思量，自难忘。千里孤坟，无处话凄凉。纵使相逢应不识，尘满面，鬓如霜。　　夜来幽梦忽还乡。小轩窗，正梳妆。相顾无言，唯有泪千行。料得年年肠断处，明月夜，短松岗。

这是一首悼亡之作，也是一首感伤之作。作者发妻王弗于治平二年（1065）死于京师，第二年迁葬眉之东北彭山县安镇乡可龙里，至熙宁八年（1075）作此词时正好十年。全词通过记梦，暗用白居易诗"悠悠生死别经年""两处茫茫皆不见""一别音容两渺茫""此恨绵绵无绝期"等语意，深刻地表现了人生长恨的主题。

一说没法忘记：谁说时间可以抹去一切？有些人是一辈子也不会忘记的，有些爱是再痛苦也不忍心忘记的。"不思量，自难忘"。真正深入你骨髓、血液中的爱又怎么会因为这个人不在你身边就忘记了呢？无论这个人在何处，十年相隔也好，千里相隔也好，生死相隔也好，一切早刻在你的心里。只要心还在，就没法忘记。

再说无能为力：最痛苦的事莫过于在两个人热恋时被迫分离，眼看着你爱的人远去、死去、消失，却无能为力。"千里孤坟，无处话凄凉"，死去的人再也不会活过来，离去的人再也不会回来，甚至连可以凭吊的东西也找不到。除了从心里寻找痕迹，就是找不到一点确实的凭据，证明这个人真的存在过。一切就像一场大梦，再也看不到她的笑容，再也听不到她的声音，写出的信再也不被回复，找不到一点和她联系的方式。人在凄凉的处境中，渴望倾诉，却再也无法对她倾诉衷肠。唯一表示她存在过的竟是坟墓，可连坟墓也在千里之外。

三说不堪回首：就算真的再相逢，两人也成了陌生人了吧，岁月在每个人身上都刻下痕迹。"纵使相逢应不识，尘满面，鬓如霜"，青春已逝，光阴改变了两个人，站在她面前的好像已经不再是那个她曾爱的人，好像不是她日夜思念的那个人。由于不在身边，关照不到，他改变得太厉害，几乎认不出来。字里行间，暗示着妻子生前在生活上对他的关照，心灵上的抚慰、排遣。纵使痛心，也无法挽回，无法弥补。"夜来幽梦忽还乡"，遥接"不思量，自难忘"。"小轩窗，正梳妆"，对于新婚的男人，乃是一种视觉享受。然而在梦中，却产生了距离感。梦里相逢，是莫名其妙地久久地失语，不停流泪。

最后说人生之谜：命运为什么如此冷酷？为什么越是追求越是事与愿违？为什么人们那么渴望爱，渴望天长地久，渴望幸福，可是谁也得不到？"料得年年肠断处，明月夜，短松岗。"牢记只能换来年年断肠之痛，为什么还是舍不得遗忘？为什么几天的幸福要付出几个月、几年甚至一生的痛苦作代价？为什么有的人是这么不可替代，这个人究竟有什么魔力？为什么越珍贵的东西越要失去？为什么失去了就再也找不回来？这些追问，有谁能够回答？

王国维说："词以境界为最上。有境界则自成高格，自有名句。五代、北宋之词所以独绝者在此。"（《人间词话》）感伤诗词的创作和欣赏，都是对积郁的一种释放，其结果必然是获得轻松，获得审美的享受。晚唐到北宋词多立足女性本位，多绮艳之作。此词将悼亡引入词体创作，而且出以白描手法，也可以说是"一洗绮罗香泽之态"了。

（周啸天）

◇蝶恋花

花褪残红青杏小。燕子飞时，绿水人家绕。枝上柳绵吹又少，天涯何处无芳草。　　墙里秋千墙外道。墙外行人，墙里佳人笑。笑渐不闻声渐悄，多情却被无情恼。

这首词的写作年代不详，相传东坡谪惠州时，曾命朝云唱此词，朝云为之下泪，答道："奴所不能歌者，是'枝上柳绵吹又少，天涯何处无芳草'也。"东坡大笑道："是吾正悲秋，而汝又伤春矣。"（《词林纪事》引《林下偶谈》）从词情看，应该是中年以后的作品。

词题为"春景"，景中包含深沉的人生感悟，就像读者在《定风波》中看到的那样，这是东坡词的特色之一。这个"春景"或是作者春游所见，像沙湖道中遇雨一样，但没有日记式的题目，故不排除所谓"春景"特别是下片所写，是生活经验的形象概括。

上片写春景，交织着伤春与旷达两种情绪。首句就定下基调。"花褪残红"——在生活中一些美好的事物正在消逝。同时，"青杏小"——一些美好的事物却正悄然诞生。这一句顶晏殊两句："无可奈何花落去，似曾相识燕归来。"接下来词中出现的燕子："燕子飞时，绿水人家绕。"表现出愉悦乐观的心情。下句又转折到伤春："枝上柳绵吹又少"，注意"又"字，就是说，柳绵本来就少了，现在是越来越少。煞拍又兜回来"天涯何处无芳草"，正是草长的季节。此句出处为《离骚》："何所独无芳草，尔何怀乎故宇。"比较符合贬谪中人故作旷达的情形。

下片则专写春游中的一段奇遇，有点类似小说细节，又是一个典型环境。"墙里秋千墙外道"，本来两不相干。你走你的阳关道，我过我的独木桥。"墙外行人，墙里佳人笑"，行人被佳人吸引的同时，是佳人对行人浑然不知。刘三姐云："鸟儿早知鱼在水，鱼儿不知鸟在林。"这就是所谓典型环境，可以推广到别的人事，不仅限于单相思。举例说，"居庙堂之高，则忧其民"，民知道吗？"处江湖之远，则忧其君"，君知道吗？"痴心父母古来多"，孝顺子孙呢？"笑渐不闻声渐悄"，是佳人的自来自去。"多情却被无情恼"，则是行人的惘然若失。"多情"指行人，"无情"指佳人，其实是"无知"。多情的行人，与其说是被"无情"的佳人所恼，不如说是自寻烦恼。人生苦恋，大抵如此。

此词妙处，就在于它不是单纯的游记，而是在"春景"题目的掩护下，表达出作者深沉的人生感悟。下片巧妙地设计了两个角色，"墙里""墙外""无情""有情"，绕口令一般，极具回环往复之致。令人过目不忘，一读成诵。

（周啸天）

●李之仪（？—1117），字端叔，晚号姑溪居士、姑溪老农。沧州无棣（今属山东）人。熙宁三年（1070）进士。苏轼知定州时为僚属，后官枢密院编修。有《姑溪词》。

◇卜算子

　　我住长江头，君住长江尾。日日思君不见君，共饮长江水。　　此水几时休？此恨何时已？只愿君心似我心，定不负相思意。

李之仪《卜算子》是一首取材于日常生活的歌词，抒写同心离居、刻骨铭心的思念。它在相同主题的作品中非常突出的是，扯上了长江，却不知"干卿何事"。但你不得不佩服这个起兴，"我住长江头，君住长江尾"是常语，也是奇语。不过是一个上游，一个下游。等于说共有一片蓝天，强调有缘。"日日思君不见君"，这一句是跌宕，为下文"恨"伏笔。而这个"恨"，在这里还可以反训为爱。"共饮长江水"，等于说呼吸着同样的空气。是痴话，也是妙语。是说空间距离虽远，心理距离甚近。总之，一种幸甚至哉，感恩缘分之意，隐于字里行间。所以词意从容淡定，快然自足。

过片"此水几时休"陡起波澜，即"海枯石烂""石头开花马生角"的意思，也就是中国民间山盟海誓之前，那个不可能的前提。兴起"此恨何时已"，即全词的主题句，即同心离居、刻骨铭心之思。"只愿君心似我心"，再出一意，即"换我心，为你心"。"定不负相思意"以誓言一句，截住全篇，可谓斩钉截铁。这一句是本色的歌词，以有衬字"定"。这种衬字，在唐宋词集中不多见，而以散曲为常。但演唱时可以随意添加。"定"字起到了强化语气的作用。

全词满心而发，肆口而成，纯乎天籁。这首词的一个特点，就是上下片开头二句明白如话，复叠回环，特别上口易记，深得民歌的神情风味，又具有文人词构思新巧、浅语深衷的特点。

（周啸天）

●柳永（约987—约1053），字耆卿，原名三变，字景庄，世称柳七，崇安（今福建武夷山市）人。景祐进士。官至屯田员外郎，故又称柳屯田。卒于润州。有《乐章集》。

◇婆罗门令

昨宵里恁和衣睡，今宵里又恁和衣睡。小饮归来，初更过，醺醺醉。中夜后，何事还惊起？霜天冷，风细细，触疏窗、闪闪灯摇曳。　　空床展转重追想，云雨梦、任欹枕难继。寸心万绪，咫尺千里。好景良天，彼此。空有相怜意，未有相怜计。

此词写相思无着的情绪，从"咫尺千里"句看，意中人相隔不远，但横在彼此间的现实障碍很难逾越。

上片写孤眠滋味。开头两句从今宵联系昨宵，说昨夜是这样和衣而睡，今宵又这样和衣而睡。连写两夜，情况如一。睡觉必须宽衣，否则血脉不畅，绝对睡不舒服。而主人公连续两夜在外边喝闷酒，回到家中，倒头便睡，哪里还顾得上脱衣？抓住"和衣睡"这样一个典型细节，入木三分地刻画出了词人的落魄。"中夜后"下数句写半夜惊梦。"何事还惊起"的一问，表明对突然的惊醒深感遗憾。"霜天冷"二句写醒后肤感是冷冰冰的，"触疏窗"句写醒后视觉感受是阴森森的，逼真再现了词人孤眠的凄清。

下片写醒后思想很乱，不能再度入眠的苦况。"重追想"三字对上片略过的梦境作了补充，词中安排的"云雨梦"情节，对于表现孤凄处境起着反衬的作用——梦越香艳，越感到现实之黯淡。虽然是梦中一晌贪欢，但也值得留恋。相思情切与好梦难继形成尖锐的矛盾。"寸心万绪"两句对仗中含对比，"寸心—万绪"极写感情负荷与承受力的反差，"咫尺—千里"极写实际距离与人为隔阂的反差，堪称奇警。"好景良天"是半句话，由"彼此"截住。这"彼此"二字的含义，无非是"人成各，今非昨""一种相思，两处闲愁"，却耐人寻想。其实"彼此"这一顿，只是韵脚所在，换气所在，并非文意上的停顿。就文意而言，从"好景良天"起，是可以一气读到结尾的。结尾用口语作偶句，只更换首尾二字，而有味外味。二句换言之即：只有相爱的想法，没有接近的办法——有情分者未必有缘分。写出一种极其普遍的人生憾事，只这一点，就超出唐五代闺情春怨的范围，虽发端于词人自身的情感，却涉及普通、永恒的人情，同时表现出对人生幸福的关心。这是很有开拓意义的。

本篇执着相思情绪，与李商隐《无题》诗的"身无彩凤双飞翼，心有灵犀一点通""刘郎已恨蓬山远，更隔蓬山一万重"有相近处。但在写法上重在铺叙而非比兴，大抵从睡前、睡梦、醒后几层叙来，有倒插、有伏笔、有补笔，前后照应，层次丰富，也很有新意。在语言上不是典丽精工，而纯用散行的、口语化的句法写成，通俗浅显，然而细节生动，情事典型，语言有味，令人百读不厌，创造了一种与传统词风迥然不同的、浅切自然的美学风格，为宋词开拓出一片全新的风光。

（周啸天）

◇雨霖铃

寒蝉凄切，对长亭晚，骤雨初歇。都门帐饮无绪，留恋处，兰舟催发。执手相看泪眼，竟无语凝咽。念去去，千里烟波，暮霭沉沉楚天阔。　　多情自古伤离别。更那堪、冷落清秋节！今宵酒醒何处？杨柳岸晓风残月。此去经年，应是良辰好景虚设。便纵有千种风情，更与何人说！

此词是柳永将往东南漂泊时，与汴京（开封）情人惜别之作。《雨霖铃》为唐时旧曲，据《明皇杂录》云是唐玄宗避安史之乱幸蜀时，在栈道雨中闻铃悼亡而作，张祜有《雨霖铃》诗系七绝。王灼《碧鸡漫志》谓双调的《雨霖铃慢》系本曲遗声。柳永就充分利用这一曲调声情哀怨的特点来抒写离情。

上片写临别情景。题前之景是先下过一场骤雨，词即从雨后骤起的秋蝉凄厉的嘶声写起，给人以惊秋之感。"长亭"不是专名，凡送别的场合都用得着，词中的长亭应在汴河上。宋代的汴河两岸多柳，柳树多的地方蝉儿总是特别多，暮色苍茫，骤雨初歇，柳条拂岸，四周又响起凄切的蝉声，这是何等动人愁思的情景。男女双方借这一场骤雨延长了相聚的时间，也拖延了开船时间，骤雨一歇，分手时候也就到了。"都门帐饮"语出江淹《别赋》"帐饮东都，送客金谷"，指在汴京城外长亭钱别。"帐"是郊外憩息的简易设施，下馆子也可以叫"帐饮"。

　　"无绪"即无心情、无胃口。当一对情人还在那儿恋恋不舍时，舟子早不耐烦，要正点开船。这几句才说"帐饮"，已觉"无绪"；正在"留恋"，又被"催发"，陈匪石《宋词举》谓之"半句一转"，是词中跌宕生姿的笔墨。到这份儿上，别说已无时间，即使有时间，由于喉头堵得厉害，也是千言万语不知从何说起。而"泪眼"相看，则是一种无声的语言。以下由一去声的"念"字领起十四字，指示行者去向——汴河南下，便是古代楚国地面。这两句由当前情景过渡到别后情景，展现了楚天山川、道里迢迢的图景，加上了"千里""沉沉""阔"的渲染夸张，则不纯是客观的写景，而是在景色中填充了无边无际的离愁别恨。

　　下片悬想别后情景。过片不即不离，先宕开一笔，从一己当前的别情中跳出来，上升到一个普遍性的结论——"多情自古伤离别"，将古今人一网打尽。紧接着又以"更那堪"三字将悲秋之思一并揽入，便有气概有力度。与江淹《别赋》"黯然销魂者，唯别而已矣"、李后主《相见欢》"自是人生长恨水长东"，同属大手笔。由此可悟开拓词境之法。"今宵酒醒何处"三句，回应上文"帐饮"，写到首途后第一个清晨，这才展示汴河岸上的杨柳，并有残月装点，其妙在不仅善状难写之景，而且饱含不尽之意。写出了首途所值景色给人的那种既陌生、凄清而又优美的印象。良辰好景，偏在人孤单时出现，所以有些令人难受。自然引起"此去经年"二句的感慨。词人着想之妙在于，他不去设想别后可能遇到的悲苦，而设想的是别后可能遇到的欢乐。连"良辰好景""千种风情"都让人感到难过，那么平常日子、比平常更糟的日子是怎样难挨，就更不必说了。所谓"风情"，是指男女之间快乐的情事，这样的情事只能和心爱的人说去，然而心爱者不在跟前，即使有许许多多的风情，又能向谁去说？

此词为宋元时的"流行金曲"，也是历来共认抒写别情的典范之作。词中所写的生活，是超越时空、为历来青年男女经常体验的生活，容易引起听众的共鸣和爱赏。在写法上一是情景交融，妙于点染。所谓点即情语，所谓染即景语。"寒蝉凄切"三句先染光景，"都门帐饮"数句进而铺写情事，煞拍处"千里烟波"二句再染。过片"多情自古"二句点出离别冷落，"今宵酒醒"二句因而染之。"点染之间不得以它语相隔"（刘熙载），从而收到情景相生的效果。二是领字的运用。属于一字领的有"对——长亭晚，骤雨初歇""念——去去千里烟波，暮霭沉沉楚天阔"，属于三字领的有"更那堪、冷落清秋节""便纵有千种风情，更与何人说"，一韵之中，大体一气贯通，特具摇曳多姿的风神。此词所具有的缠绵悱恻的情绪变化，和被评为只合十七八女郎执红牙板歌唱的袅娜多姿的抒情性，同这种句法组织分不开；慢词具有既口语化又有很强的音乐节奏感的特点，也与此有关。三是关键处运用双声叠韵以协调音情，起到了极佳的语感效果。开篇"寒蝉凄切"就是叠韵加双声，鼻韵和舌声连绵，就能微妙地传达景中的声情。"无语凝咽"亦叠韵加双声，而较为低沉。"冷落清秋节""今宵酒醒"全是双声字，舌齿音，宜于表现一种凄清的情景，也是其获得成功的原因之一。

（周啸天）

◇蝶恋花

> 伫倚危楼风细细。望极春愁，黯黯生天际。草色烟光残照里，无言谁会凭栏意。　　拟把疏狂图一醉。对酒当歌，强乐还无味。衣带渐宽终不悔，为伊消得人憔悴！

该词写春愁，采用了平铺直叙的写法，但层层加码，平中有曲。词人登楼望远，只觉春愁从天边渐渐升起，草色烟光无不被春愁笼罩，至矣尽矣，无以加矣。这是一层。春愁难遣，无人领会，且狂放不羁地大醉一场吧！但"抽刀断水水更流，举杯消愁愁更愁"。（李白诗）勉强寻乐，很快便觉无聊。这是第二层。于是逼出了最后两句："衣带渐宽终不悔，为伊消得人憔悴！""消"犹言经得起，如辛弃疾"更能消几番风雨"（《摸鱼儿》）。为了"伊"这个理想中的美人，"虽九死其犹未悔"（《离骚》），一往情深，斩钉截铁。这是第三层。该词一波三折，平中见奇。

王国维称最后两句也是"专作情语而绝妙者"的名句之一，它"绝妙"在何处呢？前文的层层铺垫是一个原因，更主要的是这种情感态度的强烈感染力。柳永在《婆罗门令》一词的最后写道："好景良天，彼此。空有相怜意，未有相怜计。"是从女子的角度来写的。这首《蝶恋花》则从男子角度来写，两词的背景大约差不多吧。《婆罗门令》徒唤奈何，《蝶恋花》则态度坚决。这种决绝的态度在爱情诗词中并不多见，汉乐府民歌《上邪》属此："上邪！我欲与君相知，长命无绝衰。山无陵，江水为竭。冬雷震震夏雨雪，天地合，乃敢与君绝！"又如晚唐韩偓的诗句："菊露泣罗幕，梨霜恻锦衾。此生终独宿，到死誓相寻。"（《别绪》）皆有掐臂见血，一鞭一道痕的感觉。悲愁积累到一定程度，不是感伤消沉，就是义无反顾的爆发。顾随说韩偓《别绪》表达的是对将来爱的追求，"'此生终独宿，到死誓相寻'写得真严肃，做事业、做学问应有此精神，失败了也认了"（《顾随诗词讲记》）。这种精神也就是尼采所讲的悲剧英雄精神，他说："这是英雄的灵魂，它们在悲剧的残酷中自我肯定，坚强得足以把苦难当作快乐来感受。"（《作为艺术的强力意志》）柳永词与韩偓诗均表达了这种悲剧精神，其主人公都是悲剧英雄。

（张应中）

◇定风波

　　自春来、惨绿愁红，芳心是事可可。日上花梢，莺穿柳带，犹压香衾卧。暖酥消，腻云亸，终日厌厌倦梳裹。无那。恨薄情一去，音书无个。　　早知恁么，悔当初、不把雕鞍锁。向鸡窗、只与蛮笺象管，拘束教吟课。镇相随，莫抛躲，针线闲拈伴伊坐。和我。免使年少，光阴虚过。

《定风波》这个调名有两体，另一体属中调，此为慢词。以代言体写闺怨，并不是柳永的发明，唐五代词人就是这样干的。然而这首词与唐五代文人之作在具体写法和艺术趣味上却大异其趣。

此词不是优雅地描写情景，而是痛快地倾诉心事——把思妇满腔情思，一股脑儿和盘托出。上片自叙无聊：春来芳心无着，触目桃红柳绿，无非惹人伤感，干什么事都是那样没劲（"可可"，平淡乏味）。人成天感到的就是慵倦——早上春光明媚，却不想起床；脂粉消融，头发蓬乱，但就是不想梳妆。"无那（奈）"一叹，点明所有这一切都是薄情人一去杳无音信的缘故。

下片展开遐想。早知这样子，还不如当初不放他走。关他在书房，发给纸和笔，他念他的书，我呢，则手拈针线，在旁边陪读。该有多美好。可以说是学习、爱情两不误，才免得浪费青春哩。

此词表现了新兴的市民意识，给词坛带入新的思想内容。从唐五代到北宋晏欧诸公，你曾读到过这样的闺怨吗？从来没有。尽管词中也用了"惨绿愁红""芳心""香衾""暖酥""腻云""雕鞍""蛮笺象管"一类装点字面，但它表现的生活情趣不是古典、高雅、温柔敦厚的，而是世俗化、市民化的。市民阶层是随着商品经济的发展而壮大起来的新的社会力量，他们不太被封建思想束缚，敢于反抗封建礼教的压迫。爱情至上，到了可以无视功名富贵、仕途经济的程度，这种新的思想意识是有反封建意义的，也反映了一种新的生活理想和新的时代契机，俗中自有不俗在。士大夫则不以为然。据张舜民《画墁录》载，柳永因赋《醉蓬莱》得罪宋仁宗后，曾谒见政要晏殊，晏殊问"贤俊亦作曲子否？"柳永答道："只如相公亦作曲子。"晏殊很不高兴道："殊虽作曲子，不曾道'彩线慵拈伴伊坐'（作'慵拈'当然更糟）"，话不投机，柳永只得告退。这件逸事，形象地说明了柳词如何不为传统所容，又如何广为人知。柳词在晏殊那里得不到认同，但对当时的市民群众来说，却是倍感亲切而大受欢迎的东西。

　　此词在写法上，运用市井白话，如"是事可可""终日厌厌""音书无个""早知恁么""只与""拘束教吟课""镇相随"以下直到篇终，和没遮拦的表现手法，即不讲含蓄，唯求酣畅淋漓、一泻无余的表达方式，完全突破了传统诗词的语言风格，而近似于说唱、曲艺等俗文学。与此同时一个具有市井生活气息李翠莲式的女主人公形象也就活现于纸上。

（周啸天）

●秦观（1049—1100），字少游，又字太虚，号淮海居士，高邮（今属江苏）人。"苏门四学士"之一。宋元丰八年（1085）进士。曾任秘书省正字，兼国史院编修官等职。坐元祐党籍，累遭贬谪。有《淮海集》等。

◇满庭芳

山抹微云，天粘衰草。画角声断谯门。暂停征棹，聊共引离尊。多少蓬莱旧事，空回首、烟霭纷纷。斜阳外，寒鸦数点，流水绕孤村。　　销魂，当此际，香囊暗解，罗带轻分。谩赢得青楼，薄幸名存。此去何时见也？襟袖上、空惹啼痕。伤情处，高城望断，灯火已黄昏。

秦观在元丰二年（1079）春天为探望在会稽为官的叔父并祖父，离家入越，当时知越州的程公辟馆于蓬莱阁，先后作有《会蓬莱阁》《次韵公辟将受代书蓬莱阁》等诗。离越时又写了《别程公辟给事》结云"买舟江上辞公去，回首蓬莱梦寐中"，诗中还以唐时越妓盛小丛喻指会稽歌妓。《艺苑雌黄》谓此词即为所悦歌妓而作，绝非信口雌黄。此词以抒别情为主，其时少游尚未登第，艳情和身世之感亦寓词中。

上片从绘景开笔。凡词调以两个四言句发端的，大都要求对仗工稳。此词一起的"山抹微云"二句，就有先声夺人之妙，一向脍炙人口，差不多成了作者的金字招牌——苏轼就给了他一顶"山抹微云秦学士"的桂冠，以配"露花倒影柳屯田"；而作者的女婿范温，在一个派对上自我介绍为"山抹微云女婿"，引得满座发笑。二句妙在"抹""粘"炼字。什么叫抹？抹就是涂抹（杜诗"晓妆随手抹"），以一色重置底色之上，有透明或不透明之感；粘即粘贴（张祜《草》"草色粘天鸥鸪恨"），以一物附着于一物之上，有空间层次之感。写景如画，传出极目天涯之意。

"画角声断"一句，点出时已黄昏。盖宋代以吹角于城楼（"谯门"是城上望远的楼）以报昏晓，词中常见（如姜夔"渐黄昏、清角吹寒，都在空城"）。"暂停征棹"二句点饯别情事。征棹只是"暂停"，离尊只是"聊共"——传达出临别无可奈何的惆怅。"多少蓬莱旧事"二句紧承上意，通过回忆往日的情爱，写好景不长、怅怅恋恋的心情。"烟霭纷纷"既是即目所见之景，又双关往事如烟之意，情景交融，不着痕迹。"空回首"的"空"字，表现的是无可奈何的惆怅。

煞拍"斜阳外"三句进一步描写暮色，"虽不识字人，亦知是天生好言语"（晁补之语）。它从隋炀帝"寒鸦千万点，流水绕孤村"脱化而来，又为元人马致远《天净沙》所祖述。景语亦情语——盖天色已暮，归鸦成阵，行人却在此际出发；流水绕村，似有万种依恋，然而不得不流向远方，何也？

换头直以情起。"销魂"二字一韵，出于江淹《别赋》"黯然销魂者，唯别而已矣"，暗点题旨。"香囊暗解"二句遥承"暂停征棹"，写话别情事。盖古代男子有系香囊的习俗，香囊暗解，是赠对方以为纪念。古代女子衣带的结法有种种花式，其一为菱形连环回文结，谓之"同心结"，象征永不分离；"罗带轻分"则意谓从此分飞，所谓"君泪盈，妾泪盈，罗带同心结未成"（林逋《相思令》）。这和柳永《雨霖铃》"留恋处，兰舟催发。执手相看泪眼，竟无语凝咽"情景神似，无怪苏轼要说是"学柳七作词"。"轻分"兼含轻轻拆开罗带与轻易别离双重含义，后一义自然引起"薄幸"一念。

杜牧《遣怀》"十年一觉扬州梦，赢得青楼薄幸名"，实际概括了他《遣怀》《赠别》二诗的题旨。后来姜夔《扬州慢》"杜郎俊赏"六句也用了这两首诗意。他们虽然都提到"青楼"，但表达的并不是轻薄的意绪，都含有身世之感。此词着一"谩"字，则有不期然而然之意，暗示并非自己轻别，更非真的薄幸。本来自以为认真，不知怎么倒成了"逢场作戏"。盖作者当时年届而立，而功名未成，用杜牧诗意，正是心有灵犀、兼写爱情与仕途两不得意，故周济指出此词是"将身世之感打并入艳情，又是一法"，可谓具眼。"此去何时见也"两句问而不答，正是无法回答。"襟袖上、空惹啼痕"句是第二次使用"空"字，写无奈的心情。

结尾三句，以"伤情处"挽住情语，以下复以景结。"高城望断"，与篇首极目天涯呼应，这时人在舟中，离越州城越来越远，回望先时别处，高城渐渐隐入暮色之中，唯见一片灯火闪烁而已。全词将情、景事熔为一炉，点到情事的地方有两处，即"暂停征棹"二句、"香囊暗解"二句，但这是作品抒情的基础；首尾及中幅以写景贯穿，从山抹微云——烟霭纷纷——寒鸦成阵——高城灯火，时间流逝亦见乎其中，与柳永《雨霖铃》的笔法差不多。特以融入杜牧诗意，打并入身世之感，与柳词专写离别相思不同。

（周啸天）

◇江城子

西城杨柳弄春柔，动离忧，泪难收。犹记多情曾为系归舟。碧野朱桥当日事，人不见，水空流。　韶华不为少年留。恨悠悠，几时休？飞絮落花时候一登楼。便做春江都是泪，流不尽，许多愁。

这是一首暮春怀人之作。上片是由杨柳勾起的回忆，下片是抒情中所作的比兴修辞，均自然而具特色。

杨柳在词中扮演了一个重要角色，首句便是"西城杨柳弄春柔"。这柳色，通常能使人联想到青春及青春易逝，又可以使人感春伤别。"弄春柔"的"柔"字，便有百种柔情，"弄"字则有故意撩拨之意。赋予无情景物以有情，寓拟人之法于无意中。（试比较张先"云破月来花弄影"的名句。）"杨柳弄春柔"的结果，便是惹得人"动离忧，泪难收"。

"泪"字是词中又一个关键字，直通上片末的"水空流"。因柳，词人有所感忆："犹记多情曾为系归舟。碧野朱桥当日事，人不见，水空流。"这里给读者足够的暗示，这杨柳不是任何别的地方的杨柳，而是靠近水驿的长亭之柳，所以当年曾系归舟，曾有离别情事在这地方发生。那时候，一对情侣或挚友，就踏过红色的板桥，眺望春草萋萋的原野，在这儿话别。一切都记忆犹新，可是眼前呢，风景不殊，人儿已天各一方了。"水空流"三字表达的惆怅是深长的。在写"泪"之后写到

"水"，似不经意，其实已为下片煞拍的设喻作了伏笔，这正是词中机杼所在。

　　好景不长，凡人都有这类感慨。过片却特别强调"韶华不为少年留"，那是因为少年既是风华正茂，又特别善感，所谓既得之，患失之。"恨悠悠，几时休？"两句无形中又与前文的"泪难收""水空留"唱和了一次，这样，一个巧妙的比喻已水到渠成。只需要一个适当的诱因，于是便有"飞絮落花时候一登楼"的描写。"一登楼"，可见不常登楼。而不登则已，"一登"就在这杨花似雪的暮春时候，真正是伤如之何？感如之何？这就逼出最后的妙喻："便做春江都是泪，流不尽，许多愁。"它妙就妙在一下子将从篇首开始逐渐写出的泪流、水流、恨流绾合做一江春水，滔滔不尽地向东奔去，使读者沉浸在感情的洪流中。这比喻不是突如其来的，而是逐渐汇合的，说它水到渠成，也就是说它自然而具特色。

　　至此，读者便会感到这比喻又显然受到李后主"问君能有几多愁，恰似一江春水向东流"名句的影响，甚至可以说是从此翻新的。那么它新在何处呢？细味后主之句作问答语，感情是哀痛而澎湃汹涌的；少游之句改作假设语（"便做"），语气就微婉得多，表达的感情则较缠绵伤感。前者之美是"阳刚"的，后者却稍近"阴柔"；都是为具体的情感内容所制约，故各得其宜。

　　　　　　　　　　　　　　　　　　　　　　　　（周啸天）

●贺铸（1052—1125），字方回，号庆湖遗老。卫州（治今河南卫辉）人。曾任泗州、太平州通判。晚居吴下。有《庆湖遗老集》《东山词》。

◇青玉案

凌波不过横塘路，但目送，芳尘去。锦瑟华年谁与度？月桥花院，琐窗朱户，只有春知处。　　飞云冉冉蘅皋暮，彩笔新题断肠句。试问闲愁都几许？一川烟草，满城风絮，梅子黄时雨。

该词作于作者晚年隐居苏州时，作者当时在横塘附近筑了"企鸿居"，室名得自曹植《洛神赋》，此词亦多用曹赋中语（"凌波""芳尘""蘅皋"）。曹赋历来被认为是为"感甄"而作，而贺铸所企之"鸿"，则应是理想"美人"的代称。此词乃藉美人香草之辞，关合所志不遂、孤寂自守的情怀，所谓深得楚骚遗韵者。

起三句用曹赋"凌波微步，罗袜生尘"，谓理想的美人可望而不可即，她不到横塘这边来，自己只能目送她远去。显然这不是纪实，而纯属造境。"锦瑟年华"四句用《锦瑟》诗意，想象这美人儿住在一个人迹罕至的神仙洞府，"只有春知处"就是无人知其处的委婉说法。显然这也不是纪实，而有志趣高洁、盛年不偶之托喻。

过片"飞云冉冉"二句，承前"凌波不过"句，谓美人期不来，遂有感伤之作。"碧云"出江淹《杂体诗》，"彩笔"亦用江淹梦得郭璞彩笔事。以上"凌波""芳尘""锦瑟""月桥""花院""琐窗""朱户""飞云""蘅皋""彩笔"多用藻绘绮丽之词，正所谓"其志洁，故其称物芳"（《屈原列传》），正所谓"幽洁如屈宋"也。

然而使这首词享誉词林的，还是"试问闲愁都几许"一问带起的三喻，即所谓"博喻"，其穷形尽相，自胜于单一的比喻。这组喻象各有所司，共同赋予抽象的闲愁以具体形象——"一川烟草"状愁绪之多，"满城风絮"状愁思之乱，"梅子黄时雨"状愁之绵绵不断，各拟一端，创意独到。三句所写，又不止是喻象，合起来又是一幅江南春末夏初典型的景色。盖作者寓居苏州，对江南景物有极细的观察，故信手拈来，遂成妙谛。因而三句既像是对"试问"一句的回答，又像是撇开此问而以景结，有意无意，其味益厚。

此词一出，时人皆服其工，作者因此得了个"贺梅子"的雅号。黄庭坚寄诗曰："少游醉卧古藤下，谁与愁眉唱一杯？解道江南断肠句，只今惟有贺方回。"是说秦观死后，贺铸无敌。"断肠句"即以此词"彩笔新题断肠句"来代称全词。

（周啸天）

◇鹧鸪天

重过阊门万事非，同来何事不同归？梧桐半死清霜后，头白鸳鸯失伴飞。　　原上草，露初晞，旧栖新垅两依依。空床卧听南窗雨，谁复挑灯夜补衣？

词作于苏州，系悼亡妻赵氏之作。作者曾因服母丧居苏州，元符三年（1100）冬一度北上，赵氏夫人约死于北行前，而本篇则作于北行返回后。

首二句开门见山，直抒胸臆。"阊门"乃苏州西门，"重过万事非"云云，一反物是人非的说法，而说不但人非，而且万事皆非。可见作者在生活中对赵氏依赖之深，不可离开须臾离，离了一切乱套。"同来何事不同归"一问沉痛深至，好像是赵氏故意扔下他不管似的，这话无理，然而多情。人们在哭难舍难分的亲人时都是这么哭的。

"梧桐半死"二句对举两喻开始造境，上句活用枚乘《七发》"龙门之桐""其根半死半生"，然而把夫妻比作一棵树，就比"两棵树"的比喻更觉同气连枝，死了一半，另一半还有什么生趣？俗话说"少年夫妻老来伴"，共同生活越久，感情越深。世间中年丧妻，多另娶新人，重照结婚照者。俗谚云"夫妻本是同林鸟，大限来时各自飞"——然少年丧妻，何如老年丧妻之痛！"头白鸳鸯"句，语工而意新，有恨不能与尔同死生之慨，令人一读难忘。

过片再造境。以荒原、衰草、旧栖、新垅连后文之空床、夜雨，构

成一幅悲凉的画面，造就孤独寂寞的气氛。"原上草，露初晞"出古乐府，喻人生短暂，兼关新坟。"旧栖"与"新垅"对举，以见二情生死不渝。末二句再抒情，而上句融入空床夜雨之景，下句包含对往事的回忆。这里不仅是写孤栖的寂寞，长夜的失眠，还反映了亡妻对词人一向的体贴、关怀，夫妻相濡以沫、生活的清苦，以及词人对亡妻的怀念之情。虽情语，极耐味。盖赵氏虽出宗室，然备极贤惠，能以勤俭持家，一如韦丛。而此词亦不让元才子悼亡诗专美于前矣。

全词首尾作情语，中幅深入造境，语新意工，尤以"梧桐半死""头白鸳鸯"二语，以及末句之问，发人所未发，不可多得。

（周啸天）

◇愁风月·生查子

风清月正圆，信是佳时节。不会长年来，处处愁风月。　　心将熏麝焦，吟伴寒虫切。欲遽就床眠，解带翻成结。

此词写独睡单栖的愁怀。"解带翻成结"可以作全词评语，词中人不断地力求解脱，却陷入无可排遣的烦恼之中。

开头两句"风清月正圆，信是佳时节"，点出眼前是个风清月圆的好天良夜。但"信是"这种语气，含有客观上是如此，而吾心中却未必然的意味，如"江山信美非吾土"就是。果然下二句即突然翻转："不会长年来，处处愁风月。"带着主观感情，"以我观物，故物皆著我之色彩"（王国维《人间词话》）。无边风月，在离人眼中是可以唤起景是人非之感的。所以，词中人因与对方长年隔别，每见风月即生愁，"处处"二字，不仅指地，亦指时时、事事，凡关乎风月者，即是愁端。由"佳时节"而"愁风月"，这一转折，也就是欲解带而翻成结了。说"长年来""处处"，这就从时间和空间的广泛范围内把眼前的"愁"展开，对情事作了更具体的暗示。

风月不能解忧，反平添一段烦恼。闺中光景又如何？熏香吟诗，借以排遣愁情，然而"熏麝"反而使心同香一样焦，吟声则与虫鸣一般凄切。这里仍是写心情之焦愁与凄苦，用熏麝之"焦"与虫声之"切"双关，便觉倍添意趣，属于缘情造景，亦与生活合拍，故觉十分谐和。

生活中寻求排遣宣布失败，于是乎词中人便决心睡觉，来与愁苦告别。"欲遽就床眠"的"欲遽"二字，活画出无可奈何而成决断的情态。不料在这节骨眼儿上，衣带又解不开。越想快点解开，越是糟糕，反而打成了一个死结。全词这个结尾极富于戏剧性。"欲遽就床眠，解带翻成结"，俨然六朝乐府之俊语，它写出了烦恼人处处不顺心的恼乱意态。

通过这样三解三结，步步深入，把"剪不断，理还乱"的离愁写得很深透。末二句不仅具有民歌情趣，而且是片言据要，乃一篇之警策。

（周啸天）

◇浣溪沙

闲把琵琶旧谱寻，四弦声怨却沉吟。燕飞人静画堂深。　欹枕有时成雨梦，隔帘无处说春心。一从灯夜到如今。

清代著名词学评论家陈廷焯很欣赏这首词，他在《白雨斋词话》卷十中说："贺老小词，工于结句，往往有通首渲染，至结处一笔叫醒，遂使全篇实处皆虚，最属胜境……妙处全在结句，开后人无数法门。"的确，此词的结句在全篇中起了画龙点睛的重要作用。且上下片的结句又各有妙用，绝不雷同。

全词写闺怨。抒情主人公是女性。上下片各写一组活动，把闺怨之情形象化、具体化。上片写这位女子在闲极无聊中，对心上情人不胜其思，于是抱起琵琶重温旧曲，希望追寻过去欢会时的愉悦，然而，

"凄凄不似向前声"（白居易《琵琶行》），琴声愈弹愈怨苦，自己也禁不住叹息起来。光是这两句，主人公的形象和情态就已经鲜明地凸现出来，然而作者紧接着又写了这样一句："燕飞人静画堂深。"不仅交待了这位女子的居处是在深深的画堂中，点明地点和身份，而且，"燕飞人静"，又进一步交待出环境的寂寞和清冷，对前面由行动引出的愁怨，作了深入一层的烘托和渲染，情见乎辞，愈益深浓。这三句从写人开始，以写景作结，将人的情绪融化在景语之中，起了化实为虚的作用，显得空灵缥缈，令人含味不尽。

下片写这位女子像巫山神女与楚王云雨相会那样，在梦中终于与日夜思念的情人相逢了，极尽卿卿我我之蜜意柔情，然而一觉醒来，画堂依旧，帘幕深深，一腔愁怨，无处诉说，更加孤独凄凉。这时全词推出最后一句："一从灯夜到如今。"这一句意味深长，耐人咀嚼。首先，用热闹的"灯夜"——"花市灯如昼"，和眼前的孤凄景象对衬，倍增其目前之凄凉。其次，从"灯夜"中暗示出应有"月到柳梢头，人约黄昏后"的情事，其中有着甜蜜的回忆，平添无限的空虚和怅惘。同时，这一句倒回篇首，总括全词，读者到此才恍然明白，原来这位女子的愁怨之情，以及弹琴、做梦等情况，都不自今日始，而是从灯夜之后直至今天，从来没有间断过，那种潜抑深心的思念之情、愁苦之怨，该有多么强烈啊！从而引发出人们无尽的遐思。如果说，上片结句是从横向交待环境，那么下片的结句主要是从纵向交待时间，两个结句纵横交错，大大丰富了全词的内容，深化了感情，传达出更为幽渺深邃的意境。这种独具匠心的结尾，十分别致，为全词增添了回味无穷的艺术效果。

（管遗瑞）

◇踏莎行

　　杨柳回塘，鸳鸯别浦。绿萍涨断莲舟路。断无蜂蝶慕幽香，红衣脱尽芳心苦。　　返照迎潮，行云带雨。依依似与骚人语。当年不肯嫁春风，无端却被秋风误。

　　此词咏荷。荷"出淤泥而不染，濯清涟而不妖"，向来比拟人的品格高洁。她生长在幽僻的回塘、别浦，好处无人能见，依依的杨柳，成双成对的鸳鸯，反衬出荷的孤寂。水面长满了浮萍，阻断了道路，连采莲舟也来不了。采莲舟来不了，蜂蝶应该能飞来吧？然而也无！直到红花落尽，莲子结成，唯有芳心独苦。上片层层进逼，写尽了荷的幽怨哀思。令人想起王维的《辛夷坞》："木末芙蓉花，山中发红萼。涧户寂无人，纷纷开且落。"不过王维的诗营造了禅境，贺铸的词则饱含着幽怨。《离骚》有诗云"制芰荷以为衣兮，集芙蓉以为裳"，骚人就被当作荷的知音。在傍晚的阴郁的环境里，荷好像在向诗人低低倾诉：当年不肯与百花争宠取媚于春天，但现在又无端地被秋风所耽误。

　　"嫁春风"，本出自李贺《南园》诗的"嫁与春风不用媒"，与韩偓《记恨》的"莲花不肯嫁春风"意思相同，反用了张先《一丛花令》"沉恨细思，不如桃杏，犹解嫁东风"之意。咏物之作，有寄托才高。该词咏荷，分明又在写佳人，这位佳人品性高洁，孤芳自赏，以至于美人迟暮，误了婚姻大事。而这位总是失意的佳人又寄托了作者的身世之悲，寄托了他仕途坎坷，沉沦下僚的不幸。据史料记载，贺铸使酒尚气，人以为侠，喜谈世事，对不中意的权贵也毫不留情地加以谴责。但他外刚内柔，本质上又是个羞涩、柔情的人。这样的人自然不会趋赴逢迎，因而怀才不遇。借美人香草以喻君子是离骚的传统，贺词善用比兴寄托，他曾说"比兴深者通物理……气出于言外浩然不可屈。"（《苕溪渔隐丛话》前集卷三十七引《王直方诗话》）也即，他善于用比兴表达他的"浩然不可屈"之气。陈廷焯说："此词骚情雅意，哀怨无端，读者亦不自知何以心醉，何以泪堕。"（《白雨斋词话》卷一）陈又说："此词必有所指，特借荷寓言耳，通首如怨如慕，如泣如诉，有多少惋惜，有多少慨叹！淋漓顿挫，一唱三叹，真能压倒古今。"（陈廷焯《云韶集》卷三）沈祖棻《宋词赏析》说得更直接："以美女之不肯轻易嫁人比贤士之不肯随便出仕，所以也往往以美女之因择夫过严而迟迟不能结婚以致耽误了青春年少的悲哀，比贤士之因择主、择官过严而迟迟不能任职以致耽误了建立功业的机会的痛苦。"因为蕴含了多层意思，所以耐咀嚼，令人感发无穷。

（张应中）

●周邦彦（1056—1121），字美成，号清真居士，钱塘（今浙江杭州）人。宋元丰初，为太学生，以献《汴都赋》为神宗所赏识，命为太学正。后任庐州（今安徽合肥）教授、溧水县令。徽宗时，提举大晟府。有《清真居士集》，已佚，今存《片玉词》。

◇少年游

并刀如水，吴盐胜雪，纤手破新橙。锦幄初温，兽烟不断，相对坐调笙。　　低声问向谁行宿？城上已三更。马滑霜浓，不如休去，直是少人行。

关于这首词有一则本事："道君（宋徽宗）幸李师师家，偶周邦彦先在焉，知道君至，遂匿于床下。道君自携新橙一颗，云江南初进来，遂与师师谑语。邦彦悉闻之，隐括成《少年游》云。"（张端义《贵耳集》卷下）其事确有与否一向有人怀疑（如清吴衡照《莲子居词话》卷一），王国维辨其必无。无论创作缘起如何，文学作品毕竟不全是生活情事的照搬。就这首词而论，词中人物便只是一对秋夜相会的情人罢了。词属双调，意分三层，主要从女方着笔。

"并刀如水，吴盐胜雪，纤手破新橙"一层。写情人双双共进时新果品，单刀直入，引读者进入情境。"刀"为削果用具，"盐"为进食调料，本是极寻常的生活日用品，但并州产的刀剪特别锋利（杜甫："焉得并州快剪刀"），吴地产的盐质量特别好（李白："吴盐如花皎白雪"），"并刀""吴盐"借用诗语，点出其物之精。而"如水""胜雪"的比喻，使人如见刀的闪亮、盐的晶莹。二句造形俱美，对偶天成，表现出铸辞的精警。紧接一句"纤手破新橙"，则前二句便有着落，决不虚设。这一句没有直接写人或别的情事，但"潜台词"十分丰富：谁是主人，谁是客人，谁招待谁，读者已能会心，作者也就不多说了。这对于下片一番慰留情节，已具开端。手是纤纤的玉手，初得之新橙，与如水并刀、胜雪吴盐，组成一幅色泽美妙的图画。"破"字清脆，运用尤佳，与清绝之环境极和谐。三句纯是物象，却能传达一种爱恋与温情，味在品果之外。

"锦幄初温，兽烟不断，相对坐调笙"又一层。先交待闺房环境，用了"锦幄""兽烟"（兽形香炉中透出的烟）等华艳字面，夹在上下比较淡雅清新的词句中，显得分外温馨动人。"初温"则室不过暖，"不断"则香时而可闻，既不过又无不及，恰写出环境之宜人。接着写对坐听她吹笙。此情此境，令人大有"未成曲调先有情"之感。"相对"二字又包含多少不可言传的情意。此笙是女方特为取悦男方而演奏，不说自明。此中乐亦在音乐之外。

上片两层创造了一个温暖馨香的环境，酝足了依恋无限之情，为下片写分别难舍作好铺垫。上片写到"锦幄初温"是入夜情事，下片却写到"三更"半夜，过片处有一跳跃，中间省略了许多情事。"低声问"一句直贯篇末。谁问？未明点，读者从问者声口不难会意是那位女子。为何问？也未明说，读者从"向谁行宿"的问话自知是男子的告辞引起。写来空灵含蓄。挽留的意思全用"问"话出之，更有味。只说夜深（"城上已三更"）、路难（"马滑霜浓"）、"直是少人行"，只说

"不如休去"，却不直道"休去"，表情措语，分寸掌握极好。"言马言他人，而缠绵偎依之情自见，若稍涉牵裾，鄙矣。"（沈谦《填词杂说》）这几句不仅妙在毕肖声口，使读者如见其人；还同时刻画出外边寒风凛冽、夜深霜浓的情境，与室内的环境形成对照。则挽留者的柔情与欲行者的犹豫，都在不言中。词结束在"问"上，结束在期待的神情上，意味尤长。恰如毛稚黄所说："后阕绝不作了语，只以'低声问'三字贯彻到底，蕴藉袅娜。无限情景，都自纤手破橙人口中说出，更不别作一语。意思幽微，篇章奇妙，真神品也。"

词中所写的男女之情，意态缠绵，恰到好处，可谓"傅粉则太白，施朱则太赤"，不沾半点恶俗气味；又能语工意新，"香奁泛话吐弃殆尽"（陈廷焯《白雨斋词话》卷六），堪称本色佳制。

（周啸天）

◇夜游宫

　　叶下斜阳照水。卷轻浪、沉沉千里。桥上酸风射眸子。立多时，看黄昏，灯火市。　　古屋寒窗底，听几片、井桐飞坠。不恋单衾再三起。有谁知，为萧娘，书一纸。

这首词在《清真集》中归入秋景之什，是编者所为。题或作"秋晚"，或作"秋暮晚景"，则是选本谬加，把主题缩小了。其佳处并不在写景，而在于通过一些平常的秋景细致地传达一种思家怀人的情思。

周济《宋四家词选》说词意"本只'不恋单衾'一句耳"。其实更准确的拟题应是"一封家书（或情书）"。然而，作者却用了大半的篇幅，按日落、上灯、深夜的时间顺序，分三层来写。

前两句写斜阳照水、水流千里的江景。这是秋天傍晚最常见的景象之一。"斜阳照水"四字给人以水天空阔的印象，大类唐人"独立衡门秋水阔，寒鸦飞去日衔山"（窦巩）的诗境。而从"叶下"二字写起，说斜阳从叶下照向江水，便使人如见岸上"官柳萧疏"一类秋天景象。再者，由于看得到"叶下斜阳照水"，则其所在位置是近水处也可知。这一点由下句"桥上"予以补出。这两句虽未写到人，景物是从人的所在处看出去，则无可疑。且叙写亦极有层次：由树下日照的局部水面，到卷浪前行的一派江水，到奔驰所向的沉沉远方，词人目之所注，心之所思，亦有"千里随波去"之势。景中寓情，有味外味。

紧接"桥上酸风射眸子"（李贺："东关酸风射眸子"）一句，则把上面隐于句下的人映出，他站在小桥上。风寒刺目，"酸"与"射"这两个奇特的炼字，给人以刺激的感觉，用来写难耐的寒风，比"寒"字"刺"字表现力强得多。这人居然能"立多时"而不去，他在"看"，看什么？难道真的是"看黄昏，灯火市"么？词句虽然这么写来，但那种街市天天有的入夜景象又有什么可看呢？这几句大有"独立小桥风满袖，平林新月人归后"（冯延巳《鹊踏枝》）的意味。它写出了沉浸在思绪中的人对外部世界的异常态度。

后三句，"镜头"换了。是深夜，在陋室。"古屋寒窗"，破旧而简陋的居处，是隔不断屋外风声的，连水井旁的桐叶飞坠的声音也听得极清楚（虽则是"几片"）。这是纯景语，但已大有"悠哉悠哉，辗转反侧"（《诗经·关雎》）之意，其中该夹有"梧桐树，三更雨，不道离情正苦"（温庭筠《更漏子》）那样轻微的叹息。到此为止，词的前面部分俱是写景。而看看流水、街灯，听听坠叶声，这是多么平凡琐屑之景，又是多么没要紧的话呵，组织似乎也并不经意，如零乱道来。然而正是这样一连串的写景，恰如其分地摹状出一个愁绪满怀、无可排遣、寻寻觅觅、冷冷清清的客子的心境。"故没要紧语正是极要紧语，乱道语正是极不乱道语"（刘熙载《艺概》），为后几句的"点睛"，作好了"画龙"的准备。

寒窗风紧，长夜难挨，用单薄的衾被裹紧身子，"恋"它一"恋"。却"不恋单衾再三起"！"再三"，则是起而又卧，卧而又起。"单衾"之"单"，兼有单薄与孤单之意。这个惶惶不可终日而又惶惶不可终"夜"的人，到底有什么心事呢？结尾三个短句方予点醒："有谁知，为萧娘，书一纸。"原来一切都是由一封书信引起的。全词到此一点即止，余味深长。有此结尾，前面的写景俱有着落，它们被一条活动的意脉贯通起来，成为一个有机的整体，否则便真成"没要紧语"了；而此结又有赖于前面"层叠加倍写法""方觉精力弥满"（周济《宋四家词选》评），堪称"点睛"之笔。三句本唐人杨巨源"风流才子多春思，肠断萧娘一纸书"，不过变"春思"作秋思罢了。（萧娘，唐人惯用以指所爱恋之女子。）这里化用，却不明说相思"肠断"意，益觉淡语有味。

"词境"与"诗境"不同，它须"更为具体，更为细致，更为集中地刻画抒写出某种心情意绪"，"常一首或一阕才一意，含意微妙，形象细腻"（李泽厚《美的历程》）。这首词就成功地创造了一种完美的词境。词中两用唐人诗句，略易字面或句法，隐括入律，即妥帖入妙，如自己出，也起到丰富词意的作用。

（周啸天）

◇玉楼春

桃溪不作从容住，秋藕绝来无续处。当时相候赤栏桥，今日独寻黄叶路。　　烟中列岫青无数，雁背夕阳红欲暮。人如风后入江云，情似雨余粘地絮。

周邦彦的词有多篇均写一个失恋的男子对情人的怀念。他旧地重游，景物虽旧，人事已非，情感痴顽，极尽缠绵。其中的《解连环》以连环之无解，比喻相思的不可断绝，藕断丝连。而《玉楼春》则说"秋藕绝来无续处"，连藕丝也断了，让人感到深深的绝望，最后只剩下无法收拾的情思，像被雨打落在地、沾上泥水的飞絮。似乎可以说《玉楼春》是对这一段隐情的总结。

首句"桃溪不作从容住"，引用了刘、阮遇仙的典故。据刘义庆《幽明录》载，东汉刘晨、阮肇入天台山采药，迷路后在桃溪边遇二仙女。彼此同居半年后，刘、阮怀乡思归，二女相送出山，及家，子孙已历七世。二人再入山寻找，已无二仙女踪影。在古典诗词中，常用天台故事比拟由于轻易与情人分离而产生的追悔之情。周邦彦的《玉楼春》以追悔之情为发端，以极艺术的语言和形式把这种感情表现得无以复加，从而引起读者深深的共鸣。王国维《清真先生遗事》分析说，周邦彦写的往往是"常人皆能感之，而惟诗人能写之"的"常人之境界"，故而脍炙人口。

双调《玉楼春》相当于两首不粘的仄韵七绝，句式整齐，容易板滞，故而一般填此词者，多用散句或散对句相间。周邦彦此处全用对句，或谓"大排偶法"，而不觉板滞，为什么呢？其一，整齐中暗藏变化，读来不觉呆滞。上片两联用流水对，皆作今昔对比，隔句相承，反映两种不同的心境，词意连贯而下，顺畅自然。下片两联为正对，但一联写景，一联抒情，写景体察入微，色彩凄艳，抒情绾合全篇，托喻巧妙。其二，缜密典丽之中，沉郁顿挫，气韵流动。形式虽整饬，但情感沉郁回旋，使其流丽。陈廷焯《白雨斋词话》说："美成词，有似拙实工者。如《玉楼春》结句……上言人不能留，下言情不能已。呆作两譬，别饶姿态，却不病其板，不病其纤"。大家自能戴着脚镣跳舞，在规则之中演绝活。

词与音乐关系密切，填词须选韵。读"妙解音律"的周邦彦的词，不可不注意这一点。《玉楼春》的韵脚字"住""处""路""数""暮""絮"皆为去声，去声字音重而下降，好像将憋着的一口气吐出来，宜于表达抑郁之情，所谓"去声分明哀远道"。该词的去声韵脚与沉郁之情相谐，声情并茂。

（张应中）

●李清照（约1084—约1155），自号易安居士，宋齐州章丘（今山东济南市章丘区西北）人。李格非女，赵明诚妻。金兵入据中原，流寓南方，明诚病卒，境遇坎坷。有后人辑本《漱玉词》。

◇一剪梅

红藕香残玉簟秋。轻解罗裳，独上兰舟。云中谁寄锦书来？雁字回时，月满西楼。 花自飘零水自流。一种相思，两处闲愁。此情无计可消除，才下眉头，却上心头。

各本题作"别愁""离别""秋别""闺思"等。词写两地相思，是没有问题的。"红藕香残"写户外荷塘，"玉簟秋"写室内之物，对清秋季节作点染，也是没有问题的。

关键在"轻解罗裳，独上兰舟"二句怎么讲，有人笼统地讲为"写日间水面泛舟之事"，但为什么"独上兰舟"，还须"轻解罗裳"？或说游泳，显然可笑。或说是写独寝，"兰舟"实指床榻（《唐宋词新话》谢桃坊说），也很勉强。

按"轻解罗裳，独上兰舟"二句省去了主语，应是分咏二事。比较合理的解释应是："轻解罗裳"对应于"玉簟秋"，乃写孤眠情事；

"独上兰舟"对应于"红藕香残",乃写采莲情事。两句分别说的是女主人公在日间和夜间的活动。一个"独"字,兼管上下句——无论属于哪种情况,她都感到寂寞难耐。

过片"花自飘零""水自流",分别照应"红藕香残"和"独上兰舟",是兴语。然而它兴起的不是惯常所谓"落花有意流水无情"的意思,而是时光的无情流逝,带来的"一种相思,两处闲愁",因而甚有新意。

"才下眉头,却上心头"二句,化用自范仲淹的"都来此事,眉间心上,无计相回避"(《御街行》),不仅写出了愁的无可回避,还具体表现了这样的情态——愁是如何从外在(眉间)转入内在(心头),因细腻,所以后出转工(参王士禛《花草蒙拾》)。二句运思的尖新,与上片煞拍"雁字回时,月满西楼"的浑成含蓄,适成对照,可见词人创作语汇之丰富。

(周啸天)

◇醉花阴

薄雾浓云愁永昼,瑞脑消金兽。佳节又重阳,玉枕纱厨,半夜凉初透。　　东篱把酒黄昏后,有暗香盈袖。莫道不销魂,帘卷西风,人比黄花瘦。

各本题为"重阳"或"九日",写重阳节独处思念丈夫的情绪。

"佳节又重阳"点出时令。前两句写长昼难消,镇日无聊。"薄雾浓云"是阴天，天气怪不舒服，何况是幽闺独处。词于云、雾分别浓、淡，用字甚细，做成唱叹。次写闺房薰香。炉中香慢慢烧完，得有一个不短的时间。"瑞脑消金兽"写出了时间的漫长，形象地传达了长日难消的感受。

"佳节又重阳"后边的两句写午夜梦回，难以入眠。本来秋凉是最好睡觉的时候："绛绡缕薄冰肌莹，雪腻酥香，笑语檀郎，今夜纱厨枕簟凉。"（《采桑子》）而此时的"玉枕纱厨，半夜凉初透"，却让人有些无法接受。

过片二句，补叙日间登高赏菊情事。据《东京梦华录》，九月重阳都下酒家皆以菊花缚成洞户，都人多出郊外登高。"东篱把酒黄昏后"用陶潜"采菊东篱下，悠然见南山"（《饮酒》）字面，只是较为寂寞；"有暗香盈袖"用《古诗十九首》"馨香盈怀袖，路远莫致之"字面兼诗意，相思之情溢于言表。

最后三句推出抒情主人公形象："莫道不销魂，帘卷西风，人比黄花瘦。"以"莫道"二字提唱以结，是唐人七绝惯伎，施之小令，更见摇曳多姿。以花比人，传神只在一"瘦"字。菊本是孤高的象征，而秋花又没有春花那样的富丽，其"瘦"在神。通过富于创意的比喻，不仅表现了女主人公的顾影自怜，还表现几分孤芳自赏和几分自嘲，所以为妙。

据说这首《醉花阴》，使"明诚叹绝，苦思求胜之，乃忘寝食三日夜，得十五阕，杂易安作以示友人陆德夫，德夫玩之再三，曰：只有'莫道不销魂'三句绝佳。"（伊世珍《琅嬛记》）。

（周啸天）

●朱淑真（约1078—约1138），女，号幽栖居士，钱塘（今浙江杭州）人，一说海宁（今属浙江）人。南宋初年在世。出身仕宦之家，尝随父宦游吴、越、荆、楚间。相传因婚嫁不满，抑郁而终。能画，通音律，工诗词，多述幽怨感伤之情。有《断肠集》《断肠词》。

◇清平乐

恼烟撩露，留我须臾住。携手藕花湖上路，一霎黄梅细雨。　　娇痴不怕人猜，和衣睡倒人怀。最是分携时候，归来懒傍妆台。

此词或题"夏日游湖"（西湖），乃是作者描写或追忆一次爱情生活体验的小词。

上片写一对男女游湖遇雨，为之小驻。语序倒装是词中常见现象，明白这一点对理解词意有帮助。女主人公与男友相约游湖，先是"携手藕花湖上路"，这大约是西湖之白堤吧，那里的藕花当已开了，"接天莲叶无穷碧，映日荷花别样红"呢。也许这对情侣最初就是相约赏花而来。不料遇上"一霎黄梅细雨"。正是这场梅雨及撩拨着人的"烟""露"，让他们停步了。总得找个避雨的处所吧。"留我须臾住"的"我"，相当于"我们"。游湖赏花而遇雨，却给了

他们一个幽清的环境和难得亲近的机会。所以是事若有憾，实深喜之的。

　　下片写女主人公大胆的举动及归来后异常的心理。"一霎黄梅细雨"使西湖谢绝游众，在他们小住的地方，应当没有第三者在场。否则，当人面就搂搂抱抱，未免轻狂。须知这里"娇痴不怕人猜"之"人"，与"和衣睡倒人怀"之"人"实际上只是一个——男友。当时情景应是这样的：由于女主人公难得与男友单独亲近，一旦相会于幽静场所，遂难自持，"娇痴"就指此而言。其结果就是"感郎不羞郎，回身就郎抱"（《碧玉歌》）。"睡倒人怀"说穿了就是热烈拥抱，李后主所谓"一向偎人颤""教君恣意怜"也。这样的热情，这样的主动，自己的男友不免一时失措或诧异。但女主人公不管许多，"不怕人猜"，打破了"授受不亲"一类清规戒律，遂有了相恋以来一次甜蜜的体验。

正因为是第一次，感觉也就特别强烈而持久。"最是分携时候"，多么依依不舍；"归来懒傍妆台"，何等心荡神迷！两笔就把一个初欢中的女子情态写活了。

多情而不亵，贵在写出少女真实的人生体验。本来南朝乐府中已有类似描写，但那是民歌。如今出现在宋时女词人之手，该是何等的有勇气。道学家们看不惯拥抱镜头，不免诋之为"淫娃佚女""有失妇德"。然而词论家仍不吝予以高度的赞扬："易安'眼波才动被人猜'，矜持得妙；淑真'娇痴不怕人猜'，放诞得妙。均善于言情。"（《莲子居词话》卷二）

（周啸天）

●魏夫人，生平事迹不详。

◇减字木兰花

　　落花飞絮，杳杳天涯人甚处？欲寄相思，春尽衡阳雁渐稀。　　离肠泪眼，肠断泪痕流不断。明月西楼，一曲栏杆一倍愁。

　　上片写景，下片抒情，这是不少词作的通常写法。但也有一反常规，把情景打成一片，双管齐下，从而收到情景交融的特殊效果的，魏夫人这首《减字木兰花》就是这样，表现出明显的特色。

　　上片开始两句，第一句写景，第二句紧接着就出以感情强烈的问句，表现出对远在天涯的情人的深深思念和无限关切。写景是采用赋法，即直陈其事，但赋中又有兴，因见"落花飞絮"，而感春天将尽，光阴流逝，人未团聚，流露出怅惘的情思，这样自然引出下句，互相扣合，密不可分。第三、四句变换手法，倒过来先抒情后写景，满怀相思之意，在稀疏的归雁中无法传递，难以寄托，思念之苦，倍觉深沉。这样，情景交相融合，错综穿插，把词中对离人的思念，表达得真切生动，委婉有致。

　　到了下片，情和景融合得更加紧密。由于相思甚切，音问难通，

抒情主人公不禁柔肠寸断，涕泪长流了，她（或他）在明月之夜登上西楼，靠着栏杆眺望，每到一处，那愁苦都在不断增加。这里，"离肠泪眼""明月西楼"，看似状物写景，而其实都与下句相连，景语和情语融合无间，思念之苦，表现得淋漓尽致，字字句句都充满着感动人心的力量。这正如王夫之所说："情景名为二，而实不可离，神于诗者，妙合无垠。"（《夕堂永日绪论·内编》）

值得一提的是，"离肠泪眼，肠断泪痕流不断"，句法新颖，颇具巧思。作者先用四字点出"离肠""泪眼"，然后在下一句分承，即"离肠"—"肠断"，"泪眼"—"泪痕流不断"。仅是"离肠""泪眼"，已经使人伤怀，分承之后，作了进一步的强调，更加形象，使离愁别绪更显强烈。而"断"和"不断"，又有相互比较、相互照应和回还往复之意，主人公悲愁万端的心绪，得到了更为深刻的表现。这两句虽然"巧"，但却不"纤"，在全词流利畅达而情思深沉的风格中显得十分自然，从中可见作者娴熟的技巧和深厚的功力。

（管遗瑞）

●陆游（1125—1210），字务观，号放翁，越州山阴（今浙江绍兴）人。"中兴四大诗人"之一。南宋绍兴中应殿试，为秦桧所黜。孝宗即位，赐其进士出身，曾任镇江、隆兴通判。乾道六年（1170）入蜀，任夔州通判。乾道八年，入四川宣抚使王炎幕府。官至宝谟阁待制。晚居山阴镜湖。有《剑南诗稿》《渭南文集》《南唐书》《老学庵笔记》等。

◇沈园二首

城上斜阳画角哀，沈园非复旧池台。
伤心桥下春波绿，曾是惊鸿照影来。

梦断香销四十年，沈园柳老不吹绵。
此身行作稽山土，犹吊遗踪一泫然。

这二首诗是为追悼发妻唐琬而作，代表了陆游诗的另一风格。陆游个人生活的最大不幸，莫过于与唐琬的婚姻悲剧。据《耆旧续闻》《齐东野语》等书记载和近人考证，陆游二十岁时与唐婉结合，伉俪相得，然陆母并不喜欢唐婉，迫使二人离异。后唐氏改嫁赵士程，陆游亦另娶王氏。陆游三十一岁那年春天，偶与唐婉夫妻相遇于绍兴沈氏园林，得到他们酒食款待。这次见面的结果，是留下了闻名千古的《钗头凤》。

据说这次见面后不久，唐氏就下世了。四十五年以后，诗人重来沈园，回忆起伤心往事，又不禁落泪，写下《沈园》二首。《钗头凤》是游园重逢之作，《沈园》则是回忆沈园重逢之作；《钗头凤》感伤"人成各"，《沈园》则纯属生死恋；《钗头凤》是盛年之作，而《沈园》是老年之作。在诗中我们看到，四十年梦断香销，沈园的一切都已变了，变得认不出了——"沈园非复旧池台"，连曾装点出满园春色的宫墙柳也变了——"沈园柳老不吹绵"，作者本人也从翩翩少年变为鸡皮老翁，然而不变的只是那个感天动地的"情"字。只要人还在，情就不会死——这就是"此生行作稽山土，犹吊遗踪一泫然"的涵义。桥下春水之所以绿得可爱，只因"曾是惊鸿照影来"！桥下春水之所以绿得伤心，只因为"曾是惊鸿照影来"！虽则人去桥空，这个"影"却刻在放翁心头，是一辈子磨灭不掉了。一往情深、至死不渝，陆游爱国如此，用情亦如此，"唯大英雄能本色，是真名士自风流"，此言不虚也。

（周啸天）

◇钗头凤

　　红酥手，黄縢酒，满城春色宫墙柳。东风恶，欢情薄。一怀愁绪，几年离索。错，错，错。　　春如旧，人空瘦，泪痕红浥鲛绡透。桃花落，闲池阁。山盟虽在，锦书难托。莫，莫，莫。

　　这首词是作者本人的生死恋，最早见于宋人陈鹄《耆旧续闻》卷十："放翁先室内琴瑟甚和，然不当母夫人意，因出之。夫妇之情，实不忍离。后适南班名士某，家有园馆之胜。务观一日至园中，去妇闻之，遣遗黄封酒果馔，通殷勤。公感其情，为赋此词。其妇见而和之，有'世情薄，人情恶'之句，惜不得其全阕。未几，怏怏而卒。闻者为之怆然……"

词从游园重逢，勾起对往昔欢爱的追忆开端，"红酥手，黄縢酒，满城春色宫墙柳"，这并非写眼前事，因为女方虽遣人致酒肴，实未当面，所以这应是由眼前的黄酒果馔、满园春色回忆起过去与伊共赏春光的情景：红润的手臂，藤黄的美酒，给人以举案齐眉的美好联想，"满城春色宫墙柳"正是有情人眼中的明媚春景。可惜好景不长，"东风恶，欢情薄"，接下"桃花落，闲池阁"，是指暮春的到来，自然时序的无情变迁，构成人事的变幻莫测的象征，语极蕴藉却并不晦涩。几年分离给双方带来的是无尽悲怨，"一怀愁绪，几年离索"在语序上是倒置以协律。煞拍一串儿三字"错，错，错"，奔迸而出，意极沉痛。然而到底错在哪里呢？是错在五百年前的风流冤孽，还是错在个人的软弱而封建道德力量的强大，抑或是错在家长的专制呢？说不清，也不想说清，反正一口咬定错就是了，这就够读者去慢慢咀嚼回味了。

重逢是令人难堪的，春光还和过去一样美好，而伊人却红消香减不堪憔悴。"人空瘦"的"空"字意味甚长：盖两人虽不忘旧情，从婚姻关系而言已各有所属，可谓各不相干，相思只会徒劳无益。然而感情失控，难以自禁，"泪痕红浥鲛绡透"，鲛绡就是手绢。古代传说有美人鱼失水为人所救，寄寓其家积日卖绡，不得已将归去，从主人索器，泣作满盘明珠以为报答（事见《述异记》），这故事本身就含有分离而不忘旧恩的象征，与词中人相似，故不可仅作借代语读去，如此方觉其句楚楚动人，"红"字惨然映带下文"桃花落"，"透"字韵极险峭。以下突入景语，又成象征，"桃花落，闲池阁"便是"东风恶"的后果。一切都无可挽回了，然而"世间只有情难尽"，明明还在相爱，却又不能相爱；明明已不能痛快地相爱，却又不能痛快地诀别。最后只得以"莫，莫，莫"三字，不了了之。这是说"还将旧来意，怜取眼前人"呢，还是想快刀斩乱麻，以免"剪不断，理还乱"呢？很难说清，只好由读者诸君去判断了。

　　《钗头凤》曲调的最显著特征是上下片煞拍三字相叠为韵，较难安顿。而此词之妙就在于"错，错，错"，"莫，莫，莫"用意的含混，让人颠扑不破似的。而"错莫"本是一个联绵词，其意为落寞，或书作"莫错"，如李白"长吁莫错还闭关"、杜甫"失主错莫无晶光"，此词上下片煞拍正是拆用此二字，故在"错""莫"各自的本义外，还多一层凄凉寂寞的意义。

（周啸天）

●辛弃疾（1140—1207），字幼安，号稼轩，历城（今山东济南）人。绍兴三十一年（1161），聚义抗金，归耿京，为掌书记。奉京命奏事建康，京为张安国杀害，擒诛安国。次年率部渡淮南归。历任湖北、江西、湖南、福建、浙江安抚使等职。有《稼轩长短句》。

◇祝英台近·晚春

宝钗分，桃叶渡，烟柳暗南浦。怕上层楼，十日九风雨。断肠片片飞红，都无人管，更谁劝啼莺声住？　　鬓边觑，试把花卜归期，才簪又重数。罗帐灯昏，哽咽梦中语。是他春带愁来，春归何处？却不解带将愁去。

辛词以豪迈奔放见长，而他于婉约词也是当行里手。《祝英台近》写的是一位女子在晚春与爱人分手后，无法摆脱惆怅烦恼。词除首三句略约交待分别情景，通篇皆作女子痴怨语状，难为作者把女性心理和口吻把握得如此深刻，描写极有分寸，绝不逊于写出《春怨》的金昌绪。

爱人在分手时分擘信物以示坚贞，是古代的习俗，梁代陆罩《闺怨》云"自怜断带日，偏恨分钗时"、唐代白居易《长恨歌》云"钗留一股盒一扇，钗擘黄金盒分钿"、北宋秦观《满庭芳》"香囊暗解，罗带轻分"写的都是这个。《玉照新志》记云："春日，诸友同游西湖至普安寺，于窗户间得玉钗半股，青蚨半文，想是游人欢洽所分授，偶遗之者。"前三句写的便是女主人公在暮春与恋人离别的情景，"桃叶渡"和"南浦"都是别离地方的代名词。桃叶渡在南京秦淮河与青溪合流处，以陈时盛传的王献之为其爱妾桃叶所作的一首恋歌而得名（歌事见《隋书·五行志》），南浦则出江淹《别赋》，均不可指实。"烟柳暗南浦"不但是写春深渡口景物，而且令人联及"送居南浦，伤如之何"（《别赋》）而体味到女主人公情绪的黯然。

之后就细微刻画别后心理。"怕上层楼，十日九风雨"二句以托辞得妙，反映了伤心人十分敏感的心理。她说怕上层楼是风雨的缘故，其实如果心情很好，何尝不可以"满川风雨独凭栏"（黄庭坚）耶！表面怕风雨，深层的原因却在于不胜寂寞，才怕遇到坏天气。在风雨中落红成阵，然花开花落，有谁管得，说"断肠片片飞红，都无人管"不是无理之极么，都成情至之痴语。春归与黄莺何干，"更谁劝啼莺声佳"，却怨黄莺，又是无理痴情的妙语。

女主人公在百无聊赖之际，乞灵于简易的占卜法，引入一点情节："鬓边觑，试把花卜归期，才簪又重数。"大凡有苦恼无法解脱的人，都有这点儿迷信，就是不迷信，也抱着不妨试一试的心理去做此事。词中描写的动人处，在于女主人公的占卜，完全是认真地自欺。当她顾影自怜时从镜中看到花，便从鬓边取下来点数花瓣，预卜爱人归期，那办法或是约定俗成的，或是她自个儿临时想的，本来不可凭据，可笑的是，她才戴上那花，却又立刻怀疑计数有错，要拿来重数一遍。异常之举，原是基于一种普遍的心态，那就是神经过敏，与"尤恐匆匆说不尽，行人临发又开封"（张籍）同妙，情事因生活的美而成为永久。女主人公的自我安慰是无力的，词即以她的梦呓作结，她带着哭声埋怨春天故意捉弄她，把春愁带来而不带去，就像系铃者不肯解铃，使她不得快活，而事实上春天对于人事是不负任何责任的。这仍是继续上片无理而妙的痴话。

这首晚春词的独特之处不在于写景叙事，也不在于一般意义的抒情，而在于对女主人公深层心理的发掘，和内心独白的精彩运用，这在宋词中也是并不多见的。《填词杂说》云："稼轩词以激扬奋励为工，至'宝钗分，桃叶渡'一曲，昵狎温柔，魂销意尽。"如果说词人在抒写闺情的同时，进入角色，也寄托了一点身世之感，原无不可。然而必言其为政治寄托，甚至像张惠言那样说，"'片片飞红'伤君子之弃，'流莺'恶小人得志，'春带愁来'其刺赵张乎"（《词选》），则牵强太过。此词的价值乃在于写人缘情，不在于载道言志！

（周啸天）

◇青玉案

东风夜放花千树，更吹落，星如雨。宝马雕车香满路。凤箫声动，玉壶光转，一夜鱼龙舞。　　蛾儿雪柳黄金缕，笑语盈盈暗香去。众里寻他千百度，蓦然回首，那人却在，灯火阑珊处。

正月十五夜今称元宵，古称元夕，又称上元灯节，是传统的喜庆节日。唐人苏味道在《正月十五夜》中写道："火树银花合，星桥铁锁开。暗尘随马去，明月逐人来。游妓皆秾李，行歌尽落梅。金吾不禁夜，玉漏莫相催。"这种热闹场面，到近代也几乎没有任何变化。辛弃疾这首"元夕"词从篇首到"笑语盈盈暗香去"大半篇幅，亦写灯节的热闹场面，画出了一幅社会风俗画。

开篇暗用岑参"忽如一夜春风来，千树万树梨花开"诗意，写火树银花一般的灯彩，给冬天带来春的气息。"更吹落，星如雨"写节日夜晚的焰火，五彩缤纷，如天雨流星。然后写香车宝马即游众，写凤箫鼓吹即声乐，写民间艺人的载歌载舞、鱼龙曼衍的社火百戏。词中运用了放、吹、落、动、转、舞等一系动词，及宝马、雕车、香路、玉壶、花、星、凤箫等一系列美的名物，展示出灯节的繁华热闹、绚丽多彩，令人目不暇接。《武林旧事》载"元夕节物，妇女皆戴珠翠、闹蛾、玉梅、雪柳"等首饰服饰，李易安的回忆是："中州盛日，闺门多暇，记得偏重三五。铺翠冠儿，捻金雪柳，簇带争济楚。"（《永遇乐》）可见元夕不但不禁宵行，连闺门也可放风暂得自由了，这些如花似玉、如雨后春笋般出现在街上楼头的妇女，也构成节日的动人景观。

然而此词为历代推重，并不在它善于描绘节日景观及风俗图画，而在于词人在这样的背景上杜撰了一个小小情事，却达到另一番深邃的境界。在看热闹赏花灯的人群中，有人在苦苦寻觅一个对象。游女如云，皆非其思所存。正说踏破铁鞋无觅处，不料偶尔回头，惊喜地发现那人并不在拥挤的场合，却站在灯火稀疏冷落的地方，真是得来全不费功夫。这情事的妙处在于能够超越情事本身，具有象征意蕴。引譬连类，让人想到的是做学问的苦苦追求，有时突发灵感，豁然开朗。

王国维《人间词话》说，人之成大事业者，必皆经历三个阶段，一是"昨夜西风凋碧树，独上高楼，望尽天涯路"（晏珠）即特行独立，有所立志；二是"衣带渐宽终不悔，为伊消得人憔悴"（柳永）即艰苦求索，须专心致志；三则是"蓦然回首，那人却在，灯火阑珊处"即成功的喜悦，往往不期然而然。境界之妙，正在于作者未必然，而读者不必不然。

（周啸天）

●姜夔（约1155—1209），字尧章，号白石道人，饶州鄱阳（今属江西）人。少随父宦游汉阳。父死，流寓湘鄂间，诗人萧德藻以兄女妻之，移居湖州，往来于赣、皖、苏、浙间。终生不第，卒于杭。有《白石道人诗集》《诗说》《白石道人歌曲》等。

◇踏莎行并序

自沔东来，丁未元日至金陵，江上感梦而作。

燕燕轻盈，莺莺娇软。分明又向华胥见。夜长争得薄情知？春初早被相思染。　　别后书辞，别时针线。离魂暗逐郎行远。淮南皓月冷千山，冥冥归去无人管。

姜夔是南宋词坛上成就较高，较有影响的作家。南宋末的张炎《词源》于词家豪放、婉约两派之外，又提出"清空"之说，推姜夔为宗。姜夔的词空灵缥缈，清迥出尘，情词更是隐约，让人难得一个实在的印象。所以王国维说姜夔的词作"格调虽高，然无一语道着"，"如雾里看花，终隔一层"，虽不甚公允，但不为无因。对于其情词，搞清楚作者的写作背景和故事也许有助于我们理解，并领略其中的妙处。

姜夔曾几度客游合肥，与勾栏女子即歌伎相爱。当时的欢聚，成

为他一生屡屡回忆的往事。据夏承焘《姜白石词编年笺校·合肥词事》
称："合肥所遇，以词语揣之，似是勾栏中姊妹二人，丁未金陵江上
感梦作踏莎行、有'燕燕轻盈，莺莺娇软'句，歌曲卷四解连环，有
'大乔小乔'之语，同卷琵琶仙湖州感遇亦云'有人似旧曲桃根桃
叶'，解连环、琵琶仙皆忆合肥之作也。"所遇合肥女子让他梦绕魂
牵，每每梦见。

　　该词大约作于1187年。1186年冬，姜夔随其岳父萧德藻离开湖北
往湖州，沿长江东下，因离合肥不远，故而想起昔日情人，过金陵感
于梦，遂作《踏莎行》。夏承焘说："其词涉淮南者，盖翘望合肥之
作。"上片写自己的相思及梦中内容。"华胥"为古国名，皇帝曾梦游
此处，此即指梦中。梦中见到了合肥女子，体态轻盈，声音娇软，一
如过去。"燕燕轻盈，莺莺娇软"或可作互文看，本于苏轼《张子野
年八十五尚闻买妾述古令作诗》："诗人老去莺莺在，公子归来燕燕
忙。"歇拍写梦中之情，似乎站在合肥女子的角度而言，因为"薄情"
一般是写女子之怨男。下片写醒后回忆。身边只有对方临别时赠送的衣
物，和离别后的书信，梦中踪迹已经杳然，唯睹物思人而已。因自己做
梦，对方也进入梦中，魂梦相会，一朝醒来，翻怜对方离魂远行，又孤
独地归去，冷月千山，踽踽独行，让人怜惜。沈祖棻《宋词赏析》谓：
"上片是怨，下片是转怨为怜，有不知如何是好之意，温厚之至。"王
国维对姜夔词评价虽不太高，独喜"淮南皓月冷千山，冥冥归去无人
管"二语。按此二语凄清幽渺，格调高绝，无人能道。

　　总之，这首词写的是梦，又是一段旧情，大约这旧情不能被人所理
解和接受，因此它也就只能像梦一样的飘忽，梦一样的恍惚。

（张应中）

◇淡黄柳并序

客居合肥南城赤阑桥之西，巷陌凄凉，与江左异，惟柳色夹道，依依可怜。因度此阕，以纾客怀。

空城晓角，吹入垂杨陌。马上单衣寒恻恻。看尽鹅黄嫩绿，都是江南旧相识。　　正岑寂，明朝又寒食。强携酒，小桥宅。怕梨花落尽成秋色。燕燕飞来，问春何在，惟有池塘自碧。

根据作者自序，此词是写于客居合肥时。夏承焘《姜白石系年》编在光宗绍熙元年（1190）。由于金人南侵，南宋偏安，文恬武嬉，不思恢复，江淮一带在当时已是边区。符离之战后，更是民生凋敝，风物荒凉。"合肥巷陌多种柳"（《凄凉犯》序），作者客居南城赤阑桥西，虽时近寒食清明，春光正好，却"巷陌凄凉，与江左异，惟柳色夹道，依依可怜"。作者饶有感慨，便自度了这支曲子，即名之曰《淡黄柳》。

上片写清晓在垂杨巷陌的凄凉感受，主要是写景。首二句写所闻，"空城"二字先给人荒凉寂静之感，这样的环境中，"晓角"的声音便异常突出，如空谷猿鸣，哀啭不绝。其声随风吹入垂杨巷陌，像在诉说此地的悲凉。听的人偏偏是异乡客，更觉难为情，此二句与《扬州慢》"清角吹寒，都在空城"意境相近。那词前面还

说："自胡马窥江去后，废池乔木，犹厌言兵。"此词虽未明说如此，但其首二句传达的"巷陌凄凉"之感亦有伤时意味，不唯是客中凄凉而已。

　　紧接一笔倒卷，点出人物，原来他是骑在马上踽踽独行的，同时写其体肤所感。将"寒恻恻"的感觉系于衣单不耐春寒，表面上是纪实，其实也有推宕，这种生理反应当更多地来自"清角吹寒"的心理感受。城市的繁荣已成过去，但春天还是照旧来临。下二句写所见，即夹道新绿的杨柳。"鹅黄嫩绿"四字形象地再出现柳色之可爱。"看尽"二字既表明除柳色外更无悦目之景，又是从神情上表现游子内心活动——"都是江南旧相识"。"旧相识"唯杨柳（江南多柳，所以这样说），这是抒写客怀。而"柳色依依"与江左同，又是反衬着"巷陌凄凉，与江左异"，语意十分深沉。于是，作者就从听觉、肤觉、视觉三层写出了"岑寂"之感。

过片以"正岑寂"三字收束上片，包笼下片。当此环境冷清、心情寂寞之际，又逢"寒食"这个踏青出游的日子，虽是荒凉的"空城"，没有士女郊游的盛况，但客子想到了本地的相好。白石词中提到合肥相好实有姊妹二人，如《解连环》云："为大乔能拨春风，小乔妙移筝，雁啼秋水。""乔"姓，本字作"桥"。此词"小桥"即指"小乔"。郑文焯谓"小桥宅"即赤阑桥西客处，然"携酒"己宅，意实格，应指所欢居处无疑。说"强携酒，小桥宅"，是本无意绪而勉强出游，"携酒"上著"强"字，则醉不成欢可以预知。

上数句以"正岑寂"为基调，"又寒食"的"又"字一转，说按节令自该应景为欢；"强"字又一转，说载酒寻欢不过是在凄凉寂寞中强遣客怀而已。再下面"怕梨花落尽成秋色"的"怕"字又一转，说勉强寻春遣怀，仍恐春亦成秋，转添愁绪。合肥之秋如何？作者《凄凉犯》有云："绿杨巷陌秋风起，边城一片离索。"作者只将李贺"梨花落尽成秋苑"易一字叶韵，又添一"怕"字，意恐无花即是秋，语更委婉。以下三句更将花落春尽的意念化作一幅具体图景，以"燕燕飞来，问春何在"二句提唱，以"惟有池塘自碧"景语代答，上呼下应，韵味自足。"自碧"云者，是说池水无情，则反见人之多感。这最后一层将空寂之感更写得入木三分。

词从听角看柳写起，渐入虚拟的情景，从今朝到明朝，从眼中之春到心中之秋，用淡笔渲染"空""寒""岑寂"等感受，其惆怅情怀似不涉具体实事，然而，前人曾道"自古逢秋悲寂寥"，作者却写出江淮之间春亦寂寥，并暗示这与江南似相同而又相异，又深忧如此春天恐亦难久。这就使读者感到词情绝非"客怀"二字可以概尽。白石的伤春，实反映出同时代人一种相当普遍的忧惧。故张炎把此词与《扬州慢》

等并提，云："不惟清空，且又骚雅，读之使人神观飞越。"（《词源》）

（周啸天）

◇鹧鸪天·元夕有所梦

肥水东流无尽期，当初不合种相思。梦中未比丹青见，暗里忽惊山鸟啼。　　春未绿，鬓先丝，人间别久不成悲。谁教岁岁红莲夜，两处沉吟各自知。

此词大略上片言相思，下片写沉哀。

戴叔伦《湘南即事》云："沅湘日夜东流去，不为愁人住少时。"鱼玄机《江陵愁望寄子安》："忆君心似西江水，日夜东流无歇时。"词的首二句与此略似。肥水东流句，暗示相思的地点、对象，也暗示相思之无穷无尽，写景，也是抒情。久别难见，只有求之梦寐，但梦中所见依稀仿佛，连画图都比不上，何况还被山鸟啼醒呢！所以诗人喟然长叹"当初不合种相思"。既有今日，何必当初！但当初为情所迷，哪里能顾及以后的情况呢！夏承焘说，姜夔"孤往之怀有不见谅于人而宛转不能自已者"，此言可信。人间自有不能见容于礼教、习俗或制度的真情，可遇而不可求的爱情一旦发生，悲剧也就潜伏下来，流言贯耳，舆论诛心。当事人敢作敢当，义无反顾，也许是另一番结局。大多数人则顾虑重重，经受着巨大的心灵创痛，低回婉转，忧伤以终老。

此词作于1197年，与另一首《鹧鸪天》（辇路珠帘两行垂）是其怀念合肥女子的最后之作。此时姜夔已四十三岁，距最后一次别合肥，已经六年，距年轻初遇之时已经二十年左右了。爱情总是需要得到交流与回应的，长期不能见面，没有接触，双方总会感到不幸，感到不满足，尽管爱情遭到间阻，有时反而激发出更大的力量。时间会侵蚀记忆，使其面目全非，也会把记忆擦得更亮。对于姜夔，相思之痛是弥漫性质的，它已经渗透进生活的方方面面，诗人会随时随地陷入记忆和相思之中。习惯了忧伤，也就不再感到忧伤了。这又是诗人的伤心发现："人间别久不成悲"！只是在元宵佳节，各自回忆，各自沉吟，一种情怀，两地相知。这类诚挚的态度，纯似友情，不类狎妓，在唐宋情词中颇为突出。

但，"当初不合种相思""人间别久不成悲"云云，是不是正话反说，正好透露出作者的痴顽执着九死不悔呢？

（张应中）

●史达祖（生卒年不详），字邦卿，号梅溪，汴（河南开封）人。有《梅溪词》。

◇临江仙

愁与西风应有约，年年同赴清秋。旧游帘幕记扬州。一灯人著梦，双燕月当楼。　　罗带鸳鸯尘暗澹，更须整顿风流，天涯万一见温柔。瘦亦缘此瘦，羞亦为郎羞。

这是一首闺中怀人词。"一灯人著梦，双燕月当楼"，与晏几道的"落花人独立，微雨燕双飞"意思相近，以双飞燕反衬人的孤独寂寞。她的郎君是在扬州吧？记得曾与他同游来着。她的郎君为什么年年的秋天都不在家呢？做官？求学？浪迹"花柳繁华地，温柔富贵乡"？谁知道呢！总之，他不待在家里好好守着如花美眷，一门心思往外跑。可怜的妻子独守空房，也无心梳妆打扮，"岂无膏沐，谁适为容？"（《诗经·卫风·伯兮》）所以那绣有双鸳鸯的罗带也落满了灰尘，颜色暗淡了。一般的词写到此处意思也就尽了，别人的结处恰成史达祖的起处。老是这样愁下去，形容憔悴，怎么得了啊？不行，得找他去！尽管不一定能找到，但也得找，总比毫无指望地待在家里强吧？"更须整顿风流"，犹如柳永《锦堂春》"把芳容整顿"，风流指风韵，"整顿"二字让人精神一振，也振起全篇！万一见到了"冤家"，可不能让他看到自己萎靡不振的模样，我一定要风流标致，像模像样。尽管人瘦了些，千里迢迢地找来，有些不好意思，还不全是为了他吗？

要是真有这样一位有主见的闺阁女子，有办法，敢作为，给人以希望，以力量，那该多好！只可惜，这不过一场梦而已！"一灯人著梦"，天涯相见只能在梦中。据研究，"做梦时和清醒时的人格都是相同的"（〔奥〕阿德勒《让生命超越平凡》）从梦中情形来看，这位女子心有千千结，柔肠一万缕，直是让人怜爱。正是："一场幽梦同谁近？千古情人独我痴。"（《红楼梦》）

（张应中）

●元好问（1190—1257），字裕之，秀容（今山西忻州）人。曾读
书于山西遗山，因号遗山山人，世称元遗山。金宣宗兴定五年（1221）
进士。官镇平、内乡、南阳等县县令。后入朝，历尚书省左司员外郎，
入翰林，任知制诰。金亡不仕。有《遗山集》。又编金人诗为《中州
集》十卷。

◇西楼曲

　　游丝落絮春漫漫，西楼晓晴花作团。楼中少妇弄瑶
瑟，一曲未终坐长叹。去年与郎西入关，春风浩荡随金
鞍。今年匹马妾东还，零落芙蓉秋水寒。并刀不剪东流
水，湘竹年年泪痕紫。海枯石烂两鸳鸯，只合双飞便双
死。重城车马红尘起，乾鹊无端为谁喜？镜中独语人不
知，欲插花枝泪如洗。

　　此诗写一个少妇对在外为官的丈夫的深情思念。全诗十六句，分
四段。

　　一段从自然景色引出少妇。"游丝落絮春漫漫，西楼晓晴花作团"
二句写楼外景色，接着，诗人将镜头焦点转向楼头："楼中少妇弄瑶
瑟，一曲未终坐长叹。"少妇长叹什么，没有明说，但透过"游丝落

絮"的暮春景色，可略窥其心绪——游丝就像她飘忽不定的心绪，那漫漫飞絮就如她那挥之不去的愁情。

二段是少妇的内心独白："去年与郎西入关，春风浩荡随金鞍。今年匹马妾东还，零落芙蓉秋水寒。""春风浩荡"既是自然的描绘，更是去年心理情绪的写照，两句写出两情相悦的柔情蜜意。"零落芙蓉秋水寒"一句，则是今年心理情绪的写照。"去年"与"今年"相互对比映衬，更觉眼前境况的难堪——大约少妇也会从心底发出"悔教夫婿觅封侯"之类的感慨吧。

三段写相思之苦——"并刀不剪东流水，湘竹年年泪痕紫。海枯石烂两鸳鸯，只合双飞便双死。"四句，连用几个形象生动的比喻、关于爱情忠贞的典故、山盟海誓的习语，表达出了少妇对丈夫的相思、执着之深情，带有浓郁的民歌风味。

四段写少妇思夫的一个细节："重城车马红尘起，乾鹊无端为谁喜？镜中独语人不知，欲插花枝泪如洗。"城楼所在处忽有高轩奔驰，腾起飞尘，同时还听到喜鹊的叫声，谚云"乾鹊噪而行人至"（《西京杂记》三），两个信息加在一起，使她更强烈地思念夫君，然而喜鹊报喜，何曾有凭，希望殷切，失望更大。因而她不免失态，"镜中独语"就写出这种失态，为迎接丈夫准备的鲜花还未簪上发鬓，却已泪流满面——这时反而不打紧了，因为少妇已得到一种宣泄。

（周啸天）

●管道昇（生卒年不详），赵孟頫夫人。

◇泥人

　　泥人儿，好一似咱两个。捻一个你，塑一个我，看两下里如何。将他来揉合了重新做，重捻一个你，重塑一个我。我身上有你也，你身上有了我。

　　明蒋一葵《尧山堂外纪》云：赵孟頫欲纳妾，夫人管氏作《我侬词》曰："我侬两个，感煞情多。情多处，热似火。把一块泥，捻一个尔，塑一个我。将咱两个，一齐打破，用水调和。再捻一个尔，再塑一个我。我泥中有尔，尔泥中有我。我与尔生同一个衾，死同一个椁。"赵孟頫阅词大笑而止。

　　《泥人》取自《挂枝儿》，系《我侬词》的改作。冯梦龙云："此赵承旨赠管夫人语，增添数字，使成绝调，赵云：'我泥里有你，你泥里有我。'此改'身上'二字，可谓青出于蓝矣。"因为改作更好，故从之。而仍署原作者之名。

　　恋爱的男女结合的极致，一定是人格的合一，人格应包含精神和肉体。所以有人判别友谊与爱情的区分是："友谊者两体一心，爱情者两心一体。"古希腊神话用象征寓言的方式深刻揭示了这一意义：人本来是八肢圆球体怪物，头上正反两张脸孔，宙斯遂强行将之剖为两半，剖开的两半都痛苦极了，拼命地缠在一起，要重新结合为一体。这神话不仅暗示着男女合欢的关系，而且暗示着爱到极致是不分彼此的。

《泥人》源于民间生活，故特别新鲜而富于生气。民间就有专捏泥人儿的技艺，而小孩儿们大都玩过这种游戏。一块黏泥可以任人塑捏，可掰开，也可合拢。作者从这里想到男女情爱关系，真可谓心有灵犀了。她想象男女都来自同一本原泥，"泥人儿，好一似咱两个。捻一个你，塑一个我"，神似女娲抟土造人的故事。（《圣经》所谓夏娃原是亚当的一根肋骨造成的，其象征意蕴也几乎相同。）正因为这样，双方有合一即恋爱的基础，紧接着来的"将他来揉合了重新做"喻义更妙，"揉合"便是共堕爱河，重新做便是从少男少女成了男人和女人。这时候"我身上有你也，你身上有了我"。现在由一体又成二体，但你中有我，我中有你，是更高层次的一体，是精神上更高的契合。此诗象喻之妙，为历代文人笔下所无，故刘大白推为中国文学史上女性抒情诗第一首。

（周啸天）

●关汉卿（生卒年不详），号已斋叟。大都（今北京）人，又有祁州（治今河北安国）或解州（治今山西运城市西南解州镇）人。约生于金末，卒于元。现存杂剧近今知有六十余种，与郑光祖、白朴、马致远并称"元曲四大家"。

◇仙吕·一半儿·题情二首

云鬟雾鬓胜堆鸦，浅露金莲簌绛纱，不比等闲墙外花。骂你个俏冤家，一半儿难当一半儿耍。

碧纱窗外静无人，跪在床前忙要亲。骂了个负心回转身。虽是我话儿嗔，一半儿推辞一半儿肯。

"一半儿"是曲牌名，又名忆王孙，属于适宜表现"清新绵邈"情感的"仙吕宫"，"一半儿……一半儿"是定格。句式为：七七七、三七。曲中"骂你个""虽是我""儿""了"为衬字，衬字的运用使曲的语言更加口语化，活泼生动，这也是曲与诗词的一大不同之处。两支曲子，各自独立成章，又合成一个有机整体，为"重头"。第一首写男子见到闺中美丽的女子，即他的心上人，春心荡漾，禁不住要上前调情。第二首写女子面对男子的亲昵举动，佯装嗔怪，半推半就。元曲的泼辣率真，多谐趣，于此可见一斑。它写男女情事，每多生活气息，富于人间烟火味。

它俗，但没有淫言媟语，俗中有人情，有雅趣，并不庸俗，恶俗。表现男女情事，特别是涉及欲望的时候，有一个艺术技巧的问题，一个度的把握的问题。关汉卿的这两支曲子很好地做到了这一点。清人李渔在《闲情偶寄》中谈及如何写欲事的问题，他指出两大良法："如说口头俗语，人尽知之者，则说半句，留半句，或说一句，留一句，令人自思。则欲事不挂齿颊，而与说出相同，此一法也。如讲最亵之话虑人触耳者，则借他事喻之，言虽在此，意实在彼，人尽了然，则欲事未入耳中，实与听见无异，此又一法也。得此二法，则无处不可类推矣。"前人之言不妄，惜今人每每忘之。关汉卿此曲在写法上，用了李渔所说的前一法，即写一半留一半，至于怎么"耍"，怎么"亲"，怎么"推辞"，怎么"肯"，则付诸读者的想象，比写尽写死好得多。男女情事妙在一半儿一半儿的，关汉卿的写法也妙在一半儿一半儿的。

（张应中）

●白朴（1226—1306以后），字仁甫、太素，号兰谷先生。陕州（今山西河曲）人。金亡入元不仕，浪迹山水。与关汉卿、马致远、郑光祖并称"元曲四大家"。

◇中吕·阳春曲·题情六首（录二）

轻拈斑管书心事，细折银笺写恨词。可怜不惯害相思。则被你个肯字儿，迤逗我许多时。

从来好事天生俭，自古瓜儿苦后甜。奶娘催逼紧拘钳，甚是严，越间阻越情忺。

白朴的《阳春曲·题情》小令共有六首，像是组曲，都是以爱情为主题。这里选的前一首写相思，后一首写对爱情的执着追求，具有代表性。

对于一个少女来说，爱情简直是她生命中的头等大事。一旦体验到初恋的幸福美妙，便不由自主，身陷其中，不能自拔，无论结果如何，对她的一生都有深远影响。徐再思的〔折桂令〕《春情》就非常细腻地刻画了一个情窦初开的少女的相思"症候"："平生不会相思，才会相思，便害相思。身似浮云，心如飞絮，气若游丝。空一缕余香在此，盼千金游子何之。证候来时，正是何时？灯半昏时，月半明时。"我们可以把白朴的前一首与徐再思的这一首连起来读。这位"不惯害相思"的少女显然也是初恋，她想通过写情书的方式宣泄心中的郁闷，因为对方好像违背了诺言。要知道"士之耽兮，犹可说也。女之耽兮，不可说也。"（《诗经·卫风·氓》）女子不像男子，陷入爱情之中就难以解脱。男人们，你们可要慎重负责啊！

第二首大胆泼辣，表达了对爱情的执着追求。"从来好事天生俭，自古瓜儿苦后甜。"以比喻说理，引出下文。"奶娘催逼紧拘钳，甚是严，越间阻越情忺。"　情忺（读如先），情意相投。叙事中抒情，仍然含有理趣。哪里有压迫哪里就有反抗。对于相爱的两个人来说，外力越是阻挠、破坏，反弹的力量也就越大。因为要经过努力奋斗，突破藩篱障碍，才能尝到禁果，无形中反而使禁果升值了，美化了，两颗心会贴得更紧，爱情也更热烈。世间的事情总是这么复杂，奶娘的阻挠破坏反而成就了这一对情人的爱情。

（张应中）

●杨果（生卒年不详），元曲家，字正卿，元祁州蒲阴（今河北安国）人。金正大元年（1224）进士，历任剧县，以廉干称。入元为河南经略史天泽幕下参议。中统元年（1260）任北京宣抚使，二年（1261）拜参政。以老致仕。卒年七十五，谥文献。有《西庵集》。

◇仙吕·翠裙腰

莺穿细柳翻金翅，迁上最高枝。海棠零乱飘阶址，坠胭脂。共谁同唱送春词。

[金盏儿] 减容姿，瘦腰肢，绣床尘满慵针指。眉懒画，粉羞施，憔悴死。无尽闲愁将甚比，恰如梅子雨丝丝。

[绿窗愁] 有客持书至，还喜却嗟咨。未委归期约几时，先拆破鸳鸯字。原来则是卖弄他风流浪子：夸翰墨，显文词，枉用了身心空费了纸。

[赚尾] 总虚脾，无实事，乔问候的言辞怎使。复别了花笺重作念，偏自家少负你相思。唱道再展放重读，读罢也无言暗切齿。沉吟了数次，骂你个负心贼堪恨，把一封寄来的书都扯做纸条儿。

这是一套极富喜剧性的散曲，它通过一位女子接读一封不无虚情假意的"情书"的前后情态变化，将主人公既爱又恨的心理，剖绘得淋漓尽致，颇有生活气息。

首曲写一派暮春景象：黄莺儿金翅翩跹，在柳枝间穿梭，一忽儿又飞上高枝。它们的歌舞，是主人公寂寞孤独的反衬。红色的海棠花瓣，飘落满阶，如泪洒胭脂，是主人公怨苦的象征。这里的写景不但十分关情，而且造语尖新俏丽，"金翅""胭脂"等字面，色泽鲜艳可喜。末句点出孤独送春之意，有水到渠成之感。

次曲写主人公憔悴无聊的情态，反复形容。先说其姿容瘦损；继说其精神慵懒，既无心于女红，亦无心于修饰。凡此，皆因过度相思使然。"憔悴死"三字说到顶了，然后又巧设一喻，说女主人公的闲愁，有如梅雨之绵绵不绝。"梅子雨丝丝"状愁，直接取法于"贺梅子"（贺铸）。较之贺的"梅子黄时雨"（《青玉案》），本曲"丝丝"叠字，更有绘声绘形之妙，把"忧从中来，不可断绝"之意，传达得更为入化。

以上写主人公接信前的百无聊赖和寂寞孤独，是为铺垫。第三曲则开始切入全曲的中心事件——读信。先写见信后的心跳："有客持书至，还喜却嗟咨。"这欣喜与忧叹交加，正见她此时心情的复杂与激动。欣喜为有书信捎来；忧叹为未见交待确实的归期（"未委归期约几时"）。所以急急忙忙打开了情书（"鸳鸯字"）想看个究竟。谁知信上通篇说了许多嘘寒问暖的话，果然没有触及"归期约几时"这个实质性的问题。这才是期待有多高，失望有多重呢。即便他"文章"写得漂亮，信上全是甜言蜜语、山盟海誓一类的艳辞丽语（"夸翰墨，显文词"），却只是个虚情假意的"风流浪子"，还不及老实巴交的情种好！难怪女主人公一点也不欣赏他的才华。看来他真是枉费心机——"枉用了身心空费了纸"。字里行间，活泼泼跳动着作家观察生活的机智和幽默，是曲中本色而上乘的文字。

尾曲承上，先自愤愤不平："这样的虚伪，这样不实在的假惺惺的问候亏他说得出口？"（"乔问候的言辞怎使"）全曲至此为一小高潮，以下作者却宕开一笔：女主人公疑心是自己错怪了对方，把放下的"花笺"又拿起来，实实在在看了一遍，觉得自己确实没有误会，才坐实了这桩"公案"。于是波澜又起，且来势更加猛烈——"读罢也无言暗切齿，沉吟了数次"，简直像一个量刑的"法官"，最后作出了如下感情的宣判："骂你个负心贼堪恨，把一封寄来的书信都扯做纸条儿。"曲在扯纸声中结束，极为精彩，大有"曲终收拨当心划，四弦一声如裂帛"之致。

看来作品的审美效果是"喜"，不是"悲"，读来让人忍俊不禁。如果读者认为作者的用意仅在揭露男子负心，那就太表面化了，且与作品气氛不合。其实这里更多的是在讨论女主人公那份自相矛盾的心理，即爱情生活中一种普遍的心态。在这里，恨，是因为爱；失望，是因为憧憬。今天她撕了信，如果明天他归来，那么一切又都会言归于好。作者从生活中发掘出真（怨恨之情态）与善（爱恋之深挚）的矛盾冲突，给以轻松的披露，善意的揶揄，构成了一种喜剧的因素。如果说曲中有情有景二端，尚与诗词类同；那么，曲中有"戏"，便与诗词迥异。元散曲在唐诗宋词后别辟新境，从此曲可见一斑。

（周啸天）

●贯云石（1286—1324），祖籍北庭（今新疆吉木萨尔），阿里海涯孙，父名贯只哥，遂以贯为氏，原名小云石海涯，自号酸斋。仁宗朝拜翰林侍读学士，后称疾辞仕，移居江南。

◇南吕·金字经二首

蛾眉能自惜，别离泪似倾。休唱阳关第四声。情，夜深愁寐醒。人孤零，萧萧月二更。

男方要走，留是留不住了。从道理上讲，女主人公也知道忧能伤人，不宜过分忧伤；然而到了送别的时候，还是情不自禁地洒了许多的眼泪。唐人诗道："相逢且莫推辞醉，听唱阳关第四声。"（白居易）那是劝酒之辞，改一字作"休唱阳关第四声"，则是表明承受不了太多的别情。

一字句"情"耐人寻味，能使人联想到"世间只有情难尽"（雍陶）、"问世间情为何物"（元好问）等名言。最后写男方走后，女主人公深夜不能成寐，独起看月的情态。萧萧是风声，衬托出环境的凄寂。散曲的用韵较诗为密，此曲除首句外，其余句句入韵，韵密则气促，读来更觉词苦声酸。

（周啸天）

泪溅描金袖,不知心为谁?芳草萋萋人未归。期,一
春鱼雁稀。人憔悴,愁堆八字眉。

此曲为一位期盼远人的闺阁佳人造象。李白《怨情》诗道:"美人
卷朱帘,深坐颦蛾眉。但见泪痕湿,不知心恨谁。"此曲一起即用之,
妙在从旁观的角度写出。"芳草萋萋"句用楚辞《招隐士》"王孙游兮
不归,春草生兮萋萋"句意,点明佳人心之所恨,在远人未归。

"期"字如一锤定音,是全曲的主题字。"一春鱼雁稀"即"一春
鱼雁无消息"(王实甫),这也是佳人所恨内容之一。结尾作特写:佳
人形容憔悴,愁眉不展。

"八字眉",本唐代妇女眉式,未必即佳人所描。只是因为她眉头
高蹙,眉尖低垂,便成了八字眉。虽写闺怨,却带一点诙谐和风趣,这
是散曲不同于诗词的特点之一。

(周啸天)

◇双调·蟾宫曲·送春

问东君何处天涯?落日啼鹃,流水桃花,淡淡遥山,
萋萋芳草,隐隐残霞。随柳絮吹归那答?趁游丝惹在谁
家?倦理琵琶,人倚秋千,月照窗纱。

送春曲,一起将春人格化,直呼"东君",问他到远方何处去了。

然后一气五句写暮春物候：落日啼鹃、流水桃花、淡淡遥山、萋萋芳草、隐隐残霞，其中后三句为鼎足对，是散曲延展了的一种对仗辞格，以寓取酣畅之致。

忽从书面化的语言，转入口语化的问话：你究竟随柳絮吹归那答（何处）？趁游丝沾惹在谁家？柳絮、游丝皆暮春随风飘荡之物，一旦飞尽，春也归了，虽常情，却问得别致。

最后推出一个伤春人的形象：她是那样的慵倦，对着琵琶却不想弹琵琶，倚着秋千却不想打秋千，月照窗纱还不能入睡。不管她是何年龄，总归又送走一个春天了。

（周啸天）

●徐再思（生卒年不详），字德可，号甜斋，嘉兴（今属浙江）人。与张可久、贯云石同时。

◇双调·沉醉东风·春情

一自多才间阔，几时盼得成合？今日个猛见他门前过，待唤着怕人瞧科。我这里高唱当时水调歌，要识得声音是我。

这是一个热恋女子的内心独白。她与心上人长期分别，时刻盼望团聚。当她意外地发现心上人从门前走过，想喊他，又怕被别人看见，灵机一动，高唱上次相会时唱的流行歌曲，向对方传递信息，让心上人知道自己在为他唱歌。多么聪明机灵、真诚热情的女子啊！

从她的内心独白推测，她与心上人是自由恋爱，而被世俗所不容。在传统社会里，"存天理灭人欲"的理学观念束缚着人们的头脑，"非礼勿动"的礼教禁锢着人们的感情，"父母之命，媒妁之言"的"成规"约束着人们的婚姻，没有自由恋爱的风气，男女社交受到种种限制，以至于青年男女的自相悦慕被视为大逆不道。要是这位女子的恋情符合传统的道德规范，得到了公众的认可，久别重逢心上人，急切里喊一声又何妨？

　　到"五四"时期，提倡恋爱自由，婚姻自主，鲁迅笔下的子君就喊出"我是我自己的，他们谁也没有干涉我的权利！"（《伤逝》）这样的解放个性的宣言。但旧道德、旧礼教仍有很大势力。徐志摩在《这是一个懦怯的世界》一诗的开始就大声感叹："这是一个懦怯的世界：容不得恋爱，容不得恋爱！""湖畔派"诗人汪静之的《过伊家门外》一诗反映了自由恋爱者的矛盾心理："我冒犯了人们的指摘，一步一回头地瞟我意中人；我怎样欣慰而胆寒呵。"这首小诗与徐再思的小令何其相似！

（张应中）

●刘基（1311－1375），字伯温。青田（今属浙江）人。元末进士。曾任江西高安县丞，浙江儒学提举，旋弃官归隐。至正二十年（1360）至元天（今江苏南京），为朱元璋出谋划策，开创帝业，为明开国元勋。明初授太史令。累迁御史中丞，封诚意伯。洪武四年（1371）辞官归故里。谥文成。有《诚伯意文集》传于世。

◇吴歌五首

侬做春花正少年，郎做白日在青天。
白日在天光在地，百花谁不愿郎怜。

承郎顾盼感郎怜，准拟欢娱到百年。
明月比心花比面，花容美满月团圆。

便道逢春花合开，谁知秾艳有人猜。
山鸡不入家鸡侣，野果难同园果栽。

蛾眉二八不曾愁，有色无媒郎不留。
月里蟾蜍推落地，几时再得广寒游？

栽花图作看花人，谁料花开不及春。

昨夜狂风今夜雨，为花落得两眉颦。

"吴歌"乃南朝乐府旧题，内容多表现男女恋情，风格艳丽。刘基是个政治家，政治家也是人，也爱拟民歌，且颇得其神髓。这样的政治家，应该是特别有亲和力的。

第一首以代言的口气，用两个有趣的比喻，写出了春花因白日照耀而开放，少女因情郎爱怜而产生爱情的巧妙联系，"百花谁不愿郎怜"，是这首诗的主旨。

第二首"承郎顾盼感郎怜"是说接受（承）情郎一顾一盼的眼神，就能感受到情郎的种种爱恋（怜），写出了情人在热恋中心领神会，情感交流的特定心境。"顾盼"二字写得传神。"准拟欢娱到百年"是说打算（准拟）和情郎欢欢乐乐生活一辈子。接着少女把内心的愿望和盘托出："但愿我的容貌永远像花那样美，那样艳；我的心灵永远像满月那样圆，那样亮。"字里行间流露出少女对未来的无限憧憬，表现了少女的天真无邪。

第三首写少女生活中的风波，虽说花儿逢春就该开放，谁想花开得鲜艳也有人猜忌。少女不免发出慨叹："我是山鸡和野果，决不同你们家鸡为侣，与园果同栽。"借以表明自己不同对方一般见识。

第四首写少女对婚姻的苦恼。十六岁（二八）的少女（蛾眉）本不知忧愁，但到婚龄则平添苦恼，纵有美貌，如果没有媒人做媒，在那个社会里，情郎是不会留人的。"月里蟾蜍推落地，几时再得广寒游？"此本梁刘昭注《后汉书·天文志》："羿请无死之药于西王母，恒娥窃之以奔月……恒娥遂托身于月，是为蟾蜍。"可见蟾蜍，意指嫦娥。

第五首写少女惜花，栽花就图的是看花，谁料想花没有赶上阳光明媚的春天开放，却在黑夜受到暴风骤雨的袭击。面对残花只落得愁眉不展了。

由于汉语诗歌有比兴寄托的传统，刘基作于元时原载《覆瓿集》的这一组诗，实为借题发挥，寄托他政治的失意。钱谦益云："余考公事略，合观《覆瓿》《犁眉》二集，窃窥其所谓歌诗，悲婉衰飒，先后异致，其深衷托寄，有非国史家状所能表其微者。"（《列朝诗集小传》）相关历史事实如下：元至正年间，"方国珍起海上，掠郡县，有司不能制。复辟基为元帅府都事"。刘基力主剿捕，而元当权者却贪方氏之贿，"遂招抚国珍，授以官，而责基擅威福"（均见《明史·刘基传》）。刘基被罢官，羁管绍兴，他曾想自杀，幸亏门人密里沙救了他。《吴歌》即其抒愤之作。

就寓意言，这组诗写出一个封建社会的小官员从对统治者的幻想、追求，到遭受打击，从而对现实表现不满的经历。由"百花谁不愿郎怜"，幻想"准拟欢娱到百年"，然而"谁知秾艳有人猜"，结果"月里蟾蜍推落地""为花落得两眉颦"。联系刘基政治生涯中的遭遇，那《吴歌》中的语句都是有所指的。

（周啸天）

●顾璘（1476—1545），字华玉，上元（今江苏南京）人。弘治进士。官至南京刑部尚书，为李梦阳之羽翼。著有《息园存稿》等。

◇懊恼曲效齐梁体四首（录二）

小时闻长沙，说在天尽处。
人言见郎船，已过长沙去。

《懊恼曲》一作《懊侬歌》，产生于齐梁时江南吴地，多用来抒写爱情受到挫折的痛苦，这种体裁系用女子口吻作"代言体"，最要在痴情二字上用力，而以语言兴象独到者为佳。

第一首的妙趣在诗中摆出了两种似乎矛盾的说法，令闺中少女莫衷一是。这女主人公怨恼地说："小时候听人说，长沙远在天边，那就是天的尽头喽；可现在又听人说，我那位冤家的船儿，已走过长沙了，看来长沙又并非天的尽头。"要么是A，要么非A，这是个简单的逻辑常识。所以少妇料定必有一说是骗人的。也许她希望后者虚假，然而理智告诉她的却相反。所以她"懊恼"。其实，诗中的前后两说并无矛盾。对于古代江浙人来说，远在长江中游的长沙。自可喻为天边，恰如唐人说长安在日边一样。那是修辞性的说法，而"人言见郎船，已过长沙去"则是一个事实的陈诉。旁观者都会觉得事情很清楚，而诗中女子却将其搅得一塌糊涂，实在是她因怨转痴，迁怒于捎信者而已。这也是一种并不罕见的情态，诗人已将其描写得入木三分。

（周啸天）

春风上燕京，秋风下湘渚。
黄鹄有六翮，定自不及汝。

第二首初读似乎在写雁，说它春来北上，秋来南下，真是能飞得很呢！"鸿鹄一举千里，所恃者六翮耳""（《韩诗外传》），已经是善飞的了，但比起雁儿的一岁两行役来说，恐亦自愧弗如。读者有点奇怪，少妇何以生此想象。细味这个"汝"字（就是"你"，不是"您"）所具有的随便、亲密的色彩，才恍悟是在指桑骂槐。乃是说她那冤家，天热就北上经商，天寒就南下经商（"燕京""湘渚"概言而已），真是不辞辛苦，乐此不疲呢，比黄鹄还会飞！成语说"杳如黄鹄"，他比黄鹄还要杳如！这是在夸他？还是在损他？是在爱他？还是恨他？这味儿很复杂，统而言之，即"懊恼"而已。

（周啸天）

●谢榛（1495—1575），字茂秦，号四溟山人，山东临清人。"后七子"之一。早工词，后折节读书，刻苦为诗。与李攀龙、王世贞等结成诗社，倡导文学复古运动。后为李攀龙等人排挤，客游诸藩王间。有《四溟集》《四溟诗话》。

◇远别曲

郎君几载客三秦，好忆侬家汉水滨。

门外两株乌桕树，叮咛说向寄书人。

远别怀人之作历来很多，这首诗写女子对丈夫的思念。第一句从女子的角度来写，郎君远赴三秦已经好几年了，什么时候才能回来呢？直陈其事，表达女子年深日久的思念。第二句想象郎君也应该常常思念汉水边的家乡吧！想象对方思念自己，迂回曲折，情思婉转。这种利用时空的转换拓展诗意诗境的做法古已有之，也是成功的经验。譬如《诗经·魏风·陟岵》写服役者思念亲人，而联想亲人思念自己。又如高适《除夜》诗："旅馆寒灯独不眠，客心何事转凄然？故乡今夜思千里，双鬓明朝又一年。"白居易《邯郸至夜思家》诗："邯郸驿里逢冬至，抱膝灯前影伴身。想得家中夜深坐，还应说着远游人。"都是亲人相互思念的例子。而李商隐的《夜雨寄北》诗："君问归期未有期，巴山夜雨涨秋池。何当共剪西窗烛，却话巴山夜雨时。”由现在想象将来相聚时回忆现在，折而又折，令人叹为观止。

　　三、四句写女子通过寄书信的方式表达思念之情。大约这位女子不识字，不会自己写书信，所以请人代写。写些什么呢？千言万语，千头万绪，一时不知说些什么好，况且有些悄悄话是不宜于让写信的人知道的。有了，就说说家门外的那两棵乌桕树吧！南朝乐府《西洲曲》有句云：“日暮伯劳飞，风吹乌桕树。树下即门前，门中露翠钿。”这两株乌桕树可能是他们定情的见证人，也可能是新婚时所手植，此中有誓两心知，不必多说，郎君一定知道其中的含意。刘熙载《艺概·诗概》说：“绝句取径贵深曲，盖意不可尽，以不尽尽之。正面不写写反面，本面不写写对面、旁面，须如观影知竿乃妙。”又说：“以鸟鸣春，以虫鸣秋，此造物之借端托寓也。绝句之小中见大似之。”不言思念，而言乌桕树，就是写旁面，小中见大，以不尽尽之。谢榛《四溟诗话》说：“凡作诗不宜逼真，如朝行远望，青山佳色，隐然可爱，其烟霞变幻，难于名状。及登临非复奇观，惟片石数树而已。远近所见不同，妙在含糊，方见作手。”这段话提出作诗“不宜逼真”“妙在含糊”的观点。《远别曲》实践了他的主张。她“叮咛说向寄书人”的难道只有“门外两株乌桕树”吗？显然不是。诗中只言“门外两株乌桕树”，而书信中则要说说乌桕树怎么样怎么样，而郎君则能从书信中读出更多的信息，更多的言外之意。因此，诗语减而又减，乌桕树是具体的，又是抽象的，是具象的抽象，抽象的具象，它不逼真，妙在含糊。

（张应中）

●杨慎（1488—1559），字用修，号升庵。四川新都人。正德年间状元，授翰林院修撰。世宗时，因"大礼议"直言强谏，被谪戍永昌卫。著述之丰，明代推为第一。有《升庵集》。

◇青蛉行寄内三首

青蛉绝塞怨离居，金雁桥头几岁除。
易求海上琼枝树，难得闺中锦字书。

燕子伯劳相对眠，牵牛织女别经年。
珊瑚宝树生海底，明星白石在天边。

人言西川遥，侬道西川近。
东风吹梦过三巴，觉来身在南中郡。

青蛉，地名，汉晋后县废而名存。这三首诗是作者寄给妻子黄峨的。

第一首写望信。"绝塞"言谪居之地的荒凉边远。"离居"是夫妻分离。"怨离居"三字似从李白《南流夜郎寄内》"夜郎天外怨离居"来，或偶合，亦未可知。接下来想象妻子黄峨在家乡年年岁岁盼望自己归来。"金雁桥"在成都市区的西南隅，相传张仪筑成都时，"水中出金雁，固谓之雁桥。"（《方舆胜览》五十一）这里借指黄峨所在。"岁除"即除夕，"几岁除"，指年光流逝很快，不知不觉岁月就过去好多年了。"琼枝树"是传说中的仙树，产于海中。仙树之说本属乌有，实难存在。"锦字书"，苏蕙织锦为回文诗，寄夫窦滔。（《晋书·列女传》）这里代指妻子的书信。妻子的书信，作为丈夫，应该说是很容易收到的。但现在难于得到的海中仙树变成"易求"，而不难得到的闺中妻子的书信却反而"难得"。"难""易"的不合常情，更觉难堪。按，"易求""难得"常见于前人情诗的对句，如鱼玄机《赠邻女》"易求无价宝，难得有情郎"；刘克庄《玉楼春》"易挑锦妇机中字，难得玉人心下事"，诗人沿用这一句式来抒写自己相思怀人的特殊感情，很现成，也很亲切。

第二首写怨别。古乐府有"东飞伯劳西飞燕"（《东飞伯劳歌》）之句，诗人反其意而用之，说"燕子伯劳相对眠"，更表现出对夫妻相聚和团圆的向往。从古诗十九首来，"牵牛织女"即牛郎织女，就成为人间夫妇长期分居的象征，此诗中也是如此，形同牛女，一"别经年"，有人不如鸟的意思。这首亦用对句结——"珊瑚宝树生海底，明星白石在天边"，是说自己与黄峨天南海北，无由相聚。用生在海底的"珊瑚宝树"和天上的"明星白石"，来形容彼此所处空间距离的遥远，生态环境的迥异，是陌生化的，很新颖。

这首诗比喻与对比交错使用，把抽象的离人的相思眷恋之情寄之于物，使之形象地表现出来，生动具体，传神入画，虽未见人而人情俱现。伯劳的相对而眠，比喻夫妻相聚的和睦幸福，抒写诗人对夫妻团圆有企求；牛郎织女的不能相见，比喻夫妻的分离，抒写诗人对自身遭遇的哀叹；聚离欢悲，二者对比，使感情更为强烈。以珊瑚海底自喻，以明星白石拟黄峨，天上地下，互相对比，更显出夫妻远离的难以团聚，从而抒写出自己思念的迫切。这就使全诗感情真挚而动人。

第三首写梦归。如果说前二诗中不同程度地运用着比兴手法，这一首基本上是直抒胸臆。"人言西川遥，侬道西川近"，抬杠者往往是各执一端，说"遥"是空间距离，说"近"是心理距离。你看，"东风吹梦过三巴"，诗人梦中经过"三巴"回到"西川"（"西川"指成都一带，"三巴"则包括成都以东的地区，按汉献帝建安六年改巴郡为巴西，永宁为巴郡，固陵为巴东，是为"三巴"），这不是说近就近吗！然而，"觉来身在南中郡"，当他从梦中醒来，回到现实，却不免失望——仍然是身在贬谪之地的"南中郡"，这不是说远就远吗！通过抬杠的写法，诗人表达了对故乡对妻子的思念的痛苦和内心复杂的情绪。

（吴明贤）

●黄峨（1498—1569），字秀眉，四川遂宁人。杨慎之妻。有《杨夫人乐府》。

◇寄外

雁飞曾不到衡阳，锦字何由寄永昌。
三春花柳妾薄命，六诏风烟君断肠。
曰归曰归愁岁暮，其雨其雨怨朝阳。
相闻空有刀环约，何日金鸡下夜郎。

这首诗是明代才女黄峨为她的丈夫杨慎而作。杨慎二十四岁中状元，少年得志，明世宗嘉靖三年（1524年）以"大礼议"得罪，谪戍永昌卫，这时他大概三十六岁，一直到1559年他去世，都未能回四川老家。三十五年的流放生涯几乎占去了杨慎生命历程的一半光阴。妻子黄峨的相思愁怨不知有多深多长，而这首七言律诗也可算古代女诗人的翘楚之作。

"雁飞曾不到衡阳"，从对方落笔，指长期没有丈夫的音信。因此，"锦字何由寄永昌"？指自己，不知往永昌卫（云南）的何处寄达书信。六诏，唐时西南六个乌蛮部落的总称。开元中六诏为南诏所统一，此处代指云南。"三春花柳妾薄命"，写自己；"六诏风烟君断肠"，写丈夫。"曰归曰归愁岁暮，其雨其雨怨朝阳"，两句皆化用诗经语典。《诗经·小雅·采薇》写戍卒的悲哀，中有云："曰归曰归，岁亦莫止。"意即"回家乡啊回家乡，已经盼到年终岁尾。"这里借指丈夫。《诗经·卫风·伯兮》写妻子想念出征的丈夫，中有云："其雨其雨，杲杲出日。"意即"盼下雨啊盼下雨，却亮堂堂地挂着烈日。"这里借指自己。尾联"相闻空有刀环约，何日金鸡下夜郎"则写双方的共同感想和愿望。古绝句云："藁砧今何在？山上复有山。何当大刀头，破镜飞上天。"（《玉台新咏》卷十一）"破镜"即月之半，半月似刀环，"刀环约"似指与丈夫曾有还家之约，"空"表示无望。《新唐书·百官志三》："赦日，树金鸡于仗南，竿长七丈，有鸡高四尺，黄金饰首，衔绛幡，长七尺，承以采盘，维以绛绳。"这是隋唐时代举行大赦的一种仪式。故诗中多以"金鸡"代指大赦，如李白《流夜郎赠辛判官》："我愁远谪夜郎去，何日金鸡放赦回？"　夜郎也代指云南。由以上分析可以见出，全诗八句四联，分别写丈夫、自己；自己、丈夫；丈夫、自己；夫妻双方。回环往复的形式与迂回婉转的思念和双方的共同愿望达到和谐的统一。

（张应中）

●方文（1612—1669），字尔止，安徽桐城人。明末诸生。明亡不仕，隐居南京。

◇竹枝词二首

　　侬家住在大江东，妾似船桅郎似篷。
　　船桅一心在篷里，篷无定向只随风。

　　此诗以船家女子的口吻，描写了女子对爱情的忠贞不渝，而自己所爱恋的男子却对爱情三心二意。诗全从桅、篷的设喻着想，"大江东"指安徽芜湖以下，长江的南岸地区，表明水上人家的身份。她经常看到的东西，就是船上的"桅"与"篷"。"桅"是桅杆，桅杆的特性是独立不迁。"篷"呢，并不是指遮挡风雨的乌篷，而是指风帆，风帆的特点是顺风则张，逆风则收，没有定准。所以她觉得，自己的坚守就像那桅杆，而郎呢，他的见风行事，则像是风帆。

　　春水新添几尺波，泛舟小妇解吴歌。
　　笑指侬如江上月，团圆时少缺时多。

　　这首诗中写了两个人，一个是旁人——"泛舟小妇"，一个是本人——"侬"。诗的大意是说：在一个春光融融，江水初涨的日子，"侬"撑船送一个少妇过江。行进途中，少妇唱起了曲调优美的吴歌（"解吴歌"，会唱吴歌）。吴歌，即吴声歌，江苏东南部的民歌，其歌词在内容上几乎全是情歌，所谓"郎歌妙意曲，侬亦吐芳词"（《子夜歌》）。她不但唱，而且别有所指，拿"侬"来比天上月亮，说是"团圆时少缺时多"——与夫君会合时少，分离时多。"团圆时少缺时多"应是歌的内容，因为唱这样的歌，贴合眼前的情景，才有那样的情趣。

（周啸天）

●刘氏，生平事迹不详。

◇寄衣

不随织女渡银河，每到秋来几度歌。
岁岁为君身上服，丝丝是妾手中梭。
剪刀未动心先碎，针线才缝泪已多。
长短只依元式样，不知肥瘦近如何。

唐诗人王驾的妻子陈玉兰作《寄夫》："夫戍边关妾在吴，西风吹妾妾忧夫。一行书信千行泪，寒到君边衣到无？"（据《唐诗别裁集》）风寒天冷，不知征衣收到没有，特写信问候一声，挂念之情，关切之心，溢于言表。

元人陈基《裁衣曲》："殷勤织纨绮，寸寸成文理。裁作远人衣，缝缝不敢迟。裁衣不怕剪刀寒，寄远惟忧行路难。临裁更忆身长短，只恐边城衣带缓。银灯照壁忽垂花，万一衣成人到家。"回忆对方的身长尺寸，匆匆忙忙地缝衣，又担心他瘦了，要不要裁窄一些呢？银灯结花，只怕他要回家了吧？那该是好事情啊。又是关切，又是企盼，女人的双手忙，心思也一直没有停下来。

相比之下，刘氏的这一首《寄衣》更多的是悲情，读之黯然。"长

短只依元式样，不知肥瘦近如何。""元"通"原"，与"临裁更忆身长短，只恐边城衣带缓"虽同一机杼，但一个担心瘦了，一个则无从知晓肥瘦，令人惘然无措。联系上文的"心先碎""泪已多"，可见其中有隐痛，有幽怨，自古红颜多薄命啊。

　　衣服乃生活必需品，在过去的漫长的时代，织布缝衣就是妻子的分内事。妻子相夫教子，从父从夫从子，围绕着家庭转，丈夫就是她的主心骨、顶梁柱，一旦丈夫长期在外，怎不教妻子牵肠挂肚呢？于是，寄衣就成了生活中一件极其重要的事情，一种情感的寄托，它所寄托的就是女人的千万缕柔肠，心里的"千千结"。

（张应中）

●吴嘉纪（1618—1684），字宾贤，号野人。秦州（今属江苏）人。与周亮工友善。有《陋轩诗》。

◇内人生日

潦倒丘园二十秋，亲炊葵藿慰余愁。
绝无暇日临青镜，频过凶年到白头。
海气荒凉门有燕，溪光摇荡屋如舟。
不能沽酒持相祝，依旧归来向尔谋。

《内人生日》是作者为其妻王睿生日而作。

诗中内容大概是说：我们结婚二十年了，这二十年来穷愁潦倒，你亲自下厨，操持家务，给我以安慰。你一年忙到头，连梳妆打扮的时间都没有，不断地遭遇危难，年年难过年年过。值得欣慰的是，我们白头偕老，是不幸中的万幸。居地近海，门庭荒凉，唯有燕子飞来飞去，小屋在波光浪影中飘摇，如同小舟一样，我们的日子真不安稳。现在你的生日到了，我手头没有钱置办酒菜为你祝寿，依旧回来跟你商量怎么办。

沈德潜评曰："三四写清贫之况，五六状濒海之景，末点化熟语，脱口生新，《庄子》所谓'有道妻子皆得佚乐'，可以想其高风焉。"

（《清诗别裁》）——"贫贱夫妻百事哀"，诗人回顾二十年来妻子的含辛茹苦相依相伴的情形，表达了他的感激之情，同时也饱含了自己的内疚与惭愧。在那个时代，夫唱妇随，夫荣妻贵，妻子的幸福安危维系在丈夫身上，而吴嘉纪特立独行，决心做一个有气节的知识分子，王睿跟随吴嘉纪艰难度日，她理解、体谅他，他也信赖她，遇事跟她商量。他们之间的关系是和谐的，虽贫困，何尝不是幸福的呢！

　　巴尔扎克在《两个少妇的回忆录》中写到一个叫勒南的女主人公，她代表理智，她在给女友的信中写道："婚姻产生人生，爱情只产生快乐。快乐消失了，婚姻依旧存在；且更诞生了比男女结合更宝贵的价值。故欲获得美满的婚姻，只需具有那种对于人类的缺点加以宽恕的友谊便够。"吴嘉纪与他妻子的关系像一种友谊，他们相互理解、宽容，相互提携照顾着度过风雨飘摇的日子。做平头百姓，过清淡日子，只要能相爱，就是幸福。与一个人缔结了婚约，就意味着建立一种家庭内部的联盟，共同应对人生的风风雨雨，抵抗意外的惊涛骇浪，这样的恩爱需要愿力，需要二人的真心合作。不如此，富贵又有何益？

（张应中）

●朱彝尊（1629—1709），字锡鬯，号竹垞，秀水（今浙江嘉兴）人。清康熙十八年（1679）应博学鸿词科，授翰林院检讨。后革职，归家潜心著述。博通经史，诗与王士祯并称"南朱北王"。词宗姜、张，为"浙西词派"创始人。有《曝书亭集》等。

◇桂殿秋

思往事，渡江干，青蛾低映越山看。
共眠一舸听秋雨，小簟轻衾各自寒。

世传朱彝尊与其姨妹冯寿常（字静志）间有过一段不同寻常的恋情，其《风怀二百韵》和《静志居琴趣》都是为冯而作，或谓此词亦与此有关。

一起"思往事"即表明词所写乃伤逝怀旧之内容，下句"渡江干"则将所思之往事，定位在某一特定时空，说明作者所思的往事乃是渡江的一段情景。"青蛾低映越山看"句写景而景中有人，最是扑朔迷离。古代女子眉妆有小山眉，故词中以眉喻山和以山喻眉两种情况都是有的。"青蛾"本指女子眉黛，可用喻越山；而"越山"之妩媚，亦可用喻青蛾。故此句既可解为所爱的女子在船中看山，亦可解为词人看山兼看人，而一种心与目成的朦胧的感情联系亦隐现字下。——此境即所谓

"照花前后镜，花面交相映"也。

末二为词中之俊语，将彼此间朦胧的感情联系与保持的实际距离并举，却又通过彼此共同感受到的一个"寒"字，传递了微妙的信息。"共眠"与"各自"字面的呼应和唱叹，道出了一个清冷寂静的秋夜，和两颗难以平静的心：共眠一舸——说近也近，各自篷枕——说远也远；共眠一舸——是有缘，各自篷枕——是无缘；共眠一舸——心中温暖，各自篷枕——身上寒冷。这种复杂的况味，与《西厢记》中张生所唱的"隔花阴人远天涯近"殊有同致。有人说是爱情悲剧，并不准确。词中写的是有了发生，却没有发展的爱。是自然（人性）与自律（礼防）的微妙冲突，最后表现为几分淡淡的哀愁，加上几分无奈。

"天下有情人皆成眷属"，从来只是一个美好的愿望，"楼前相望不相知"者有之，"恨不相逢未嫁时"者有之，词中所写男女之间有缘相逢而无缘相亲的遗憾，具有超越时代的普遍性。

（周啸天）

———

●董以宁（1630—1669），字文友，号宛斋。武进（今属江苏）人。诸生。与陈维崧、邹祗谟、黄永并称"毗陵四子"。有《正谊堂诗集》等。

◇闺怨

流苏空系合欢床，夫婿长征妾断肠。
留得当时临别泪，经年不忍浣衣裳。

此诗以代言体（第一人称）抒相思之苦，写离别之怨。"流苏"是一种下垂的穗子，为床边装饰品。"合欢床"指婚床。垂有流苏的合欢床，陈设华美香艳，本为一对新人而设。然丈夫远行，一去不归，流苏合欢床形同虚设——一个"空"字，正是虚设的意思。"夫婿长征妾断肠"，用句中排的形式，写两地分居，彼此间又有因果关系（"夫婿长征"是因，"妾断肠"是果）。"留得当时临别泪，经年不忍浣衣裳"是诗中佳句，写出一片痴情——"临别泪"浸湿了衣裳，照说应该赶紧清洗，然而，末句的着想却出人意料，似乎"临别泪"也成了一个念想，值得珍藏，透过这一层，入木三分地写了闺中相思之苦。龚自珍《己亥杂诗》有云："欲浣春衣仍护惜，乾清门外露痕多。"构思设想，与此诗后二句"留得当时临别泪，经年不忍浣衣裳"不谋而合，不过龚诗所表现的是对君恩的感戴，与此诗纯写男女之情，正自不同。

（周啸天）

●王士禛（1634—1711），字子真，一字贻上，号阮亭、渔洋山人，新城（今山东桓台）人。雍正时避帝讳，改称士正、士祯。顺治十五年（1658）进士。历扬州府推官、礼部主事、刑部尚书。后因事革职。诗宗唐人，倡导神韵。著作甚富，名重一时。有《带经堂集》等。

◇悼亡

　　年年辛苦寄冬衣，刀尺声中玉漏稀。
　　今日岁残衣不到，断肠方羡雉朝飞。

　　《诗经·邶风·绿衣》为我国第一首悼亡诗，诗云："绿兮衣兮，绿衣黄里。心之忧矣，曷维其已！绿兮衣兮，绿衣黄裳。心之忧矣，曷维其亡！绿兮丝兮，女所治兮。我思古人，俾无訧兮！絺兮绤兮，凄其以风。我思古人，实获我心！"写丈夫对亡妻的思念，睹物怀人，情意难忘，开我国古代悼亡诗之先河。西晋潘岳"善为哀诔之文"，他的《悼亡诗》三首，为文人悼亡诗之名篇。后世不断有佳作出现，如元稹的《遣悲怀》，苏轼的《江城子·乙卯正月二十日记梦》，贺铸的《鹧鸪天·重过阊门万事非》，等等。虽然文无定法，但悼亡诗在写法上大略形成以下几个特点：睹物思人法，今昔对比法，魂魄入梦法等。
　　王士禛的这一首《悼亡》通过寄衣的细节寄托哀思，与晚唐诗人李商隐的《悼伤后赴东蜀辟至散关遇雪》相类，后者如下："剑外从军远，无家与寄衣。散关三尺雪，回梦旧鸳机。"二者都用了今昔对比法。王诗言妻子年年寄冬衣，但今年将尽，却没有人寄衣来，暗指妻子已经去世，睹物思人，不胜其悲，意似贺铸"空床卧听南窗雨，谁复挑灯夜补衣"两句。李诗则言"无家与寄衣"，暗示以前有人寄衣，现在家室全无，除了思念亡妻之外，还寄寓了自己身世飘零之悲。两诗的结句有别。王诗"断肠方羡雉朝飞"，以双飞的雉鸡反衬自己的孤零，与贺铸"头白鸳鸯失伴飞"正面作比一样，乃借物托喻。李诗"回梦旧鸳机"，犹言梦见仍在织布的妻子，"犹作有家想也"（纪昀语），略似苏轼《江城子》"夜来幽梦忽还乡，小轩窗，正梳妆。相顾无言，唯有泪千行"句意。王诗较直白，味略淡；李诗看似平常，味深永，曲折有致。

（张应中）

———

●纳兰性德（1655—1685），初名成德，字容若，号楞伽山人。满洲正黄旗人，武英殿大学士明珠之长子。康熙十五年（1676）进士，选授三等侍卫，寻晋至一等。年三十病卒。有《通志堂集》，汇辑本《纳兰词》。

◇蝶恋花

辛苦最怜天上月，一昔如环，昔昔长如玦。若似月轮终皎洁，不辞冰雪为卿热。　　无那尘缘容易绝，燕子依然，软踏帘钩说。唱罢秋坟愁未歇，春丛认取双栖蝶。

此亦悼亡之作。词人《沁园春》小序云："丁巳（康熙十六年，即1677年）重阳前三日，梦亡妇淡汝素服，执手哽咽，语多不能复记，但临别有云：'衔恨愿为天上月，年年犹得向郎圆。'妇素未工诗，不知何以得此也？"

开篇即从"天上月"说起，"昔"通夕。圆月是团圆的象征。月亮每月只圆一次，到底是圆少而缺多，好比词人夫妻短暂的爱情生活。亡妻在梦中不是说愿为天上月，年年向郎圆吗？要是真能如此，词人就定能化作冬天里的一把火，"不辞冰雪为卿热"：哪怕是冰天雪地，也能燃烧成一团火焰。情痴之语，亦是妙语。

　　过片三句以呢喃燕语，反形丧妻的孤独。"秋坟"指唐人李贺《秋来》诗，其结云："秋坟鬼唱鲍家诗，恨血千年土中碧。"词情转为凄厉。古代传说中的爱情悲剧常见的一种程式，是男女双方化蝶作结。结语"春丛认取双栖蝶"因而用之，较前文"燕子依然，软踏帘钩说"，又多了一重执着意味，表现了词人对爱情的坚贞。

（周啸天）

●马曰璐（1701—1761），字佩兮，号南斋。安徽祁门人，家居扬州。国子监生，候选知州。有《南斋集》。

◇杭州半山看桃

山光焰焰映明霞，燕子低飞掠酒家。
红影到溪流不去，始知春水恋桃花。

此诗以写杭州半山桃花盛开的绚烂景色开篇，"山光焰焰映明霞"三句紧扣诗题写"半山看桃"。"焰焰"一词，即"桃之夭夭"的"夭夭"，更近口语，再现了桃花盛开时燃烧般的火红。"燕子低飞掠酒家"一个"低飞"，十分传神地写出燕子赶趁春光的动态，按照常识，这是雨前的景象，因为空气潮湿，昆虫飞不高，所以燕子也低飞，特别爱贴着水面低飞，为的是掠食小虫也。

春来多雨，溪水的流量也大，流速也快，桃花的花瓣掉进水中，会很快被冲走。然而诗人却惊奇地发现，水中有许多桃花的"红影"，在溪中却纹丝不动，好生奇怪。仔细一看，原来是桃花的倒影。这已经够意思了，诗人却还要给"红影到溪流不去"一个理由，那就是"春水恋桃花"。"始知"二字流露出惊喜，诗人在大自然中发现了一段美好的故事。

　　流水无情，然而在多情的诗人笔下被赋予了人的感情，这种手法，李贺《南园》也用过："花枝草蔓眼中开，小白长红越女腮。可怜日暮嫣香落，嫁与东风不用媒。"李贺看到了春花与东风的恋爱，马曰璐则看到了春水与桃花的恋爱。诗人就这样用了一种"隐喻"的修辞手法，延续了《诗经·周南》以来用桃花写爱情的这个古老主题，表达了生活在封建社会里的青年男女对爱情婚姻的寄托和向往。

（蒋先伟）

●黎简（1747—1799），字简民，一字未裁，号二樵。广东顺德（今佛山市顺德区）人。乾隆诸生。工书画，诗词亦著名。其诗峻拔清峭，刻意新颖，自成一家。有《五百四峰草堂诗钞》。

◇短歌行

岁华殂落心百忧，北风吹日西海头。死人待欲梦相语，我自不睡魂魄阻。魂兮倘自乡里来，应有凄凉告娇女。他时绪梦为耶说，断肠更胜吾梦汝。呜呼！三十八年岁残，今年实欲无心肝。

乾隆年间，作者的妻子梨氏因病而亡，留下了两个女儿，大的才六岁。这年岁暮，作者倍加思念，于是写了这首《短歌行》，以极其沉痛凄凉之笔，表现了无限的伤怀追念之意。诗题《短歌行》，本是乐府相和歌平调曲的曲名，据《乐府古题要解》，皆写"及时行乐"和"寿命长短分定，不可妄求"之意。作者这里是借用乐府旧题，来写悼亡这事。因为人在极端悲痛之时，难以"长歌"，故作"短歌"以寄意。所以，这首《短歌行》其实是一首真正的"悼亡诗"。

开始两句，氛围和情绪就十分悲凉。"风华殂落心百忧，北风吹日西海头"。第一句点明时间和心情。"岁华殂落"，言时光像草木的花叶凋零一样，无情地悄然逝去，这里是指年底。但这又比说年底或岁暮多了一层意思，以草木作比，不仅直观形象，而且还有言外之意："人非草木，孰能无情！"在这岁竟之际，本来就悲凉的心情受着各种忧虑的熬煎，就更加难以为怀了。"心百忧"是夸张，极言忧伤的心事之多。第二句紧接着写地点和景象。在作者远离家乡，客居异地的"西海头"，那冬季寒冷的北风刮来，一片迷蒙，显得日色无光。这一句与"岁华殂落"相补充，进一步写出了岁暮环境，把时间、地点和景象都交待得清清楚楚。在这凄凉悲伤的气氛中，烘托出了作者忧伤的心情，在情景结合上，可谓达到了水乳交融的境地，为以下的悼亡内容，铺垫出深厚的背景。

从第三句到第八句，写对亡妻的无限思念，字字浸透了酸楚的泪水，用笔深沉曲折。"死人待欲梦相语，我自不睡魂魄阻"。"死人待欲"，即"待欲与死人"之意，四字倒装句首，显得拗折而冷峻。作者在凄凉孤苦中，本想做一个梦，与死去的妻子相聚，诉说衷肠。但是，由于心情悲伤，难以入睡，魂魄相阻，不能与妻子见面，这是一层曲折，欲梦而难以成梦，诗句中已深藏着难以言喻的悲伤。接着是第二层曲折："魂兮倘自乡里来，应有凄凉告娇女"。作者不能在梦中与妻子相会，却希望妻子的魂魄从家乡来到这客居之地，与正在睡梦中的娇女一见，来倾诉久别的凄凉心情。这是从对面着笔，看来是写妻子对娇女和自己的想念，而实际是写自己对妻子的思念，读来倍感情深。句中"倘"字，虽是揣度之意，但却充满了极度的盼望之情，而"魂"字下又加一语气助词"兮"字，使得感情更为强烈。并且，句中引出"娇女"，为诗歌增添了新的内容，也为下一步深化悼亡感情作准备。

以下二句是第三层曲折："他时绪梦为耶说，断肠更胜吾梦汝"。按"应有"句意，接着应当写"娇女"与亡妻梦中相见情形，而作者却用"他时"一笔带过，把自己的想象带到了娇女梦醒之后。等到以后的日子，当娇女理清了梦中的思绪，那时再为我（"耶"即爷，意为爹，作者自指）诉说相会情形，我柔肠寸断的悲苦，就比直接在梦中和你相见要厉害得多了。这是采用播进一层的笔法，写对妻子更深的思念。其中"说"字极有分量，不能轻轻读过。"娇女"对于母亲的思念，自然不下于作者对妻子的思念，当她向父亲转诉母亲在梦中告诉的"凄凉"时，那就不是一般的说话了，而是极度悲痛中的抽泣和哽咽，在断断续续的声泪俱下的诉说中，那悲伤的情景该是多么强烈！而作者面对稚嫩的"娇女"的哭诉，也忍不住要泪水纵横、失声痛哭了，父女相抱而泣，在共同的难以用语言叙述的思念中，那种悲恸欲绝，又该是多么叫人心碎的情景啊！诗到这里，把自己对妻子的思念，表现得极为深刻。读至此，有情人也禁不住要掩卷弹泪了。这一段仅仅六句，三次转折，先写希望梦见而梦不成，次写母女梦中相会，再写娇女转诉梦境，意思一层深似一层，在不停的转进中，表现出作者对希望梦见的执着追求，表现出对亡妻的深情眷恋。诗句也简劲有力，干净利落，精炼而又内涵丰富，耐人咀嚼。

最后两句："呜呼！三十八年年岁残，今年实欲无心肝"。以强烈深沉的感叹结束全诗。"呜呼"二字，在"兮"字之后，再一次发出痛不欲生的悲鸣，反复嗟叹，其沉痛凄凉之情，溢于纸外。"三十八年年岁残"，不仅与首句"岁华殂落"遥相映照，收足上意，而且诗中特地写出"三十八年"四个字，也另有深意。乾隆四十九年（1784）作者正是三十八岁。古人有言：人生三大不幸，一是幼年丧母，二是中年丧妻，三是老年丧子。三十八岁，正是壮年之时，而妻子忽然撇我而逝，这是多么悲伤而又不幸的事啊！显然，"年岁残"，就不仅是指时当岁暮，而是说自己在这重大的打击下，百忧丛集，心情悲伤，很快就衰老了。所以最后一句说，今年实在是痛毁心肝，伤心之至啊！全诗以景起，起得十分自然，最后以情结，又结得深厚而强烈，在经过中间的多次转折之后，最后达到了更高境界的情景交融，诗意更为凄婉悲伤，有倍于寻常。

刘学锴先生说："悼亡诗在感情的真挚这一点上，比任何诗歌都要求得更严格，可以说容不得半点虚假。而华侈雕琢往往是要伤真的。朴质平易倒是表达真情实感的好形式"。(《唐诗鉴赏辞典》)这一首诗虽然深折婉转，但在形式上却是"朴质平易"的，无论写景抒情，都十分自然，语言极为朴素。即使是转折翻进，也处处都以生活的真实为基础，绝没有勉强造作之感。全诗虽然转了三次韵，却并不破坏一气直下的效果，反倒觉得更为流畅。这些恰到好处地表现了作者的真情实感，极为诚挚动人，这正是它的成功之所在。

（管遗瑞）

●黄景仁（1749—1783），字汉镛，一字仲则，号鹿菲子，江苏武进（今常州）人，早孤家贫。曾游安徽学政朱筠幕。清高宗东巡召试名列二等，授英武殿书签官。后授县丞，未到任而卒。有《两当轩集》等。

◇秋夕

桂堂寂寂漏声迟，一种秋怀两地知。
羡尔女牛逢隔岁，为谁风露立多时？
心如莲子常含苦，愁似春蚕未断丝。
判逐幽兰共颓化，此生无分了相思。

黄景仁是清朝乾隆年间的短命的天才诗人。他虽然生在"乾隆盛世"，但吟唱的却是"盛世悲音"。一方面，清朝到乾隆中后期，封建社会的确在走下坡路，危机重重，社会的黑暗面不断地暴露出来，曹雪芹的《红楼梦》就描画出封建王朝的没落命运。这种时代情绪不可能不影响到诗人黄景仁。另一方面，也是主要的，黄景仁身世不幸。他出身寒微，仕途失意，穷困潦倒，又体弱多病。他很有才气，却孤傲多疑，有一肚皮的不合时宜，却无法改变现实。诉诸诗词，故多抑塞不平、悲凉感伤之气。现代作家郁达夫非常喜欢黄景仁的诗，还特意写了一篇小说《采石矶》来纪念他，这篇小说就描写了黄景仁的性格气质和种种行状，也可以想见他"哀多于乐，醒常如醉"的精神状态。

黄景仁也是一个深于情且被情所累的悲情诗人。大约在他十五岁那年，黄景仁与表妹相恋。"徘徊月下，分明认得，三五年时"（《丑奴儿慢·春日》），"三五年时三五月，可怜杯酒不曾消"（《绮怀》）即暗示此事。他们住在一个院落里，整日里耳鬓厮磨，相知相契，感情甚笃。《绮怀》十六首记录了大量的生活细节，他们在一起弹琴下棋，斗草数星星，"流黄看织回肠锦，飞白教临弱腕书"（《绮怀》），幽期密约，留下难忘的记忆。在黄景仁十七岁那年，出于求取功名的考虑，他离开了心爱的人到宜兴求学，但时刻忘不了心中的那份情，如《秋夜曲》云："蟋蟀啼阶叶飘井，秋月还来照人影。锦衾罗帷愁夜长，翠带瘦断双鸳鸯。幽兰泡露露珠白，零落花香葬花骨。秋深夜冷谁相怜，知君此时眠未眠？"因为他们只是私心相恋，没有订立婚约，表妹迫于父命远嫁他乡。旧情难忘，从此黄景仁陷入相思之中不能自拔。此后他写下大量的相思诗篇，包括《感旧》四首、《绮怀》十六首等。这一首《秋夕》则是写得比较早的一首。在秋天的夜晚，诗人独立风露之中，遥看牵牛织女，怅触无端，"一种秋怀两地知"，让人联想到姜夔的名句"谁教岁岁红莲夜，两处沉吟各自知"，他们的心境应该是一样的。"无情未必真豪杰"，他们都是一往情深的人，黄景仁更甚，简直像个痴情的女子。"心如莲子常含苦，愁似春蚕未断丝"，相思之情绵延不绝，最后无奈地发出一声浩叹："此生无分了相思。"怎么办？天下情了犹未了，看来只好不了了之。

黄景仁善写情，尤其善写哀情，与他重情有关，当然也与明中晚期以来倡言人情的思想潮流有关。张琦说："人，情种也。人而无情，不至于人类，何望其至人乎？"袁宏道自称"有情之痴"。宋懋澄也说："人生，情耳。"汤显祖《牡丹亭题词》更是说："情不知所起，一往而深，生者可以死，死可以生。生而不可与死，死而不可复生者，皆非情之至也。"统治者虽有严酷的禁锢，但思想解放的潮流却不可阻挡，带有叛逆主情色彩的伟大著作《红楼梦》即产生于乾隆年间，也即黄景仁生活的时代。黄景仁将不合时宜的恋情写成《秋夕》《绮怀》等诗也显示出他的叛逆性。

（张应中）

◇绮怀十六首（录一）

几回花下坐吹箫，银汉红墙入望遥。

似此星辰非昨夜，为谁风露立中宵？

缠绵思尽抽残茧，宛转心伤剥后蕉。

三五年时三五月，可怜杯酒不曾消。

李伯元《南亭四话》称："黄仲则集中《绮怀诗》十六首，情文交至，传诵未衰。闻旧时相传之说，谓仲则意中人所适者为四川屏山县知县之子，故诗句云：何须更说蓬山远，一角屏山便不逢。又云：锦江疑在青天上，望断流头尺鲤鱼。又云：忍见青娥绝塞行。是其明证也。其人仅中人姿，故诗中绝不言及态度云。"晋玉《香艳诗话》："黄仲则《绮怀》十六首，殆为其中表而作，以诗中有'中表檀奴识面初'句也。"这两则诗话说的是黄景仁《绮怀》诗的本事，大略是可信的。

黄景仁的情诗，有李商隐的哀感顽艳，但较少隐晦；有杜牧的风流俊爽，但多了深沉婉转。流风所及，影响到近代文人苏曼殊和郁达夫。黄景仁本是伤心之人，情诗多透骨情语，皆因本乎性情，故而不觉做作，反觉醇厚迷人。他常用透过一层的写法，将情感写极写绝，写到无以复加。这一首《绮怀》写道"银汉红墙入望遥"，与心中人只隔一道红墙，相望却不可企及，近在咫尺仿佛远在天边，自然比远隔天涯更令人伤心。如同他在另一首诗中写的："何须更说蓬山远，一角屏山便不逢。"虽从李商隐的"刘郎已恨蓬山远，更隔蓬山一万重"化出，却自臻妙境。又如"缠绵思尽抽残茧，宛转心伤剥后蕉"，前句从李商隐"春蚕到死丝方尽"化出，但翻进一层，犹言相思之情如春蚕吐丝，丝尽情该尽了吧？然而不，又结成茧将自己重重缚住。"抽残"二字凄恻。后句亦从李商隐"芭蕉不展丁香结"化出，"不展"拟愁思难舒，黄景仁则言蕉心剥露，伤痕累累，更觉凄苦。"剥"字犹觉沉痛，直欲呕出心肝。"三五年时三五月，可怜杯酒不曾消。"遥想十五岁那年的月圆之夜，良辰美景，两情相悦，你捧给我一杯美酒，我一饮而尽，那美好的滋味至今没有消失，语带夸张，出于理而入于情。可惜现在再也无法消受了啊！诗人为情所苦，难以忍受，竟至于希望快快结束这痛苦的生涯："茫茫来日愁如海，寄语羲和快著鞭！" 黄景仁三十五岁就去世了，此其谶语耶？

（张应中）

●黄燮清（1805—1864），原名宪清，字韵珊（一作韵甫）。浙江海盐人。道光年间举人。长期家居，筑拙直园、砚园，又修葺倚晴楼，以著述自娱。咸丰十一年（1861），太平军攻克海盐，辗转逃至湖北。工诗词。著有《倚晴楼诗集》《倚晴楼诗余》。

◇长水竹枝词五十三首（录一）

杏花村前流水斜，杏花村后是侬家。
夕阳走马村前后，料是郎来看杏花。

《长水竹枝词》约作于清道光十三年（1833），写作者故乡（浙江海盐县城西长水乡一带）的山川风物、人民的劳动和爱情生活。原本五十三首，此其一。

作者自注："城之东南隅，多杏树，号杏花村。"该诗开篇就抓住了这一地方特色，以极为简洁的笔墨将杏花村的景致勾勒了出来。村前有一道流水，这是村民的饮用水，也是杏花的灌溉水。而诗中的女主人公，就住在村后。她在做什么呢？前两句没有说，但给读者留有想象空间，在这个城里人下乡踏青的日子里，村中少女也要赏花观景，也有自己的美好憧憬。

以上意思在前两句中比较隐晦，在后两句中便表达得更直截了当：

在游春赏花的人群中，她很快就发现了熟悉的身影，那是一个骑马的少年，他骑着马在村前村后绕来绕去，像是看不够的样子，然而，他的心事只有少女知道。"夕阳走马村前后，料是郎来看杏花"，末句一语双关，是"看杏花"，又不单是"看杏花"，"杏花"应该加上引号，或许这位姑娘的大名或小名，就叫"杏花"吧。他们是什么时候认识的？他们是怎么认识的？他们已经发展到哪一步了？这些空白，就让读者自己去填补吧。

"竹枝词"是七绝之一体，具有浓厚的地方色彩，多用音调重沓来加强抒情的效果。此诗直率中有婉思，蕴藉风流，耐人寻味。

（吴劲文）

●黄遵宪（1848—1905），字公度。广东嘉应（今梅州）人。光绪
二年（1876）举人。历任驻日、英、美、新加坡等国外交官。官至湖南长
宝盐法道、署按察使。戊戌政变失败后免去官职。论诗主张"我手写吾
口"，要求表现"古人未有之物，未辟之境"，创"新诗派"。有《人境
庐诗草》《日本杂事诗》等。

◇山歌十四首（录三）

人人要结后生缘，侬只今生结目前。
一十二时不离别，郎行郎坐总随肩。

买梨莫买蜂咬梨，心中有病没人知。
因为分梨故亲切，谁知亲切转伤离。

一家女儿做新娘，十家女儿看镜光。
街头铜鼓声声打，打着中心只说郎。

在这组诗的前面，作者有一段小序："土俗好为歌，男女赠答，
颇有《子夜》《读曲》（六朝间产生于江南一带的民歌曲调）遗意，采
其能笔于书者，得数首。"但在题记中，又有"仆今创为此体"之语，

可知这些山歌，是他在民歌的基础上经过再创作的。这些诗语言通俗如话，构思巧妙新颖，极富民间生活气息，在作者为数众多的诗歌中，显得别有情趣。

第一、二首都是以女子口气，来诉说对爱情的极端珍视，表现对恋人的深情挚爱。第一首中的这位女子，十分大胆，有着超越常人的魄力和胆识。在当时，一般的男女，都要通过许愿等形式缔结来世姻缘，即使今生离别，也好下一辈子后会有期。而这位女子却全然不管这些，她只想在今生今世把眼前的姻缘缔结得更加美好，"一十二时"（古人把一天分为一十二时），不管"郎行郎坐"，都与他并肩相随，永不分开。其中"只"字，语气斩钉截铁，毫不游移，表现出对爱情的执着追求。而"总"字，又表现出对情人的如胶似漆的深情厚爱，那火一般的赤诚，简直到了白热化的程度。更加难能可贵的是，从对"后生缘"的轻蔑中，表现出这位女子对当时迷信的世俗观点的否定，她热烈追求今生的真实幸福，也就是对虚无缥缈的来世的唾弃，这种大胆的思想，令人感动之余，不禁肃然起敬。

与第一首中这位大胆泼辣的女子相比，第二首中的女主人公，就较为温柔、多情而含蓄了。第一句好像是起兴，其实是比喻。是用被蜂咬过的内部受到损伤的梨，来比"心中有病"的人。心中是什么病呢？联系后两句来看，原来是怕与情人分离。因此，"买梨莫买蜂咬梨"，因为"梨"字与"离"字同音，这里运用谐音双关，就暗含了不愿与情人分离之意。第三句的"分梨故亲切"，是指男女双方分吃一个梨子，显出互相体贴之心，相敬如宾，故而有亲切之感。但因为"梨"与"离"同音，男女"分梨"，也就可能预示着以后的分离，所以最后一句说，"谁知亲切转伤离"，点出了"离"字，把前面谐音双关的谜底轻轻透出，让人从中体味深切的含意。在民间，至今还有夫妻不分吃一个梨子的习俗，顾忌的就是"分离"。这里面多少带有一点迷信的色彩，然而更多的却是一种痴情，一种对于忠贞爱情的向往。如果说第一首的诗意是十分明白热烈的，那么，第二首就较为含蓄委婉了，在深深的爱恋中，表现出绵绵情思。

第三首是作者的客观叙述，写待嫁女子对新婚的期望和对未来郎君的想念，内心的刻画十分细腻深刻。前两句用动作传神：一家女儿出嫁去做新娘，牵动着十家女儿的心，她们拿着光亮的镜子，反复地照看自己。在这个简单的动作中，既有女儿家对自己青春的爱惜，也含有几分羞怯，但总也掩饰不住对未来当新娘的憧憬，那种喜上眉梢、乐不自禁的心情，表现得多么生动。后两句写心中的活动：此时，街上传来送嫁的"铜鼓"（中国古代南方一些少数民族使用的一种乐器，由用作炊具的铜釜发展而成，铜质而形状似鼓，故名）的敲打声，那"琅琅"的响声，一声声叩击着女儿们的心，引起她们对未来的郎君的一往情深的想念。"打着中心只说郎"一句，既用了意义双关，"中心"不仅指铜鼓的中心，也指女儿的"中心"（即心中）；又用了谐音双关，"琅"字转换成了"郎"。这种双关修辞格的运用，使诗中女儿们从"琅"想到"郎"，把内心那种由错觉而造成的对未来郎君的思念，表现得淋漓尽致。这首诗在刻画人物的心理上，手法新颖，细致入微，收到了很好的艺术效果。

三首诗都明白易懂，这正是山歌的本色，但构思却又十分巧妙，在明白如话中，颇耐人寻味，给人以艺术的启迪。

（管遗瑞）